L'ESTATE DI EDEN

Liz Flanagan

L'ESTATE DI EDEN

Traduzione di Federica Ressi

DeA

Titolo originale: *Eden Summer*
Traduzione dall'inglese: Federica Ressi
Coordinamento editoriale: Valentina Deiana

Redazione: via Inverigo, 2 - 20151, Milano
Published by arrangement with Il Caduceo Agenzia Letteraria

www.deaplanetalibri.it

Alle pagine 225 e 247 sono citate due poesie di Ted Hughes, *Sei giovani* e *Vento. Poesie*, a cura di Nicola Gardini e Anna Ravano, Mondadori, Milano, 2008.

Stampa: PuntoWeb s.r.l., Ariccia 2018

Prologo

25 dicembre
Ore 11.48

La nevicata aveva sottratto colore alla valle, lasciandola bianca e nera come una vecchia foto: campi abbaglianti, cieli plumbei, alberi invernali tratteggiati a carboncino. La cappella si ergeva tozza e squadrata in cima alla collina, protetta da cancellate di ferro.

Nella tarda mattinata, due ragazze procedevano a fatica lungo la stradina, i loro indumenti sorprendentemente sgargianti in mezzo a tutto quel candore, le voci che laceravano il silenzio.

Le parole si dileguarono sulle loro labbra quando raggiunsero l'ingresso del cimitero.

Una di loro passò avanti. Proseguì con fare impacciato tra i cumuli di neve, immersa sino alle ginocchia, fino alla tomba più recente sul fondo, a quella lapide non ancora scolorita dalle intemperie, ancora lucida e scintillante sotto la lieve coltre di neve. La ragazza si tolse cappello e guanti, e si chinò sulla tomba per sussurrare qualcosa. Le sue guance erano arrossate dal freddo e brillavano di lacrime. «Facciamole un pupazzo di neve» disse, asciugandosi il viso. «Li ha sempre adorati.»

Entrambe cominciarono ad appallottolare e schiacciare e ammucchiare. Crearono una piccola figura arrotondata della stessa altezza della lapide. Per fare le braccia usarono dei rametti caduti. Formarono il viso con sassolini e foglie.

Quando se ne andarono, rimase solo la scultura di neve, a fare la guardia per tutto il breve giorno, fintanto che le ombre non divennero lilla, poi blu, cenere, infine nere, finché non spuntarono le stelle, luminose e implacabili e pure, a brillare sopra la valle.

Parte Prima

1

Ore 8.00

Non ho il minimo presentimento di quello che mi accadrà stamattina. Neanche un sentore. Un'intuizione. Niente di niente. Devo essere il contrario di una sensitiva, perché in realtà sono quasi felice.

Il radar della mamma capta subito il mio buonumore. «È bello sentirti cantare di nuovo, Jess» dice mentre aspettiamo il fischio del bollitore.

Dopo colazione la abbraccio e mi precipito fuori nella mattinata blu e oro. Calda, ma con un bel freschetto nascosto all'ombra e pronto a tendermi un agguato, per avvisarmi che l'estate è agli sgoccioli. Amo settembre, l'ho sempre amato. L'aria è frizzante, con quel profumo dolceamaro che preannuncia l'autunno. Odora di speranza, matite appena comprate e nuove opportunità.

Infilo gli auricolari e faccio partire la mia playlist preferita mentre mi affretto giù per la collina. Il paese è tutto esposto alla luce del sole, come su un sito web di una località turistica che invita a visitare lo Yorkshire: le alte case slanciate, schiera dopo schiera, strette l'una all'altra in questa bizzarra pendenza.

Riesco comunque a far tardi perché continuo a fermarmi per scattare foto con il telefono: foglie in controluce, grovigli di erbacce tutte secche e trascurate, riflessi sul canale. Degli esami che ci attendono alla fine dell'anno, quello di educazione artistica è l'unico di cui mi importi qualcosa e sto cercando un'idea per valorizzare il prossimo progetto.

Devo correre per prendere l'autobus, ma trovo un posto vicino al finestrino, al piano di sopra, e mi siedo avvolta dal calore. Appoggio la testa al vetro e tengo gli occhi semichiusi. La musica è una scala e la mia mente la percorre lentamente, godendo della vista da lassù. Vedo a malapena quel che c'è fuori dal vetro: le colline familiari, che si spiegano ampie come le gonne di una ballerina; le fattorie che ne punteggiano i profili estesi; le gole boscose; e le case adagiate a fondo valle o a ridosso di questa strada, questa folle via sovraffollata da cui dipendiamo tutti, perché è la via più rapida per lasciare questo posto.

Nel villaggio vicino, scendo dall'autobus alla fermata

più prossima alla scuola ed è allora che succede: la bolla dorata del mattino si disintegra come cristallo.

Vedo la mamma della mia migliore amica. La mamma di Eden, Claire. La sua macchina sta sbucando dalla traversa, a neanche tre metri di distanza. Ha il viso scialbo, e i capelli legati alla rinfusa. Non l'ho mai vista senza trucco prima d'ora.

Claire non dovrebbe guidare perché ci vede a malapena: ha il volto corrugato, solcato dalle lacrime mentre stringe il volante. Non è la prima volta che piange davanti a me, ma vederla così mi sconvolge sino a paralizzarmi.

Qualcuno mi viene addosso da dietro e mi supera. Mi aggrappo al muro di mattoni alla mia sinistra per restare in equilibrio perché il mondo si sta inclinando vertiginosamente. Prima che io riesca a correre in strada per bussare al finestrino, Claire si è già allontanata immettendosi nella via principale.

Che succede? Cosa ci fa qui, in questo stato?

Sento una morsa gelida al cuore.

Il dolore comincia a concentrarsi sulle tempie. Questa settimana non mi era ancora venuta l'emicrania, ed erano secoli che non capitava. Tiro via gli auricolari e spengo la musica con un colpo secco sul telefono.

Una chiamata senza risposta. Da casa di Eden. Nessun messaggio. Come ho fatto a non sentire? Forse stavo salendo sull'autobus.

La chiamo al cellulare, senza fiato. «Eden, sono Jess. Che succede? Ho visto tua madre, proprio adesso, a scuola. Ti ha accompagnato? Avete litigato? Dimmi dove sei: ti vengo incontro.»

Percorro in fretta la traversa che porta a scuola, unendomi al flusso di ragazzi che vanno tutti in quella direzione. Mentre ci avviciniamo all'agglomerato di edifici di mattoni e vetro, mi rendo conto che sta succedendo qualcosa. Mi fissano tutti. Bisbigliano nascondendosi la bocca con la mano. Perfino i maschi. Perfino quelli più grandi.

Per una volta, la mia non è paranoia. Rispondo alle occhiate, perché odio ognuno di loro, detesto il fatto che tutto questo mi riporti indietro ai mesi peggiori della mia vita. L'intera scuola che parla *di* me, non *con* me. Occhi che si spostano di lato per non incrociare i miei, come se il disastro fosse contagioso.

Per sicurezza, do una rapida occhiata per controllare di non essermi infilata le mutande sopra la maglietta o roba simile. No, tutto come al solito: anfibi macchiati di vernice con le stringhe rosse slacciate, leggings lievemente strappati, felpa nera col cappuccio e le maniche tirate giù per coprire i tatuaggi, la gonna girata di traverso e l'orrenda camicia verde della scuola che fa sembrare tutti – tranne Eden – sul punto di vomitare. Mi scosto i capelli in avanti, per coprirmi il viso. Adesso sono tornata al rosso lampone, ma l'anno scorso li ho portati azzurri per un po', e quando sono sbiaditi per un certo periodo sembravo ingrigita prematuramente. Oggi ho un aspetto normale, per quanto possa esserlo una come me. E allora, che cosa sta succedendo?

A testa bassa, mi affretto verso gli edifici sulla sinistra. Mi serve un posto per riflettere, prima di poter affrontare tutto quanto. Devo sfuggire alla gente che mi fissa.

Colgo frammenti di congetture che nessuno si sforza di tenere per sé.

«Deve saperlo!»

«Credi che la polizia vorrà interrogarla?»

«Jess Mayfield e Liam Caffrey. Di sicuro.»

Liam è il ragazzo di Eden. Sentire i nostri nomi associati in quel modo non promette niente di buono. Ho le guance in fiamme. Con il cervello scollegato, percorro il viale principale e mi chino per schivare un pallone. Sto andando verso il vicolo posteriore, dietro ai prefabbricati, così posso sgattaiolare nel cortile laterale e nascondermi finché Eden non mi richiama.

Giro l'angolo troppo alla svelta e vado a sbattere contro Josh Clarkson, il ragazzo con cui Eden usciva l'anno scorso. L'arroganza di Josh lo precede sempre di un paio di metri, proprio come il suo dopobarba. Non ho mai capito cosa ci trovasse Eden in lui, tranne il fatto che erano una coppia perfetta da vedere: tutti e due alti, biondi e belli. Finché lui non apriva bocca.

«Guardate, ragazzi. C'è quella sfigata della Mayfield che si crede tanto splendida.» Josh getta via il mozzicone della sigaretta. «Ti vedo un po' abbattuta, ma non c'è da meravigliarsi.» Si scosta i capelli lunghi dagli occhi e sogghigna. «Sei una calamita per certa merda, lo sai?» Si avvicina di un passo. «Sei una totale svitata, tua madre è una lesbica e adesso pure la tua migliore amica è scomparsa.»

Mi circondano, Josh e i tre amici che si porta dietro per fare il figo. Sembrano tutti uguali: pose studiate e capelli eccessivamente curati, come se si aspettassero di essere scelti da un momento all'altro per far parte di una boy band.

Forse è stato un errore venire da questa parte. Non c'è un'anima che possa vedere cosa sta succedendo. Alla mia destra, la parete di legno del prefabbricato. A sinistra, una siepe incolta a ridosso della recinzione. È come un corridoio... con la via di fuga davanti a me, ma troppo lontana.

Cominciano a stringersi attorno a me. Il dolore alla testa aumenta. Lo combatto. Guardo a terra e faccio dei respiri lenti e profondi per mantenere il controllo. Mi concentro sulla sensazione di un sassolino sull'asfalto che preme sotto la suola del mio scarpone.

«Hai perso la tua metà migliore? Eden Holby adesso non è più tanto perfetta, eh?»

Tic, tic, tic. Passano secondi preziosi. Qualunque cosa sia successa, Eden avrà bisogno di me. Devo sbrigarmi a scoprire cos'è accaduto.

«Se l'è cercata, la tua Eden Holby. Era in preda a una smania autodistruttiva.» Josh Clarkson sorride, un sorriso lento ed esagerato, forse per sembrare aggressivo, non so. «*Lei* non è gay, questo te lo puoi scordare. Si è sempre data da fare volentieri, non so se mi spiego.»

Le iene attorno a me attaccano a ululare.

«Che cosa vuoi, Clarkson?» La mia voce trema impercettibilmente.

«Se Eden è sparita, c'entra Liam Caffrey, poco ma sicuro. È quello che dirai alla polizia?»

Sta succedendo tutto troppo in fretta, e non riesco a stargli dietro. Che sta dicendo a proposito di Liam? Certo, posso capire perché lo odia. Liam si è preso Eden. E poi è tutto ciò che Josh non sarà mai. «Vai al diavolo.» Tengo gli occhi serrati, trattengo il respiro e avanzo senza esitazione. Forse sembro abbastanza stramba da conquistare un po' di spazio, perché quando li riapro il cancello laterale è più vicino, e ho via libera.

«Chiedi a Caffrey dove ha nascosto il cadavere!» mi grida dietro Clarkson, così forte che lo può sentire tutta la scuola. «Dai, perché non glielo chiedi?»

Liam non farebbe mai del male a Eden. L'idea è talmente assurda che mi viene da ridere.

Mentre filo dentro la scuola, al sicuro, non posso fare a meno di notare gli stupidi dettagli che mi circondano: un sacchetto di patatine vuoto che mi passa accanto; l'odore dell'erba tagliata di fresco; il riflesso del cielo sulle vetrate della scuola, un bell'azzurro intenso corredato da nuvole soffici.

E allora mi viene in mente: Liam potrebbe fare del male a Eden. *Ha fatto* del male a Eden. E io sono l'unica a saperlo.

2

Ore 8.35

«*Eden, sono di nuovo io! Ti prego... Senti, non mi interessa dove ti trovi. Verrò a prenderti io. Però richiamami, ok?*»

Eden Holby. Eden Holby. Tutti a pronunciare il suo nome. Lo sento a ripetizione, come i titoli delle notizie dell'ultima ora che compaiono in sovraimpressione alla televisione.

In un modo o nell'altro riesco a raggiungere la classe, ma il nostro insegnante, il professor Barwell, non c'è. Al suo posto ci accoglie un supplente nervoso che non riesce a mantenere l'ordine. Questo peggiora le cose. Il caos nella nostra aula rispecchia il panico che cresce dentro di me.

Mando giù le pillole per il mal di testa, sperando che agiscano in fretta. Oggi non posso permettermi di farmi divorare dall'emicrania. Devo restare vigile.

So che tutti continuano a parlare di me e a fissarmi mentre prendiamo posto, ma la cosa non mi sfiora più di tanto.

«Dov'è Eden Holby?»

«Ehi, darkettona, dov'è la tua amica?»

Mi sembra di essere sott'acqua. Tutto è ovattato. Credo che alcuni di loro – Ebonie, Sam, Amir – cerchino di essere gentili. Guardo le loro bocche in movimento ma non riesco a capire cosa vogliano sentirmi dire.

Me ne sto rigida sulla sedia, tengo stretti borsa e telefono, pronta a scappare. I secondi si susseguono pigri. I miei occhi si spostano dall'orologio sulla parete al display del telefono, e il supplente non si azzarda nemmeno a cacciarmi perché lo uso in classe.

«Mi scusi, prof? Jess Mayfield deve andare dalla Trent… cioè, volevo dire nell'ufficio della preside.» Il ragazzino di seconda media scompare ancor prima di aver riferito per intero il messaggio, e io esco dall'aula senza nemmeno attendere il permesso.

Mi fiondo nel corridoio deserto. Fuori in piena luce. Percorro in fretta il cortile. Le scale di cemento. Due gradini alla volta. Di nuovo dentro. Porte principali. Eccomi arrivata.

Nel corridoio davanti all'ufficio della Trent trovo Imogen e Charlotte dirette nella stessa direzione. Le altre amiche di Eden. Quelle popolari. Quelle alla moda come lei.

Imo ha i capelli neri con le extension che le arrivano al sedere, occhioni castani e pelle scura e perfetta. Charlotte sfoggia un caschetto lucente che ondeggia a ogni movimento. Le sue sopracciglia hanno un'attaccatura talmente alta che sembra sempre vagamente sorpresa, ma in questo momento credo lo sia per davvero.

Non mi rivolgono spesso la parola. Siamo pianeti diversi, che orbitano attorno a Eden. Ma oggi stiamo ruotando fuori asse e tra noi c'è stata una collisione.

«Ciao, Jess» mi saluta Imo. «Non è terribile? Non riuscivo a crederci quando la mamma di Eden mi ha chiamato prima delle lezioni.» Riesce a mettersi al centro della scena, come sempre, facendoci sapere che è lei quella che Claire ha chiamato per prima. «Credi che Eden stia bene?»

«Cioè, lo sapevamo che beveva troppo...» interviene Charlotte, guardandomi attentamente per capire la mia reazione. «Ne stavamo discutendo proprio adesso.»

«Credi che sia diventato un problema serio per lei?» Imo dà un'occhiata furtiva intorno a noi. «Insomma, è comprensibile e tutto quanto, ma avrà perso il controllo?» sussurra in confidenza, come se mi stesse donando qualcosa di prezioso, e io resisto all'impulso di prenderla a schiaffi.

Mi viene in mente la gita scolastica di cinque giorni a luglio, e cerco di scacciare quel ricordo. Erano venute anche loro, Imogen e Charlotte, ma non avevano la più pallida idea di cosa fosse successo. Comunque, Eden non aveva problemi. Tranne quello più evidente, certo. Era ubriaca e triste, tutto qui.

«No» dico con decisione. Ma riaffiora un altro ricordo, a contraddirmi, e rimuovere questo richiede uno sforzo maggiore.

3

A quanto pare ho stroncato il loro tentativo di fare conversazione, distratta dai brutti ricordi. Charlotte, Imogen e io aspettiamo in silenzio, sedute di fronte alla porta della Trent. Per cercare di controllarmi, uso un vecchio trucco della mamma. Lei dice sempre: «Per quanto brutta sia la situazione, butta giù un elenco di tre cose che puoi fare per porvi rimedio. Non importa quanto siano insignificanti».

In questo momento sono:

1. *Entrare in presidenza*
2. *Scoprire cos'è successo*
3. *Richiamare Eden il prima possibile.*

Mi concentro sulla porta: liscia, di un grigio anonimo, con una targhetta che dice PRESIDE C. TRENT e un pannello di vetro ignifugo. In questo momento dietro quella porta si nasconde qualcosa di terribile e non voglio aprirla.

Visualizzo le brutte notizie intrappolate lì dentro, come un incendio. Mi immagino mentre spalanco la porta...

Whom! L'aria viene risucchiata. Il fumo si riversa fuori, caldo e soffocante. Le fiamme traboccano, più in fretta di quel che pensavo, distruggendo le pareti.

Sbatto le palpebre.

Allungo una mano per bussare.

Prima di riuscire a toccarla, la porta si apre dall'interno e io finisco in avanti. Le mie mani atterrano sul petto di Liam Caffrey. Cotone caldo. Giuro che riesco a sentire il suo cuore.

Mi ritraggo come se mi fossi scottata.

È la prima volta che ci incrociamo questa settimana. Credo che mi stesse evitando. Il mio corpo reagisce, anche adesso, tradendomi. Le gambe si fanno instabili, le mani cominciano a sudare e il cuore mi batte all'impazzata.

Non sembra nemmeno Liam. Non c'è niente in lui del meraviglioso ragazzo che conosco. Incorniciato dalla soglia, sembra più imponente. I suoi capelli corti sono tutti per aria, come corna, e ha l'espressione talmente corrucciata che faccio fatica a vedergli gli occhi. Quella fronte corrugata è il segnale per dirmi di farmi da parte. Percepisco la rabbia che emana in calde ondate, e d'istinto mi appiattisco contro il muro. Per un decimo di secondo ho paura di lui.

Poi mi assalgono le domande, e scelgo le prime due che mi vengono in mente. «Liam, che succede? Cos'hanno detto?»

Ma lui ci passa accanto in silenzio, afferra il maniglione della porta che dà all'esterno e la spalanca con una forza tale da mandarla a sbattere contro la parete, facendo volare delle piccole schegge di intonaco. Non l'ho mai visto tanto arrabbiato. Cosa gli hanno detto?

«Jess? C'è Jess Mayfield?» Compare la Trent, e vedo che è frastornata. Si sistema il blazer blu navy, dà qualche colpetto ai capelli grigi, poi annaspa in cerca degli occhiali posati sul petto massiccio. Li inforca e scorre un fascio di fogli che tiene in mano.

Mi sconvolge notare che l'intero plico sta tremando.

«Jess? Entra pure. Imogen, Charlotte, voi aspettate lì. Non ci vorrà molto, ragazze.»

Non mi muovo. Percepisco lo sguardo delle altre due.

«Jess? Ho detto *entra pure*. Va tutto bene, Jess, siamo solo io e il professor Barwell.» La Trent mi fa cenno di venire avanti.

Sbircio dentro l'ufficio.

Barwell è ok. In passato si è dimostrato umano e so di potermi fidare di lui.

«Buongiorno, Jess.» Pronuncia quelle poche parole in un sussurro, e fa un cenno per invitarmi a entrare. Ha un aspetto orribile.

Entro. C'è caldo, troppo caldo, con la luce del sole che si riversa nella stanza attraverso le vetrate. Sembra di stare nella boccia di un pesce rosso. I pesci rossi non muoiono quando fa troppo caldo? Si soffoca qui dentro.

Mi lascio cadere su una delle sedie vuote al di qua della scrivania… ne sento il ruvido tessuto imbottito attraverso i leggings. Conosco bene questo posto. Ci sono stata un sacco di volte l'anno scorso.

La Trent chiude la porta e prende posto.

Barwell si schiarisce la voce e pronuncia le parole che cambieranno tutto: «Jess, mi dispiace dover essere io a dirtelo, ma Eden non è tornata a casa ieri sera».

4

Ore 9.32

«No!» Scuoto la testa. Pur avendo visto in che stato era Claire stamattina, ancora non voglio crederci. La leggo anche sui volti degli insegnanti, l'incredibile crudeltà di tutto ciò. Se questa fosse una soap opera, persino gli autori si sarebbero fatti una risata per essere stati troppo tragici. *No, non nella stessa famiglia. Non ci crederà nessuno. È troppo.*

Per me, di certo, lo è. Nel calore e nella luce dell'ufficio della Trent, tutto scintilla. Che sia sul punto di svenire?

Il prof Barwell mi domanda gentilmente: «Jess, hai capito?»

La Trent prende il sopravvento, fedele al proprio soprannome: Bulldozer. Si intromette, schiacciando ogni briciolo di speranza. «I signori Holby hanno denunciato la scomparsa di Eden. Sembra che non sia rientrata a casa ieri sera. La polizia ha avviato un'indagine.»

La fisso, cercando di leggere la verità. La Trent è impettita sulla sedia come i raccoglitori blu che stanno dritti in fila sulla sua scrivania, ed è composta proprio allo stesso modo della sua pila ordinata di fogli. Fanno dei corsi per imparare certe cose? Come mantenere il controllo tuo e di tutti gli altri quando uno degli studenti è dato per disperso? Immagino di afferrarla per le spalle e scuoterla fino a farle ballonzolare quel collo da tartaruga.

«Ma io l'ho vista. L'ho lasciata alla fermata dell'autobus. Ieri sera, come sempre.» Ricordo i progetti di Eden. «Chiedetelo a Liam! Non ve l'ha detto? È uscita con lui ieri sera... ve lo confermerà.» È pazzesco. Devono aver commesso un errore. Possiamo chiarire questa faccenda se ne parliamo tutti insieme.

«Non è tornata a casa ieri sera, benché la signora Holby abbia ricevuto un messaggio stamattina» dice il prof Barwell, guadagnandosi un'occhiataccia della Trent come se non avesse dovuto dirmelo.

«Allora non è scomparsa?» sbotto. «Se ha mandato un SMS, non è scomparsa. Perché siete tutti in preda al panico?»

Perché non mi ha messaggiato? Il senso di colpa mi attanaglia le viscere.

«Non capisco.» Scuoto la testa. «E poi che significa? Non è tornata a casa? Allora vuol dire che ha passato la notte fuori. Non è mica un crimine, no?»

Eden è vicino a me, che ride per quell'equivoco, con la testa piegata di lato e gli occhi rivolti al cielo. Si scosta i capelli indietro e mi tende una mano.

Sbatto le palpebre. Eden scompare.

Guardo Barwell di soppiatto. È nervoso, non riesce a star fermo. Si arruffa i capelli corti e scuri con una mano e vedo qualche filo d'argento scintillare come metallo. Il suo panico mi dice che è tutto reale. È giusto avere paura.

«Jess, lo so, è terribile. È un vero e proprio incubo, per gli Holby, per te, per la scuola, per noi.» Il professore parla con un accento del sud, dell'Essex o giù di lì. È uno di quegli insegnanti rari: severo ma divertente, e si capisce che ci tiene sul serio. «Ma noi siamo qui per te. La scuola vuole offrirti il suo sostegno.»

«Oh, mio Dio.» Mi porto le mani alla fronte, dove il dolore mi stringe come una morsa, intrappolandomi.

«Siamo tutti terribilmente preoccupati per Eden» si intromette la Trent, anche se non lo sembra affatto, solo un po' incavolata per l'inconveniente, in realtà. «Ma se ne stanno occupando le autorità competenti. Dobbiamo restare tutti calmi.»

Alla faccia del sostegno di cui ho bisogno! I suoi occhi si spostano sul mio polso sinistro, dove la stoffa si è sollevata, mostrando il mio ultimo tatuaggio. Abbasso di nuovo le mani, tirando giù la manica e stringendola nel palmo, mentre mi agito sulla sedia.

«Le indagini sono già cominciate. Come puoi immaginare, hanno la priorità assoluta, dopo quello che gli Holby hanno passato...» La Trent tossisce. «Il fatto è, Jess, che la polizia vuole parlare con te.»

Afferro tanto forte la sedia che mi si spezza un'unghia.

«Ho appena parlato con tua madre, ti aspetta. Devi tornare a casa e attendere l'arrivo degli agenti. Ti interrogheranno, alla presenza di tua mamma.»

«Subito?»

Barwell annuisce.

«Non ci vorrà molto» mi dice la Trent bruscamente. «Potrai tornare a seguire le ultime lezioni della giornata quando avrai finito.»

Nelle orecchie sento un debole ronzio, come se una zanzara ci fosse entrata dentro. La mia visione cambia: il contrasto impazzisce, così il vestito della Trent diventa saturo, scuro come una macchia d'inchiostro. Le vetrate sono una macchia indistinta e accecante.

«Puoi renderti utile.» La voce del prof Barwell mi raggiunge come se stesse gridando dall'altra sponda di un fiume, attraverso il tumulto nella mia testa. «Quello che dirai alla polizia... potrebbe rivelarsi utile per trovare Eden il più in fretta possibile. Ok?»

No. Non è ok. Non è per niente ok.

«Ascolta, Jess, tu sei in una posizione privilegiata. Conosci Eden meglio di chiunque altro. Sai come si sentiva. Quest'estate. Questa settimana. L'ultima volta che l'hai vista.»

5

«*L'ultima volta...?*» Sembra troppo definitivo.

Penso all'ultima volta che ho visto Eden, pregando con tutta me stessa che non sia stato davvero l'*ultimo* incontro. È stato fin troppo banale, se per questo. Banale, ma non normale. E di certo non piacevole.

Ieri sera, dopo la scuola, abbiamo aspettato alla fermata affollatissima – l'ovile, la chiamiamo – cercando di ignorare il baccano dei ragazzini più piccoli. È sempre stato più facile, stare lì con Eden. Lei ha questa cosa, come un campo di forza, ma positivo, così quando sei insieme a lei ti senti dentro a un cerchio dorato e sei al sicuro.

Siamo salite sul bus, scegliendo i soliti posti a metà della fila sinistra al piano superiore. Abitando nella cittadina successiva, tre chilometri più giù lungo la valle, il viaggio in autobus dura solo dieci minuti, se non meno.

Tutto sommato, mi piace vivere qui, nel nostro paesino, quello che viene definito eccentrico, quello di cui hanno sentito parlare tutti, con gli artisti e le lesbiche e le mamme ecologiste e il festival delle arti. Quello dove gli edifici delle ultime fabbriche ancora in piedi sono diventati piccole boutique adorate dai turisti, localini o gallerie... così almeno si è creato qualche posto di lavoro. Ma non è per questo che mi piace. Mi piacciono i corsi d'acqua. La brughiera. Le colline. Il fatto che puoi risalirle in quindici minuti e incontrare solo due persone durante l'intero tragitto.

Ieri sera, ho scelto il sedile vicino al finestrino e con tutta quella luce non riuscivo a tenere gli occhi aperti, scrutando i volti mentre l'autobus si allontanava. Poi mi sono voltata verso Eden.

«Allora, giovedì sera...» ho detto, guardandola in viso con cautela. «Hai qualcosa in programma?»

Eravamo sedute lì, infiacchite dal caldo, sudate sotto il sole che filtrava dal vetro.

Eden ha scrollato le spalle. «Boh? Il solito. Prima passo a casa, poi esco con Liam. Gli svaghi del paesello ci attendono» ha concluso con fare sarcastico. Si è scostata i lunghi capelli biondi sopra una spalla. Come faceva a mantenerli sempre lisci, lucenti e profumati, non so. I miei si erano arricciati tutti sul collo bagnato.

«Aspetta, non vorrai mica dirmi che andrete alla pista di pattinaggio? Come fai a trattenere l'eccitazione? E una bella partita a biliardo?»

In paese c'è un locale solo. Non è male. Ci lavora la sorella di Liam, Nicci, e ci serve alcolici con discrezione, mentre noi ce ne stiamo al bancone a giocare a bingo. Ogni mese organizzavano qualche serata speciale, ospitando delle band o un DJ, ma non quel giovedì sera.

«Se Nicci è di turno, avrai anche da bere gratis. Come si fa a resistere?» ho scherzato, ignorando un fremito al petto, con una vocetta cantilenante che imitava la sua.

«E tu?» ha detto, guardandomi di traverso.

«Il solito... è la serata della corsa, ricordi?» ho mormorato in risposta, chiudendo le palpebre, così che non vedesse quel che cercavo di nascondere.

Da quand'è che ci raccontavamo queste palle? Non è stata una conversazione, ma uno scambio di alibi.

«Già, il giovedì vuol dire dolore autoinflitto mentre cerco di stare al passo con quelli bravi» ho sussurrato. Avevo troppo caldo. La gonna mi si era appiccicata alle gambe. Ho sbuffato la frangia verso l'alto e ho allontanato i capelli dal collo. «Forse arriverò fino alla brughiera.»

«E chi lo dice che non sappiamo come divertirci? Ti ritroverai calda e sudata in mezzo a una decina di ragazzi.» Ha arricciato il naso. «Non andrei dietro a quelli, però: sembrano levrieri, non hanno un filo di carne attaccato addosso...»

«Non vado mica per i ragazzi. Vado per correre. È un club di corsa in altura, Eden» ho scandito, ma mi è uscito in un tono più ruvido del previsto.

Mi ha guardato con una certa sorpresa, le sopracciglia perfette inarcate.

«Eccoci, siamo arrivate» ho detto bruscamente, ansiosa di cambiare argomento. L'autobus stava rallentando, mi sono alzata e ho afferrato il corrimano così si è dovuta alzare anche lei. Era lì che di solito le nostre strade si separavano, alle porte del parco. Dovevo solo attraversarlo e percorrere la scalinata fino al nostro quartiere, dove le case sono stipate l'una accanto all'altra: villette a schiera, bifamiliari, le vecchie case popolari. Nella nostra via sai i nomi dei tuoi vicini e cosa urlano quando litigano. Mi piace: mi fa sentire al sicuro, lo sbattere delle porte, il debole mugolio dei bebè attraverso le pareti, i bambini che prendono a calci un pallone fuori dai garage.

Eden doveva aspettare uno di quei minibus che raggiungevano le colline più scoscese. Abita in una di quelle enormi case coloniche lassù.

«Cascina un paio di palle!» aveva detto quando si erano trasferiti. «Non ci vogliono prendere nemmeno un gatto, figuriamoci delle bestie da allevamento! Gli piace l'idea della fattoria. Vogliono comprare degli stivaloni di gomma firmati e un fuoristrada. Poi pagheranno qualcun altro che si occupi del giardino.»

Ci siamo appoggiate al muro vicino alla pensilina del bus. Avvertivo il calore della pietra attraverso la camicia. Ci siamo beccate delle occhiatacce da parte di due signore anziane con le borse della spesa, che fissavano la minigonna e i sandali di Eden, il mio trucco pesante e i capelli colorati come se le offendesse anche solo guardarci.

«Posso aspettare insieme a te» mi sono offerta un istante dopo, perché avevo l'impressione di averla trattata male. In teoria avrei dovuto badare a lei, non essere sgarbata. Sono la sua migliore amica ed è stato un anno difficile per lei. Per tutte e due. Era come se fossimo su un'altalena basculante, su o giù, mai alla pari, ma ciò nonostante in equilibrio. In quel momento lei era proprio a terra, mentre io ero su. Quindi era il mio turno di starle accanto, e questo voleva dire accettare ogni genere di stronzata.

«Non devi farlo per forza» ha detto.

Ho alzato gli occhi al cielo.

«Cioè, grazie.» Eden ha digitato sul telefono. «Ma Liam dovrebbe raggiungermi tra poco.»

«Allora me ne vado.» Mi sono staccata dalla pietra calda e mi sono sistemata lo zaino sulla spalla.

«Che vi prende, a voi due?» mi ha chiesto in tono pungente.

«Niente.» Ho mantenuto la voce più neutra che potevo, pregando che non si notasse l'ondata di calore sulle mie guance.

Mi ha guardato di traverso. «È solo che sembra che tu lo stia evitando.» La sua voce era ingannevolmente allegra. La conoscevo troppo bene per cascarci.

Ho fatto spallucce. «Perché dovrei?» L'ho guardata, scrutando la sua espressione in cerca di indizi. «È più difficile uscire tutti insieme, adesso che l'estate è finita. La scuola complica le cose, tutto qui.»

«Sì, ma perché...» ha esordito, poi un messaggio ha attirato la sua attenzione. Qualcosa di più importante di me. Salvata in extremis. Eden ha sorriso a lungo, felice come una pasqua, fissando il telefono come se fosse tempestato di rubini.

Non le ho chiesto nulla. Nella mia testa ero occupata a seppellire qualcosa, a ricoprirlo di terra, a riempire un fosso, appiattirlo. Richiedeva un certo sforzo, ma avrei finito in fretta.

Intorno a noi la gente si è animata, prendendo borse, muovendosi verso il cordolo del marciapiede. E in fondo alla strada, ecco che arrivava lentamente il minibus. Si è fermato con uno sbuffo d'aria calda e le persone hanno cominciato a salire a bordo.

«Divertiti, stasera.» Mi sono imposta di sorridere, anche se la mia faccia sembrava una maschera di falsità. «Ci vediamo.» Ho fatto un cenno buffo per farle capire che tra noi era tutto ok. Un cenno ingannevole. Un cenno che avrei voluto fosse vero.

Eden ha riso ed è salita sul pulmino, tutta capelli biondi lucenti e gambe abbronzate. Le doppie porte si sono chiuse, inghiottendola.

6

Ore 9.55

La Trent si alza, per sottolineare il fatto che con me ha finito. «Va' a casa, Jess. Non preoccuparti. Sono convinta che Eden tornerà presto.»

Il suo tono non mi riempie di speranza.

«Ha avuto un periodo difficile, tutto qui. Da giugno. *Da quando Iona…*» Lascia la frase a metà e il suo viso arcigno si scioglie un pochino, cercando di comunicarmi "empatia".

Ho notato quanto sia difficile per la gente pronunciare parole come: *morte. Morta. Uccisa. Morta.* Sono rimasta accanto a Eden ad ascoltare la gente che cercava di girarci intorno usando alternative come "deceduta". O "la tua perdita". O "per tua sorella". O "da quando Iona".

Se deve imparare a conviverci, di certo il minimo

che possano fare è affrontare la verità. Neanche fossero parolacce.

«Sì, è *stata* dura per Eden da quando sua sorella è morta.» L'eufemismo dell'anno. Scandisco ogni parola tanto chiaramente che la frase risulta sgangherata, ma sono stufa. Sanno esattamente cos'è successo. «Lei parla tanto» sbotto, insofferente alla comprensione fasulla della Trent, «ma che cos'ha fatto per aiutarla davvero?»

La preside si inalbera.

Rincaro la dose, facendo appello alla mia rabbia. «Lei non è in grado di gestire una situazione come questa.» Guardo la Trent, poi mi volto e scocco al professor Barwell un sorriso tirato. «Lei non c'entra, prof.» Sospiro e continuo: «È troppo indaffarata a preoccuparsi della figura che ci fa la scuola, di quello che pensano i genitori, di come andranno i risultati degli esami. Una scuola davvero buona si preoccupa quando le cose vanno male. Non ti fa sentire sbagliata. Come un problema da risolvere». Non volevo dirlo, ma ora che l'ho fatto mi sento meglio.

È Barwell a rispondere, però. Naturale. «Adesso non si tratta più di Eden, vero? Jess, mi dispiace se hai l'impressione che la scuola ti abbia abbandonata.»

Si tratta di Eden. Oggi tutto riguarda lei. Ma ora che ho cominciato... «La sa una cosa, visto che siamo tutti tanto sinceri? Sì, mi sono sentita abbandonata a me stessa. Ma non si tratta solo di me, parlo di chiunque sia un tantino diverso o abbia passato un periodo difficile. Li abbandonate tutti, e questa storia deve finire...»

«Non credo che...» cerca di interrompermi la signora Trent.

«Perché non me lo hai detto?» Barwell la zittisce con un gesto. «Avresti potuto parlarne con me.»

«E lei perché non lo ha capito? Perché crede che saltassi la scuola?» Penso di essere sul punto di scoppiare a piangere, e non posso farlo, non qui, non adesso. Serro i pugni e così facendo l'unghia rotta mi si conficca nel palmo, e il dolore mi aiuta. «Non ero in condizione di *esprimere le mie necessità.*» Pronuncio le ultime parole con voce tesa, ispirandomi alla mamma. «Ma non lo capite? È proprio quando le cose si fanno difficili che diventa più complicato parlarne. O almeno è stato così per me, e dev'essere così anche per Eden, altrimenti avremmo potuto evitare tutto questo.» Mi agito sulla sedia, stordita dal brivido poco familiare di dire la verità agli insegnanti. «Dovete pensare a cosa si prova, a tornare a scuola dopo che è successo qualcosa di brutto. Sarà meglio per Eden che lo capiate entro la prossima settimana.»

La Trent si risiede, aprendo e chiudendo la bocca, come una tartaruga che mastica la lattuga.

Ne ho abbastanza di entrambi. Non ho tempo per queste stronzate, adesso. La stanza, già calda, è diventata soffocante e non riesco a resistere un secondo di più.

«Devo andarmene. Qui dentro è un forno.» Mi alzo di colpo e faccio cadere la sedia. Spalanco la porta e schizzo fuori, supero le espressioni interrogative di Imogen e Charlotte.

La Trent mi grida dietro: «Jessica Mayfield, non ti...»

«No, va tutto bene, Celia. Sono io l'insegnante di Jess. Ti dispiace se me ne occupo io?»

Barwell mi raggiunge al portone e vi carica addosso il proprio peso, tenendolo chiuso. «Jess, aspetta. Stai bene?»

Che domanda stupida. Cerco di calmare il respiro e di riflettere, nonostante la paura. Proprio perché è lui, mi fermo e aspetto e gli parlo con tono paziente. «Starò bene tra un minuto» riesco a dire, ansimando.

«Non preoccuparti, Jess. La polizia la troverà. Ascolta, quando Eden sarà tornata e tutto si sarà sistemato, discuteremo di quel che hai appena detto. E la scuola vi aiuterà, ti do la mia parola. Aiuterà te *e* Eden. Ok?»

Annuisco, per farlo sentire meglio. Non riesco a pensarci in questo momento.

«Buona fortuna con la polizia.» Barwell allunga una mano per stringermi la spalla, un gesto innocuo per chiunque, ma non per me. *Mai* per me. Se lo ricorda, ritrae la mano e mi apre il portone con un sospiro. «Non dovrebbe volerci molto. Ci vediamo oggi pomeriggio? Vieni in sala professori se hai bisogno di me prima della lezione, dico sul serio.»

«Ok. Grazie, prof.» Esco incespicando, sbatto in fretta le palpebre, dritta nel caos dell'intervallo. Sento il peso dello sguardo di Barwell sulla schiena, come un prurito che non posso grattare. Controllo il telefono. L'assenza di messaggi mi fa venire voglia di urlare e di scaraventarlo dall'altro lato del cortile.

Eden, dove sei? Eden, che cos'hai fatto?

Devo capire com'è successo. Come siamo arrivati a questo. Come hanno fatto a comparire le crepe. Allora potrò usare tutti gli indizi per scoprire dove si trova Eden. Avrei dovuto capirlo, quindi devo essere io a porvi rimedio. Ripenso alla prima volta che mi ha detto che qualcosa non andava. È stato ad aprile. Quando sua sorella era ancora viva.

Progettai il mio primo tatuaggio per settimane. Per tutte le vacanze di Pasqua, ne scarabocchiai delle varianti prima di scegliere quella perfetta. Disegnai il motivo almeno venti volte per farlo a regola d'arte. Io e la mamma litigammo un'ultima volta la sera prima dell'appuntamento.

«E dell'epatite, che mi dici?»

«Te l'ho spiegato. È storia antica. Aggiornati al Ventunesimo secolo, mamma. Usano i guanti e un ago nuovo ogni volta. Sterile, sottovuoto, guarda!» Girai il portatile per farle leggere le FAQ che riempivano lo schermo.

«Sei proprio decisa, Jess? È un grosso passo. So che qualcuno se li fa rimuovere, ma in pratica è una cosa permanente. Come fai a sapere cosa proverai? E se cambi idea a vent'anni, o a quaranta? A sessanta?»

«Mamma. Ho deciso. È proprio questo il punto. Che è per sempre, e che ne sono sicura. Ed è per questo che ha un significato. Perché non riesci a capirlo? E poi è il *mio* corpo.» Usavo un sacco quella frase.

«Sì, è il tuo corpo. E dopo tutto quello che ha passato, non capisco perché devi sottoporlo ad altro dolore.» Stava urlando ormai, e aveva gli occhi lucidi.

«Ma questa è una mia scelta. *Mia!*» gridai di rimando. «È l'opposto di quello che mi hanno fatto. Ed è esattamente per questo che lo faccio, davvero. Te lo giuro, per me è importante. Non è un capriccio.» Parlavo in modo più serio adesso. Non volevo turbarla. Volevo solo che capisse. «Mi aiuterà, più di tutta la terapia fatta finora… Devi credermi.» A volte non sapevo nemmeno quanto credessi in qualcosa finché non mi trovavo a difenderlo a spada tratta con la mamma. «Questo non è un problema nuovo. È la prova che mi sento meglio.»

«Come fai a saperlo?» sbottò lei.

La fissai.

Sospirò. «Mi dispiace, tesoro.» Le sfuggì un lieve singhiozzo e mi prese la mano. «Ok! Ok! Hai vinto tu. Se lo desideri davvero, fallo. Non so nemmeno perché sono contraria. Sono talmente felice di averti qui, tutta intera, che non dovrebbe importarmi se ti fai tatuare ogni centimetro della tua preziosa pelle. Vieni qui, amore.»

Dopo il nostro abbraccio, fece un passo indietro e mi guardò. «Ma se è vero che ti senti meglio, smetti di bigiare. D'accordo?»

Riconobbi quel movimento con il mento. Sì, mi voleva bene, ma no, non sarebbe mai stata una boccalona.

Raccontai tutto a Eden mentre mi accompagnava allo studio di tatuaggi, in fondo alla via principale della cittadina, vicino al centro yoga e alle officine.

«Wow, Sarah Mayfield al suo meglio» mi punzecchiò leggermente. Conosceva bene mia madre.

«Già, la solita, vecchia Sarah. Puoi riempirla di chiacchiere, ma non cede di un millimetro. Frequenza obbligatoria, d'ora in poi.»

Eden mi lanciò una delle sue occhiate di traverso, per vedere se stavo bene. «Mi sembra giusto.»

«Ehi!» Le diedi una leggera gomitata. «Ma da che parte stai?»

«Dalla tua! Sempre. Il fatto è che mi piace quando ci sei, a scuola. Mi sei mancata», e sorrise per addolcire le proprie parole. «Tutto qui.»

Le mie gambe purtroppo si trasformarono in ricotta quando raggiungemmo la porta d'ingresso. Lo studio era al primo piano, indicato da un'enorme insegna ricoperta di motivi celtici. Mi fermai, fissandola.

«Pronta?» mi chiese Eden. «Possiamo ancora tornare indietro, quando vuoi, lo sai.»

«Non cambierò idea.» La guardai.

«Sapevo che lo avresti detto. Volevo solo metterti alla prova.»

Scossi il capo, aprii la porta con una spinta e salii gli scalini. Dentro c'era un odore strano: come d'inchiostro e qualcosa di pungente e chimico.

Raggiungemmo un pianerottolo arioso in cima alle scale. La luce accecante del sole filtrava all'interno, così i poster sulle pareti brillavano sgargianti. La donna appoggiata al bancone ci osservò senza parlare. Portava i capelli con uno di quei bigodini all'antica sul davanti, avvolti in un foulard maculato, e i suoi occhi erano pesantemente cerchiati dall'eyeliner. Presi nota mentalmente di come si era truccata. Indossava un vestito a fiori rosa acceso, stile anni '50, e le sue braccia erano ricoperte di tatuaggi vecchio stile: enormi rose e foglie.

Un uomo uscì da una stanza sul retro per raggiungerla: leggermente più alto, calvo, col pizzetto e le orecchie perforate da quei dischi rotondi che sembrano monete di gomma. I suoi occhi azzurri ci scrutarono.

Attesero entrambi, non ostili, ma nemmeno amichevoli.

Mantenni la calma, sapendo che entrambe eravamo passate per diciottenni in passato, anche senza bisogno della carta d'identità prestata che stringevo nel palmo sudato.

«Ciao. Ho un appuntamento per mezzogiorno e mezzo. Ho portato un disegno di quello che voglio.» Lo tirai fuori per mostrarglielo, dopo avergli fatto vedere di sfuggita i documenti. «Potete farlo? Lungo il braccio?» Ci avevo lavorato un sacco: corolle di papaveri e petali cadenti, di un lussureggiante rosso acceso.

«Chi l'ha fatto questo?» chiese l'uomo.

«Io.» Sostenni il suo sguardo.

«È bello.»

«Grazie.»

«Hai altri disegni simili?»

«Sì, un sacco.» Sentii l'atmosfera cambiare. «Allora puoi? Cioè, verrà bene?»

«Sì, però quel rosso... dovrà essere di una miscela che uso io. Vieni, ti faccio vedere cosa intendo...», e scostò una tenda.

La superai titubante, seguita a ruota da Eden. Ce l'avevamo fatta! Il cuore mi batteva tanto forte che dovetti concentrarmi per restare calma.

«Ecco cosa intendevo per il rosso: questo è quello che si avvicina di più. Ti va bene?»

Annuii, la gola troppo secca per articolare una risposta. Aveva ragione lui. Sapevo che era bravo. Avevo letto le recensioni.

«Studi Arte, eh?» E con quello, fu come se una nube si spostasse dal sole: non si mise esattamente a sorridere, ma il suo sguardo si fece cordiale e si concentrò su di me. «Io mi chiamo Mo.»

«Jess.»

«Eden.»

Parlammo per un po' e io mi inventai delle storie sulla mia vita, su come volevo che fosse una volta finito il college, sperando di non portarmi sfiga con tutte quelle bugie. Eden ascoltò sorridendo.

Mo disse: «Perché non mi richiami? Portami il tuo portfolio. Potresti collaborare con noi in futuro».

Lo guardai seria seria per controllare che non mi stesse sfottendo. Scrollai le spalle e feci cenno di sì, come se fosse una cosa priva d'importanza.

La stanza sul retro aveva un'enorme finestra, quindi l'illuminazione era buona e questo mi rassicurò. Poi vidi la sedia – un enorme affare di pelle nera, un incrocio tra la poltrona di un dentista e quella di *Mastermind* – e per poco non me la diedi a gambe. Riuscii a sedermi e a tirar fuori il braccio sinistro dalla maglietta, spingendo da parte le spalline di reggiseno e canottiera, ripetendomi che questo tizio vedeva pelle nuda ogni giorno della sua vita per lavoro. «Qui?» Tracciai la linea dalla spalla al gomito.

«Può andare» convenne Mo.

Mi sistemai sulla sedia, tesa e impettita.

«Di solito prima lo disegno, per vedere se va bene a entrambi» disse Mo, prendendo una biro.

Annuii, preparandomi al contatto fisico. Appena la biro mi sfiorò la pelle, mi venne da vomitare. Inspirai lentamente per calmarmi.

Mo se ne accorse. «Tutto ok?»

Feci di sì con un cenno, determinata. Non contava. Non era un contatto fisico vero e proprio. Era una penna. E io ero la carta. Sapevo tutto al riguardo. «Sto bene.» E in un certo senso era così. Glielo feci disegnare addirittura tre volte, finché non fu perfetto.

Poi fu il momento dell'ago.

«Pronta?» domandò Mo.

«Sì» risposi. E sussultai.

Senza che glielo chiedessi, Eden tese la mano perché la afferrassi, e continuò a parlare: «Credi che diventerà una dipendenza? Cioè, verrai qui ogni anno, finché non sembrerai vestita anche senza niente addosso?»

Le strinsi forte le dita. «Boh? Procediamo a piccoli passi, direi. Adesso che so quanto fa male...» Parlai a denti stretti, controllando il pizzicore col respiro.

L'ago ronzava, schizzando inchiostro. Il dolore era acuto e intenso. Da uno a dieci, un cinque. Sapevo bene com'era un dieci, e questo era niente a confronto.

«Che cosa preferisci, Jess? Posso parlare o stare zitta. Decidi tu. Ho scaricato di tutto... film, i programmi di ieri sera. Ho gossip di qualità, che tenevo in serbo da tutta la settimana.»

La gratitudine che provai mi spinse quasi alle lacrime. «Questo va ben oltre i tuoi doveri, Eden.» Aveva fatto così per tutto l'anno. Mi offriva di continuo ciò di cui avevo bisogno, prima ancora che io stessa mi rendessi conto di cosa fosse. Durante la mia convalescenza, mi aveva portato i compiti tutte le sere, percorrendo quel paio di aridi chilometri che ci separavano, con la pioggia o con il vento.

«Sì, be', a che servono gli amici, sennò?»

Le strinsi la mano talmente forte che una volta finito le sue nocche erano piene di lividi.

Dopo andammo alla tavola calda in riva al fiume. Faceva abbastanza caldo per sedersi fuori. L'acqua scorreva accanto a noi, un confortante sottofondo, come un rumore bianco. Vedevo le papere zampettare attraverso la diga e la scultura di metallo sull'isola incolta trasformata in oro-argento dal freddo sole primaverile.

«Grazie per essere venuta con me» le dissi mentre sorseggiavamo i nostri succhi di frutta. Il braccio mi pizzicava, caldo e indolenzito, ma la gioia cresceva, pura e limpida, ogni volta che pensavo al disegno finito per metà nascosto sotto la garza. Volevo prendere i cubetti di ghiaccio dal bicchiere e passarmeli sul braccio. «L'ho fatto, Eden! L'ho fatto davvero!»

«Sì, e hai fatto bene» ribatté lei. «E Mo vuole che disegni per lui: grande!» Poi, dopo una pausa: «Sono un po' invidiosa».

«Lo sapevo, ne vuoi uno anche tu!» esultai, benché non fosse nel suo stile. «Ehi, potrei disegnare qualcosa, solo per te...?»

«Non è quello.» Era seria adesso, mentre guardava la cannuccia e giocherellava con la bibita.

«Eden, che c'è?» La osservai, sentendo il sorriso svanire.

La mia migliore amica, quella che aveva tutto: bellezza, cervello e disinvoltura. Non potevamo essere più diverse, io e Eden. Avevamo cominciato allo stesso modo e crescendo eravamo diventate diverse. Eden era alta e bionda e perfetta come una modella. Io era bassa e ossuta e pallida, con un tocco di colore e piercing. Mia madre pensava che fossi una dark. Altri mi avevano apostrofato in modi peggiori.

Non importava che io e Eden fossimo così diverse: ci capivamo. Ognuna conosceva benissimo l'altra: le cose importanti e quelle banali. Sapevo qual era il suo piatto preferito (pudding al caramello, ma sempre con il gelato e mai con la crema pasticcera); perché non le piacevano i ragni (era rimasta sconvolta da un incidente avvenuto alla festa di Charlotte quando avevamo dieci anni); e cosa avrebbe scelto tra gli ultimi capi in saldo (qualunque cosa azzurra, che si intonasse con i suoi occhi). Ci capivamo, noi due. Ci facevamo ridere a vicenda. Tutto qui. Nient'altro.

Finora.

Adesso non avevo idea di cosa volesse dire. «*Tu*? Invidiosa?»

«Sì, di te. Sei entrata lì dentro con un disegno che avevi fatto tu, sapendo che non te pentirai mai.» Continuava a evitare il mio sguardo. «Sei davvero coraggiosa. E forte. Persino dopo quello che è successo. Soprattutto dopo quello che è successo. Sai che cosa vuoi e chi sei.»

La fissai, sbalordita. «Anche tu!»

«No. Ti sbagli. Io ho solo risposte negative. Desideri negativi.»

«Eden, dove vuoi andare a parare?» le chiesi gentilmente, protendendomi e sussultando quando la maglietta si attaccò alla medicazione.

«So solo quello che *non* voglio. Voglio che Iona mi lasci in pace e la smetta di fare la stronza. Non voglio fare un casino agli esami. Non voglio più deludere mamma e papà. Voglio che la smettano di guardarmi come se fossi un mostro che ha divorato la loro bambina perfetta... ma se mi chiedi cosa voglio davvero, non ne ho la più pallida idea.»

«Questo non è vero...» esordii, ma lei non aveva finito.

«Hai tua madre che ti adora, *un sacco*. Hai la corsa che adori, *un sacco*. Vuoi andare alla scuola d'arte, *un sacco*. E ce la farai, perché hai talento: *un sacco*. Hai lavorato sodo per riprenderti: *un sacco*. Volevi questo tatuaggio: *un sacco*. Scommetto che sai già quale sarà il prossimo colore di cui ti tingerai i capelli, perché ci hai pensato, *un sacco*.»

Mi appoggiai alla sedia, sentendomi giudicata, lisciando un ricciolo rosso. «Quindi cosa stai dicendo, Eden? Adesso il colore dei miei capelli ha tanta importanza?»

«Non è solo quello, no. Ma se sommi tutto quanto, è una vita. Io vado alla deriva, cerco di compiacere la gente, ma è come se fossi un'ombra, Jess. Tu sei una persona vera, e io sono solo... una nullità.»

La fissai, scioccata. Poi mi alzai e feci il giro del tavolo per tirarla su, per farla alzare. La strinsi forte. «Non dire così, Eden Holby. Tu non sei una *nullità*. Nessuno lo pensa e non dovresti farlo neanche tu. Sei la mia migliore amica e direi che sei speciale, d'accordo? Ahi!»

Mi abbracciò anche lei e sfiorò il tatuaggio, e allora ridemmo tutt'e due, anche se lo vedevo che aveva gli occhi lucidi.

7

Ore 10.20

Lascio la scuola frastornata e vado a casa con la mente affollata dai ricordi. Programmo i tre passi successivi da compiere:

1. *Parlare con la mamma*
2. *Parlare con la polizia*
3. *Parlare con i genitori di Eden.*

Questo riesce a placarmi finché non infilo la chiave nella serratura. Una volta dentro, nell'ingresso, mi sento al sicuro. Tutto sembra come dovrebbe essere: il pavimento di legno logoro, le pareti gialle, il giubbotto da corsa appeso mollemente all'attaccapanni accanto alla giacca elegante della mamma. Faccio capolino in cucina e in salotto. È tutto tranquillo e in ordine. Sento ticchettare l'orologio della cucina e noto una spirale di vapore uscire dal bollitore. Batuffolo è accoccolato in un angolo baciato dal sole, e rizza solo un orecchio quando grido: «Ciao! Mamma?» Odio ammetterlo, ma il mio gatto sta invecchiando: sono passati dodici anni da quando ho scelto quello stupido nome per lui.

«Mamma?»

Riesco a sentire il borbottio della sua voce proveniente dal suo studio sopra la mia testa. O c'è un cliente con lei o è al telefono.

È una *life coach*, non una *consulente*, come dice sempre lei, anche se nessuno capisce la differenza. Una volta tagliava i capelli e ascoltava le clienti. Poi ha ottenuto una nuova qualifica professionale, e ad ascoltare guadagna di più, credo. Le persone pagano per parlare con lei. Dev'essere brava perché di solito tornano. Metà del suo lavoro si svolge in ambito aziendale, con dirigenti che lei sprona a raggiungere maggiori successi, o che forse aiuta ad accettare che non c'è via di scampo dalla noia dei loro impieghi privi di sbocco. L'altra metà è per enti di beneficenza, come l'associazione contro la violenza sulle donne. Riesco a capire che tipo di giornata sarà da quello che indossa: rossetto e tailleur scuro, gioielli che emanano potere; oppure jeans scoloriti, niente trucco e un cardigan rassicurante.

Non mi dispiace, mi sembra ok come lavoro. Paga le bollette, insieme a quello che manda papà. È che odio quando parliamo e lei dimentica che sono sua figlia, non una cliente, e continua a farmi domande del tipo: «Come vorresti che fosse? Cosa vuoi ottenere?», come se tutto si potesse risolvere con quel cavolo di pensiero positivo.

Io e lei sappiamo che non è sempre vero.

Però quel che c'è di buono è che sa ascoltare. Si è preparata proprio per questo. E poi non ha mai badato al mio continuo cambiar colore di capelli. Mi spronava a esprimere me stessa e poi mi diceva quale tintura avrebbe tenuto di più.

E forse è più facile, solo io e lei. Si è separata da papà quando avevo tre anni, e ha fatto coming out non molto tempo dopo. Non è poi questa gran cosa nella nostra cittadina. Comunque, non ricordo di aver vissuto in modo diverso.

Vado a trovare papà più o meno ogni tre mesi e d'estate passo due settimane con lui. Ha sposato Rachel secoli fa e hanno avuto le gemelle. Hope e Esther hanno cinque anni e smettono di parlare o di muoversi solo quando dormono. Le adoro. Adoro essere la sorella maggiore di qualcuno, anche se ho il sospetto che mi vedano più come una cugina. Ripensando alle liti tra Eden e Iona, forse dopotutto non è un male.

Adoro l'angusto appartamento di papà e Rachel: con quelle pareti di mattoni rosso scuro e gli stucchi bianchi come glassa attorno alla porta e alle finestre, è pieno di vita e colore e confusione e rumore. Adoro le strade vicino a casa loro, affollate di gente a qualunque ora del giorno. Adoro che si possa fare praticamente tutto senza che nessuno batta ciglio. Se mi mettessi a correre nuda in mezzo alla strada a Londra, sarebbe come gettare un sasso nel Tamigi: sparito in un secondo. Se lo facessi qui, la voce arriverebbe a scuola in cinque minuti e mi tormenterebbero fino al giorno della mia morte.

Ma adoro anche lasciare Londra. Tornare a casa. Qui, a casa mia, nella mia stanza, dove tutto resta dove l'ho lasciato. Dalla mamma. Da Batuffolo. Dai miei dipinti. Dal club di corsa. Da Eden.

Vado di sopra. La mamma parla piano, e non riesco a distinguere le parole. Mi avvicino alla porta in punta di piedi. La sua voce risulta più chiara. Non è una chiamata di lavoro. Sta parlando di Eden.

«...sì, da ieri sera. La polizia sta venendo qui proprio adesso. Siamo le prossime sulla lista. Sì... Claire ha chiamato subito dopo che Jess è uscita. Dio solo sa cosa starà pensando. Affrontare di nuovo quell'inferno: la polizia, l'attesa. Povera donna. È da non credere. Perché succedono queste cose...?»

Segue una pausa. Con chi sta parlando? Dev'essere Steph, la sua ragazza.

«Lo so, lo so. Hai ragione... Sì, ti prego. Avrò bisogno di compagnia. Lascia prima che ne parli con Jess.»

Sento il calore nella sua voce. So che è per causa mia se Steph non si è ancora trasferita qui, nonostante stiano insieme da quattro anni. Finora non ho fatto nulla a riguardo. Lo farò presto. Mi piace Steph, non è per quello. È che non volevo rinunciare a me e alla mamma, solo noi due, insieme. Non quest'anno.

«No, hai ragione. Grazie. Povera Jess. Questo riporta tutto a galla... *Jess.*»

Mi irrigidisco. Non dovrei origliare, ma a quanto pare non riesco a muovermi.

«...Si sente ancora malissimo. È che...» La sua voce è rauca perché cerca di trattenere le lacrime. Tutt'a un tratto si fa più acuta. «So che non avrei potuto impedirlo, che non è colpa mia. Me lo ripetono tutti. Ma io sono sua madre, e lei ha solo quindici anni: dovrei essere in grado di proteggerla.»

Non ce la faccio più ad ascoltare, così sguscio nella mia stanza e grido: «Mamma!» bello forte e sbatto la porta di brutto.

Lei esce fuori e io la raggiungo in cima alle scale. È una giornata da cardigan e jeans, e i suoi capelli sono raccolti in uno chignon tenuto fermo da una matita, ciocche striate di biondo attorno al viso. Sembra stanca e ha gli occhi lucidi. Spalanca le braccia e io mi lascio stringere. È la mia mamma, il posto sicuro, l'unico contatto che riesco a sopportare.

«Oh, Jess.» Mi accarezza i capelli. «È terribile.»

Annuisco, avvolta dal suo morbido cardigan grigio, inalando il conforto che emana.

«Mi dispiace, tesoro. Non riesco a crederci nemmeno io. E l'hai vista proprio ieri sera, vero? Sai che la polizia ha bisogno di parlare con te? Stanno per arrivare.»

«Lo so. Oh, mamma.»

Si ritrae e mi asciuga la guancia con il pollice. «Andrà tutto bene. Puoi farcela. Resterò qui con te per tutto il tempo.»

Annuisco.

«A scuola cosa dicono? Andiamo giù, preparerò un po' di tè.»

«Boh?» rispondo, mentre scendiamo di sotto. «Si comportano in modo strano.»

«Che intendi dire, amore?» Preme il pulsante e il bollitore si accende di nuovo, a tutto vapore, agitandosi sulla base. Prende la teiera dal pensile, toglie il coperchio.

«Come se sapessero qualcosa che io non so. Eden ha mandato un SMS a sua madre, e nessuno ne vuole parlare.» Mi siedo al tavolo in cucina e mi prendo la testa tra le mani. Le pillole stanno funzionando: il mal di testa si è ridotto a un debole pulsare.

«Hai provato a chiamarla?» Va verso il frigo e tira fuori il cartone del latte.

«Di continuo, e l'ho bombardata di messaggi. Credo che sia successo qualcosa.»

Alzo lo sguardo in tempo per vedere la mamma irrigidirsi. Sta prendendo le tazze dallo scaffale e si ferma con la mano a mezz'aria. «E quel ragazzo? Liam. Qualcuno ha parlato con lui?» Si tiene occupata con le scatole del tè – dieci tipi diversi raggruppati in cima al microonde – e riesco a vedere la tensione della sua mascella, che si serra forte quando pronuncia quelle parole. «So che è successo qualcosa la scorsa settimana. Non eri in te, domenica, lunedì. Cos'è successo, Jess? Che cos'ha fatto?»

«*Mamma!*» Non ci credo. «*Quel ragazzo*? Parli di Liam? È mio *amico*.» Quell'ultima parola non riesce a descrivere quello che rappresenta per me, ma la rabbia mi salva dall'imbarazzo. La uso per contrattaccare. «Conosci Liam. Lo hai lasciato dormire qui, sotto il tuo tetto. Allora non sei saltata a conclusioni!»

Quelle notti d'estate, quando Eden non voleva tornare a casa e io sapevo che per il suo bene la mamma avrebbe accettato che noi tre ci stipassimo in un cumulo di sacchi a pelo sul pavimento della mia stanza.

«Forse non avrei dovuto farlo restare. Forse non lo conosciamo abbastanza.»

«Cazzate. Conosci Sharon da anni. Abita tipo quattro strade più in là.» Mi piace la mamma di Liam. Puoi contare su Sharon. Puoi bussare alla sua porta in qualsiasi momento. «Cos'è cambiato?»

Questo non è da lei, e mi si gela il sangue nelle vene. La mamma è sempre pronta a credere il meglio di chiunque. «Hai sentito dire qualcosa?» È il passaparola dei genitori, le chiacchiere che circolano? «Se è così, farai meglio a dirmelo!»

Lascia perdere il tè e si volta. «Sono preoccupata da morire, Jess. Per Eden e per te. È sufficiente?»

«Ecco che ci risiamo.» Sospiro. Le ci sono voluti secoli per tornare alla normalità, dopo l'aggressione dello scorso novembre. È diventata una mamma-lupa, iperprotettiva. Ancora non le va giù che torni a casa a piedi da sola quando è buio. Correre è ok: me lo lascia fare, dopo che il dottore ha detto che era una buona terapia. Fino ad allora avevo subito una sorveglianza continua, viaggi in taxi, e un'inquisizione quotidiana su dove andavo e con chi uscivo.

La cosa peggiore è che so che non è da lei. Era una persona rilassata, prima. Odio che l'abbiano ridotta così.

Suona il campanello.

8

Ore 10.35

La mamma si volta, tesa e pallida. «Sii forte. Possiamo farcela.» Mi posa un cauto bacio in cima alla testa e va ad aprire.

Resto seduta lì, col sangue che mi pulsa nelle tempie. Sento mamma che accoglie la polizia, le loro presentazioni formali, i loro passi nell'ingresso, sempre più forti.

«Jess? Queste agenti sono venute a farti qualche domanda su Eden. Va bene, amore?» La mamma sta usando una voce allegra, falsa. Il che rievoca brutti ricordi per entrambe: la polizia nella nostra cucina.

Mi sto fissando le nocche bianche ma in qualche modo sollevo lo sguardo verso di loro. Non sono quelle dell'altra volta. Due donne. Una dell'età della mamma: con i capelli castano chiaro legati indietro e occhiali che la fanno sembrare un gufo. L'altra è più giovane, asiatica, carina, con un caschetto liscio nero. Indossano entrambe un completo giacca-pantalone, non le uniformi, e ho imparato dai polizieschi in TV che non è un buon segno.

Le donne poliziotto mostrano i distintivi e dichiarano nome e grado. Nel frattempo la mamma posa sul tavolo una tazza di tè davanti a ciascuna di loro. Vi aggiungono il latte. Non mettono lo zucchero.

Io, invece, ho bisogno di energia e ne prendo lentamente due cucchiaini.

Tirano fuori i taccuini, e mi rivolgono un sorriso che sembra attentamente studiato per essere rassicurante. È una tattica per dimostrarmi che sono innocue, che con loro sono al sicuro. Mi chiedo se siano state scelte per questo incarico proprio per quei sorrisi.

La mamma si siede e l'atmosfera cambia.

«Allora, Jess, sai perché siamo qui?» mi chiede Gufo.

Non riesco a parlare. Mi si è serrata la gola.

«La tua amica Eden non è tornata a casa ieri sera. Ci stiamo dando da fare per trovarla il prima possibile. So che vuoi che torni sana e salva, Jess, e anche noi. Quindi, vorremmo farti qualche domanda. Le tue risposte potrebbero aiutarci a trovarla. Per te va bene?»

È un copione e lo sta seguendo bene. Si capisce che è brava nel suo lavoro, ma quel retrogusto di recita mi fa tentennare. L'orologio ticchetta.

«Jess?» Mamma mi pungola con un'alzata di sopracciglio.

«Scusate» riesco a dire con voce strozzata. Aggiungo quasi tossendo: «Sì, ma siete sicure? Siete certe che sia scomparsa? Lo sapete che ha mandato un messaggio a sua madre? Lo ha detto il professor Barwell».

Le donne si scambiano una rapida occhiata.

«E a te ne ha mandati? Eden ti ha contattata?»

«No, è da ieri che non la sento» dico, sentendomi un fallimento come migliore amica. «Avete parlato con Liam?» chiedo. «Ve lo confermerà.»

«Liam Caffrey? Il suo ragazzo? Stiamo parlando con tutti gli amici intimi di Eden.» Gufo è brava a sviare l'attenzione. Mantiene bene il controllo. «Ora, Jess» continua in tono deciso «dovresti fornirci, per favore, tutte le informazioni che puoi, anche se ti sembrano dettagli insignificanti. C'è qualcosa che ti è sembrato strano o diverso quando hai visto Eden, ieri?»

Faccio di no con la testa.

«Dimmi come ti è parsa.»

Questo lo posso fare. Racconto loro ogni minimo particolare a cui riesco a pensare.

«E sei sicura che abbia visto Liam?»

Annuisco, ma poi ricordo come ha sorriso Eden quando le è arrivato quel messaggio, e d'un tratto non ne sono tanto sicura. «È quello che mi ha detto lei.»

«Dove dovevano andare?»

«Alla pista di pattinaggio, poi nel locale dove lavora la sorella di Liam. Dopo doveva accompagnarla a casa. L'ha accompagnata a casa, giusto?» chiedo.

Segue una lunga pausa.

Gufo sospira. «Ok, Jess, facciamo qualche passo indietro. Come ti è sembrata Eden ultimamente? Hai notato qualcosa di insolito nel suo comportamento? Qualche problema di cui ti ha parlato?»

Le fisso. «Lo sapete che sua sorella è morta a giugno? Quello lo classificherei come un problema.»

«Certo, sappiamo della morte di Iona.» Annuiscono pazientemente.

«Di recente ha trovato difficile affrontare la sua perdita?» si intromette Caschetto, e si alternano in scioltezza, come un duo.

«Non proprio» dico. «Cioè, sì, è stata dura. Ma non è cambiato nulla all'improvviso.» Sono sbigottita di scoprire che le mie guance diventano più calde mentre pronuncio queste parole.

«Era depressa?»

«No.»

«La scuola? È l'anno degli esami? Sentiva la pressione?»

«Nah. È fantastica a gestire quella roba.» Non come me. «Ha scelto persino una materia in più.»

«Ti ha parlato di come si sentiva?»

«Sì. No. Un po'.» Mentre lo dico, mi rendo conto che

è da parecchio tempo che non so cosa passi esattamente per la testa di Eden.

Si scambiano di nuovo quell'occhiata.

«Eden e Liam, come vanno le cose tra loro? Da quanto stanno insieme?» chiede Gufo, con una tale leggerezza e cortesia che mi spinge a guardarla, sorpresa.

Perché adesso è così guardinga? Sembra una domanda facile. È come nei telefilm polizieschi? La risposta la sanno: stanno solo verificando, per vedere se si possono fidare di me. Come la prima domanda alla macchina della verità per stabilire un livello base.

«Conosciamo Liam da secoli, ma si sono rivisti a maggio e si sono messi insieme poco dopo.» E poiché Eden è Eden, il modo in cui si sono incontrati non è una cosa che si dimentica tanto in fretta.

9

Faceva davvero caldo quel primo maggio, sembrava proprio scoppiata l'estate. Andai da Eden per decidere cosa fare. Tirammo fuori dal garage di suo padre delle sdraio che puzzavano di umidità, le coprimmo con degli asciugamani per nascondere i punti ammuffiti e ci mettemmo in bikini nel cortile interno. Lassù, dal giardino di Eden, non si vedeva nemmeno il paese, nascosto nella valle. Eravamo solo noi, mentre pecore e agnelli si scambiavano qualche *beee* nei campi, e l'intero paesaggio riluceva di quel meraviglioso verde primaverile. Ebbi l'impressione che le cose non potessero che migliorare.

«Per te protezione 50... toh!» Eden mi lanciò un tubetto di crema solare.

«E va bene, lo so che sono pallida come un fantasma, ma smettila di sbattermelo in faccia!»

«Veramente pensavo di mettertela sulla schiena.» Fece

una smorfia per la propria battuta penosa. «Va bene così, hai una classe innata, nel tuo pallore risulti comunque interessante. Ehi, quel tatuaggio è guarito proprio bene!»

«Sì. Ho già pensato al prossimo. Ne parlavo con Mo allo studio.»

«Cos'ha detto del tuo portfolio?»

«Gli è piaciuto. Farò qualche schizzo e roba così per loro... sai, per mostrarli ai clienti. Hanno detto persino che mi pagheranno.» Stentavo ancora a crederlo.

Trascinò la sua sdraio accanto a me, e anche se si trattava solo di Eden, la mia migliore amica, restai pietrificata.

Puoi farcela, puoi farcela.

Spremette una striscia gelida di protezione solare sulla mia spalla. Mi allontanai di scatto come se fosse acido. Mi alzai, sobbalzando come un cane preso a calci.

«Merda, Jess, mi sono dimenticata.» Eden sembrava atterrita.

«È tutto ok, non è colpa tua.» Mi sentii una stupida. Sudavo e avevo i brividi allo stesso tempo. Ero mortificata. Nonostante fossero passati mesi ormai, non ero ancora riuscita a superarlo. Avevo sperato che la fine dell'inverno fosse giunta anche per me, ma questo dimostrava soltanto che dentro di me regnava ancora il gelo.

«Lo so, e non è nemmeno colpa tua, cerca di non dimenticarlo.»

«E se te la spalmassi io la crema? Quello dovrebbe

andar bene.» Chissà perché, per il mio cervello bacato era accettabile toccare qualcun altro; solo, non sopportavo che gli altri toccassero me. Non ancora.

«Ho fatto un turno di prova alla tavola calda ieri» dissi a Eden, nel disperato tentativo di cambiare argomento, mentre mi voltava la schiena. «Indovina chi ci lavora?»

«Neanche per sogno, non mi metterò a fare l'elenco di tutta la scuola. Sputa il rospo e via...»

«Liam Caffrey. È tornato.» Le coprii le spalle con uno spesso strato di crema bianca e cominciai a spalmarla.

«Liam chi?»

«Dai, quello delle medie!» La nostra scuola era talmente grande che potevi perdere completamente di vista chiunque non fosse in classe con te. «Credevo fosse sparito dalla faccia della Terra, e invece è tornato ed è il mio nuovo collega!»

«E?» Eden non si voltò.

«È un tipo a posto, sai? Credo che ti piacerebbe. Pensa che sorride quando serve i piatti, invece di limitarsi a borbottare.»

«Sembra che piaccia a *te*.»

«Non in quel senso. Ma sono importanti, le piccole cose intendo, quando hai un turno lungo.»

«Non hai nemmeno cominciato, ancora.»

Ma non vedevo l'ora di iniziare il week-end successivo. Ora che sapevo che ci sarebbe stato Liam. Cercai di descrivere cosa lo rendeva diverso. «Mi tratta come...» Come, esattamente? Cercai le parole giuste. «Come una persona. Non una ragazza. Non una cameriera. Non una compagna di scuola. Capisci che intendo?» Mi interruppi, avevo quasi finito di spalmarle la crema sulla schiena. Feci assorbire uno sbaffo rimasto tra le scapole.

«Neanche un po', Jess.» Eden allungò le braccia, ispezionandole. «Mi passi la crema?»

«Come se fossi una persona con delle alternative. Come se non mi avesse ancora inquadrato.» Le passai il tubetto. «Tieni.»

«Be', lo conosci da due minuti» mormorò lei, e sapevo che non mi stava davvero ascoltando.

«Da dieci anni. Dico per dire. Non ci sono tanti ragazzi così in giro. Così a loro agio con se stessi che riescono a interagire con chiunque. Capisci?»

«Sicura di non avere una cotta per lui?» Smise di spalmarsi la crema sulle braccia e si voltò per sorridermi.

«No. Non capisci il punto, Eden... Ecco! Sei a posto. Passami un po' la crema.» Le diedi un colpetto leggero e mi sistemai sulla sdraio per impiastricciarmi con quella roba. «Niente scottature per noi, oggi.»

«Ah, è davvero perfetto» sentenziò Eden, mettendosi comoda con un lungo sospiro.

«Chi cavolo c'è qui, le due schizzate?» La voce di Iona

giunse da dentro casa, forte, chiara e intrisa di sarcasmo. Era bellissima, bionda come Eden ma più pallida e più aggraziata. Chi non la conosceva l'avrebbe creduta una bambola, dolce e fragile, con quegli occhioni azzurri e una spolverata di lentiggini sul naso.

Eden imprecò. «Lo sapevo che era troppo bello per essere vero.» Sembrava un po' abbacchiata, tutta la sua contentezza stava svanendo.

Iona uscì ostentando indifferenza, con addosso canottiera e jeans aderenti, gli occhiali da sole, una brocca in una mano e una pila di bicchieri nell'altra. «Credi di essere a Beverly Hills? Sei ridicola.»

Le sue parole erano crudeli, ma era il tono ad accentuarne la portata. Piccole bombe verbali che esplodevano cariche d'odio.

«La mamma mi ha detto di portarvi questa: ha pensato che dovevate aver bisogno di rinfrescarvi un po'.» Iona sbatté la caraffa sul tavolo di metallo accanto a noi, facendo traboccare il succo.

«Che gentile ad aver pensato a noi, sorellina cara.» Eden era spaparanzata, a occhi chiusi, le braccia spalancate per prendere il sole.

«Sto andando a fare un giro in macchina: musica a palla, finestrini aperti.» Iona aveva appena preso la patente e adorava ricordarlo a Eden. «Mi dispiace tanto che resti qui a morire di caldo... anche se credo tu possa sempre venire in paese *a piedi*, una volta che ti sarai asciugata.» Infilò una mano nella brocca e afferrò una manciata di cubetti di ghiaccio.

«Eden...!» cercai di avvertirla, ma Iona fu troppo veloce.

«La mamma aveva proprio ragione, sei troppo accaldata» disse Iona con un sorrisetto, e lasciò scivolare i cubetti sulla schiena di Eden prima di correre di nuovo dentro casa.

«Ah!» Il grido di Eden riecheggiò per tutta la valle. «Non può darmi tregua almeno per un giorno?» Si tirò su a sedere, furiosa, gocciolante. «Uff... A dire il vero, è piuttosto piacevole. Decisamente rinfrescante. Magari farebbe bene anche a te, sai, come uno di quei trattamenti che si fanno alla spa dopo la sauna. Dovresti provare...» Aveva un luccichio dispettoso negli occhi.

«Non ci provare!» Ma era troppo tardi. Afferrò una manciata di ghiaccio e mi inseguì per il giardino.

«Ahi! Non è giusto!» Poi ovviamente dovetti vendicarmi. Quando finimmo, nella brocca non era rimasto niente ed eravamo tutte appiccicaticce e piegate in due dalle risate.

«D'accordo, c'è solo un rimedio. Dobbiamo fare una nuotata.»

«Alla diga? Cavolo, sì! L'acqua sarà freddissima. Facciamolo!»

Radunammo la nostra roba e percorremmo la collina

dietro la casa. Dimenticavo sempre quanto fosse ripida. Proprio prima della sommità, circondate da massi e cacche di pecora, sembrava che non saremmo mai arrivate a destinazione. Poi all'improvviso, come un miraggio, una rampa di scale di pietra apparve davanti a noi, con l'aria di condurre fino al cielo...

«A chi arriva prima!» La percorremmo di corsa, ridendo, ed eccola lì, la diga: un enorme bacino rettangolare d'acqua che rifletteva il cielo azzurro, fatto di pietra, con una minuscola spiaggia dorata in un angolo. Il nostro miracolo locale, una spiaggia in mezzo alle brughiere. Tutt'intorno a noi, in ogni direzione, la vista era spettacolare. Perfezione panoramica a trecentosessanta gradi.

Accaldate e sudate, lasciammo cadere la nostra roba e ci immergemmo, sussultando.

«Mamma se è gelata!» strillò Eden, poi si voltò e mi guardò mentre la seguivo.

Riconobbi quello sguardo nei suoi occhi.

«Non osare schizzarmi, Eden Holby.» Ad agosto l'acqua sarebbe stata della giusta temperatura, scaldata dalle rocce per tutta l'estate, ma era difficile crederci adesso. «Ehi! Adesso ti faccio vedere io, freddolosa!» La spruzzai anch'io e incespicammo lentamente in avanti nel soffice fondale sabbioso, finché non ci immergemmo abbastanza per tuffarci.

Per le prime poche bracciate credevamo che non ci saremmo riscaldate mai più. Ansimando, nuotammo sino al centro.

Agitai le gambe sott'acqua, guardando tutt'intorno a noi, la luce sull'acqua e il perfetto cielo limpido che ci sovrastava. Risi, d'un tratto sprizzavo felicità da tutti i pori, poi immersi la testa e me ne pentii. L'acqua fu come una morsa attorno al cranio, il freddo che si sollevava dalle profondità fino al centro del bacino idrico.

Quando tornai in posizione verticale, Eden aveva una strana espressione sul viso.

«Eden, che ti prende?» le domandai. «Non dirmelo: stai facendo pipì, *che schifo*!»

Lei non sorrise nemmeno. «Jess, posso dirti una cosa?»

«Ma certo, Eden.» Per poco non le chiesi se potevamo tornare alla spiaggia prima, ma qualcosa nella sua espressione mi fermò. Rimanemmo lì.

Le diedi tempo.

Finì sotto per un istante, poi tornò su e sputò dell'acqua. «Ieri sera ho scoperto qualcosa. Non ho ancora capito bene cosa, ma credo sia importante. Giurami che non lo dirai a nessuno.»

«Giuro!» Mantenni gli occhi fissi sul suo viso, agitando le gambe più forte per tenere la testa ferma fuori dall'acqua.

«Iona ha perso il passaporto, e deve andare a rifarlo presto, prima di partire.»

Annuii. Il papà di Eden era francese e io sapevo che sarebbero andati a trovare i nonni in Francia alla fine del trimestre, come sempre. «Fra tre settimane, giusto?»

«Di solito la mamma ci imporrebbe di sbrigarcela da sole. Sai, trascinarci tutti all'ufficio passaporti per principio, per darci una lezione sulla responsabilità o che so io...»

«Già, anche la mia fa così. Non possono farne a meno, è una cosa da mamme.»

«Ma stavolta è stata prudente da paura. Non ha fatto una piega, ha detto solo che ci sarebbe andata lei.» Eden respirava a fatica adesso, muoveva braccia e gambe per tenersi a galla. «E lo so che non avrei dovuto farlo, ma Iona è stata talmente stronza questa settimana. Quando non siamo a scuola, mi tormenta di continuo. So che mi odia, ma ultimamente le cose sono peggiorate.»

«Già.» Lo avevo notato. Talvolta anch'io venivo bersagliata dall'odio di Iona, solo perché ero insieme a Eden. Non era piacevole.

«Così volevo capire perché mamma fosse così strana. Per usarlo contro Iona, immagino.» Le sue parole vennero fuori discontinue e smozzicate. «Perciò ho frugato nella scrivania di mamma. So dove tiene le chiavi. È talmente prevedibile, lei e le sue password facilissime da indovinare e le chiavi appese proprio accanto alle serrature.» Si interruppe e si portò una mano alla bocca, e questo la fece affondare un po'.

«Cosa c'era, Eden? Cos'hai trovato?» Le misi una mano sotto il gomito e la tirai su.

«Tre passaporti, il mio certificato di nascita, e qualcos'altro... dei documenti.»

Era chiaro che la faccenda era seria. Aveva i capelli bagnati, lungo la schiena, oro scuro, striati e scintillanti alla luce del sole. I suoi occhi erano incredibilmente azzurri, come il cielo. Socchiusi per la luce accecante, erano come schegge di vetro, pieni di dolore e di qualcosa di sconosciuto. Sembrava sentirsi in colpa.

Aprì la bocca per dirmelo, ma prima che potesse farlo una palla da tennis giallo brillante la colpì dietro la nuca.

«Ma che ca...?»

«Stai bene?» La mia mano scattò e la afferrò per il braccio, tenendola su, ed entrambe ci voltammo.

«Ehi, che cavolo? Chi è stato?» La voce furiosa di Eden riverberò facilmente sull'acqua, fino alla parete digradante del bacino idrico, dove c'era un gruppetto di ragazzi che avevano distolto lo sguardo con fare colpevole.

Tutti tranne uno.

Alzò la mano. «Io! Scusa. È stato un incidente...» Liam Caffrey: il redivivo uomo del mistero, cresciuto e favoloso. Adesso era alto, con quel ciuffo di capelli biondi sulla fronte. Il suo viso, che sembrava triangolare con quegli zigomi aguzzi, e le sopracciglia scure... che lasciavano intendere ciò che lui non aveva ancora detto. Lo avrei riconosciuto comunque, anche se non lo avessi visto il giorno prima.

Ma Eden non stava ascoltando. Afferrò la pallina e la infilò sotto l'ampia striscia frontale del bikini, e poi cominciò a nuotare verso di lui: a stile libero, spinta dalla furia, i gomiti che si sollevavano dietro di lei e fendevano l'acqua.

Le andai dietro muovendomi più lentamente, a rana, come una vecchietta, con la testa fuori dall'acqua.

Gli amici di Liam cominciarono a prenderlo in giro. «Adesso sono cavoli tuoi, amico!»

«Attento con questa qui... è Eden Holby.»

Eden si alzò in piedi, grondante acqua, proseguì a passo di marcia verso di lui, nemmeno i sassi sconnessi la rallentavano, col mento sollevato, e tirò fuori la pallina. «È tua? E se lo facessero a te?» Tirò indietro il braccio scagliandogliela dritta sulla testa, a un metro di distanza.

Liam non si scansò. La afferrò al volo, poi si irrigidì, tenendola sollevata. Indossava solo un paio di bermuda ampi blu, nient'altro, e non batté ciglio di fronte alla sua furia. Il suo braccio scattò all'indietro, come una catapulta carica. «Bel tiro. Siamo pari. La finiamo qui, o che?» Il suo petto pallido e muscoloso si alzò e si abbassò.

Rimasero lì fermi, a fissarsi, a faccia a faccia, senza parlare. Tutti gli amici di Liam attesero, non osavano fare altre battute prima di vedere chi avrebbe prevalso.

Alla fine Eden si mosse e distolse lo sguardo, controllando la loro roba. «Li vedi quei sacchetti di patatine? Dammene uno. *Allora* saremo pari.»

La tensione si sgretolò e si dissolse nel nulla. Quando uscii dall'acqua, Eden era già seduta in mezzo ai ragazzi, a passare il sacchetto in giro e a ridere così forte per qualcosa che aveva detto Liam che si inondò di briciole salate.

«Jess, dov'eri finita? Ehi, ho conosciuto il famoso Liam Caffrey di cui mi hai parlato...»

«Ciao Jess, tutto bene?» Il sorriso di Liam era luminoso e sereno.

Sorrisi, salutai con la mano e andai a sedermi, cercando di capire perché mi sentivo come se mi avessero appena rubato qualcosa.

10

Ore 11.00

«Eden e Liam si sono messi insieme a maggio. Sono stati bene per un po', fino a giugno. Poi, dopo la morte di Iona...» Mi interrompo. È dura, esprimerlo a parole. «Be', cioè, io e Liam abbiamo badato a Eden per tutta l'estate.»

Le agenti prendono appunti. Vedo che Gufo nota il cenno di incoraggiamento che mi rivolge la mamma.

«Vai d'accordo con Liam?»

Rossore. Bruciante. Annuisco, poi sollevo la tazza, ingollando sorsi bollenti di tè per non incontrare i loro sguardi.

«Com'è Liam Caffrey?» Questa domanda me la rivolge Caschetto, come se niente fosse.

Mi prendo un momento per riflettere sulle innumerevoli versioni di Liam, cercando di riportarle tutte in un'unica immagine chiara.

Liam al lavoro: pronto, calmo, capace. Lui e il capo chef, Dev, sono una vera squadra, tagliano, accendono, mescolano, assaggiano, impiattano tutto in modo carino come fanno alla tele, e ridono tra loro per l'impegno che ci mettono.

Liam quest'estate: con me e Eden. Buffo. Rilassato. Così preso da Eden, finché...

Liam a scuola: scontroso. Torvo. Sboccato. Pronto a far fuoco, come una pistola carica.

«È un tipo a posto. Davvero.» Sembra patetico, ma come si fa a inquadrare una persona in tre parole?

«Sai che ha aggredito una persona?» Caschetto sfodera gli artigli. *Miao.*

«So che ha fatto qualcosa.» Mi metto sulla difensiva. Liam non si è fatto vivo a scuola per settimane, e non ho mai scoperto di preciso quale voce fosse vera. «Ma scommetto che aveva un buon motivo. Quel Josh Clarkson è un incubo. Scommetto che se l'è meritato.»

«Jess!» La mamma è scioccata.

«Quindi stai dicendo che ti fidi di Liam Caffrey, nonostante i suoi trascorsi?» Caschetto sembra pensare che non sia un comportamento saggio.

«Assolutamente sì.» Ignoro l'irritante assillo del sospetto che tormenta la mia mente come un bambino piagnucoloso. Liam ha un brutto carattere, e allora? Ha picchiato qualcuno, e allora? Tutti commettiamo degli errori. Non significa niente.

Caschetto scarabocchia qualcosa, poi sorride di nuovo e lancia una bomba a mano. «Sappiamo della festa di sabato scorso.»

Tè. A grandi sorsi. «E quindi?»

La mamma si acciglia. Lo so che vuole che collabori.

«Raccontaci come stava Eden quel giorno. Con chi ha parlato? Come si è comportata?»

Esito. La polizia è stata buona con me l'anno scorso. Non ho nemmeno dovuto mettere piede in tribunale. Testimonianza tramite collegamento video. Un verdetto di colpevolezza. Quindi dovrei essere buona io con loro adesso. Ma questa non è la mia storia, non ho diritto di raccontarla. E se Eden fosse tornata, e nel frattempo io avessi spiattellato tutti i suoi segreti alla polizia? Ma se si trova davvero nei guai e la polizia non scopre in tempo cos'è successo, per qualcosa che ho tenuto nascosto?

«Ok. C'è stata una festa. Mamma, lo sai. Quando i suoi sono dovuti andare dalla nonna, quella che vive a sud. Hanno lasciato Eden a casa perché non immaginavano quanto fosse grave la nonna. Quando hanno chiamato per dire che avrebbero passato la notte lì, lei ha colto l'occasione per dare una festa. Tutto qui! Non si può mica biasimarla se voleva divertirsi un po', dopo tutto quello che ha passato!» So che il mio tono ha preso una piega che la mamma definirebbe *belligerante*, ma comincio ad avere la sensazione che qui siamo tutti sotto processo: io, Eden, Liam.

«Eden ha bevuto o fatto uso di droghe?» chiede distrattamente Gufo.

Ahi.

«Ha preso qualcosa sabato sera? Stiamo cercando di costruire un quadro dello stato mentale di Eden nei giorni precedenti la sua scomparsa.»

La scomparsa. Mi sento male. L'idea comincia a prendere piede. Ogni minuto che passa le possibilità che questo copione abbia un lieto fine diminuiscono drasticamente. Dopotutto non si tratta del colpo di scena finale nell'ennesimo episodio di una serie TV. Potrebbe trattarsi di una storia più triste, uno di quei thriller che vanno in onda in prima serata. Potrebbe finire male.

È ora di decidere. Verità o bugie?

Immagino Eden: spaventata, sola. O peggio: forse non è da sola.

«Ok.» Finisco il dolce tè granuloso rimasto in fondo alla tazza e mi lancio nel racconto dello scorso week-end. Con qualche ritocco.

Era stata una lunga giornata sabato alla tavola calda per il nostro ultimo turno. Ogni volta che mi fiondavo in cucina, Liam aveva qualche battuta pronta con il cibo da servire.

«Ecco. Hamburger di fagioli per i vegani al tavolo quattro. Hamburger normali per i carnivori al tavolo due. O è viceversa?» Sorrise malizioso. «Bluff o doppio bluff? Niente mancia se ti sbagli.»

«Dacci un taglio, so riconoscere la differenza. Guarda e impara.» Raccolsi i piatti, pavoneggiandomi mentre ne portavo tre su un braccio solo, e sgusciai fuori dalle porte a vento.

Il mio corpo era esausto per il lavoro, e su di giri per lo stesso motivo. Mi trovavo a mio agio nei panni della cameriera. Non mi dispiacevano le chiacchiere e i sorrisi d'ordinanza. Non mi dispiacevano neppure i piatti pesanti o il calore della cucina. Mi piaceva che fosse tutto elementare. I turisti non mi conoscevano. Per loro, ero una funzione, non un mostro. Ma la cosa migliore era che non avevo tempo per pensare.

Una volta finito, Liam emerse dalla cucina, paonazzo per il calore. Gli passai la sua parte di monetine. «Mance da record. Puoi ringraziarmi dopo.»

«Ah, Jess. Sei grande. Ottimo lavoro.»

«Che posso dire? Siamo un'ottima squadra.»

Il suo sorriso fu la ricompensa migliore, ma mi imposi di guardare altrove e afferrai il telefono. «Andiamo, Eden mi ha messaggiato. Si chiederà dove siamo finiti.»

Uscimmo alla luce del sole e ci dirigemmo verso il parco, dove ci aspettava Eden.

«Diamo inizio al week-end lungo» dissi, guardando di sottecchi Liam. Mi ricordava un gatto o una volpe: qualcosa di elegante, con i denti nascosti. Sì, una volpe, ecco cosa, con quegli zigomi sporgenti, che puntavano verso di me. Si era cambiato – jeans e una maglietta rossa sbiadita – e aveva infilato la divisa da lavoro bianca da lavare nello zaino. Io mi ero cambiata la maglietta, infilando la mia preferita. Mi sciolsi i capelli e rimisi i piercing.

«Già. Non pensarci nemmeno al rientro a scuola. Intesi?» Mi offrì il pugno. Le sue sopracciglia dicevano che era il momento di divertirsi.

«Intesi.» Gli colpii le nocche con le mie, e questo non mi provocò nemmeno un brivido. Forse stavo migliorando.

Attraversammo insieme la strada. Stargli accanto era magnifico. Ci immergemmo nel tempo libero, e fu come scivolare in un bel bagno caldo. Era uno di quei lunghi sabati afosi d'estate in cui il cemento assorbiva il calore e lo riproponeva al tramonto come un bonus. Al furgoncino dei gelati di Sergei c'era ancora una lunga coda di clienti. Quell'idiota di Jack Greenwood si era appena tuffato a bomba nel canale, completamente vestito, incoraggiato dai suoi amici scemi. Scansammo dei turisti svagati, che attraversarono i cancelli del parco come un nugolo di moscerini.

Eden era appollaiata sullo schienale di una panchina

all'estremità della pista di pattinaggio, che confinava con l'area giochi dei bambini. La linea divisoria era una sottile ringhiera rossa. Eden stuzzicava pigramente la vernice che si staccava, sfogliando le scaglie secche come croste giganti. Appena ci vide, si allungò lentamente, poi venne verso di noi per abbracciarci a turno, Liam per primo. Indossava dei calzoncini di jeans sfilacciati che a mia madre sarebbero sembrati troppo corti e un top azzurro con un motivo a margherite, rossetto rosso sangue e occhiali scuri. Aveva un aspetto magnifico.

Mi passai una mano sul viso e tra i capelli, d'un tratto mi sentivo unta ed esausta per il turno alla tavola calda. Seguii lo sguardo di Eden. Stava osservando alcuni estranei attraverso le sbarre.

«Che c'è?» le domandai.

«Idioti» li liquidò Liam.

I nuovi arrivati avevano più o meno la nostra età. Quattro gatti, ma non erano di queste parti. Occuparono l'area giochi prima ancora che tutti i bambini e i genitori se ne andassero per la serata. Tenevano la musica alta, avevano delle lattine di sidro in buste di plastica, e si stavano facendo le canne a un tavolo da picnic senza nemmeno sforzarsi di nasconderlo.

Non si faceva una cosa del genere. Non in una cittadina così piccola. La notizia sarebbe arrivata a casa mia prima di me.

«È andata bene al lavoro, cari?» Eden rivolse di nuovo l'attenzione verso di noi, con voce sprezzante e sarcastica.

Il mio cuore sprofondò. Dalla morte di Iona, non sapevi mai quale Eden ti saresti trovato di fronte. Era così da giugno. La mamma mi aveva fatto un discorsetto e me lo aveva spiegato, quindi sapevo che era normale, quel dolore voleva dire rabbia e negazione.

Mi preparai, con gli scudi alzati. «Sì, non male. Un po' frenetico. Buone mance, perlomeno.»

Liam rise. Uno scherzo tra noi.

Gli sorrisi in risposta, ma Eden saltò su in fretta, riprendendo il controllo della situazione: «Finalmente, il vostro ultimo turno! Siete tutti miei adesso!» La sua voce aveva una nota che mi spinse a domandarmi quanto le desse fastidio che lavorassimo insieme, senza di lei. «Niente scuola fino a martedì.»

«*Shhh.* Nessuno pronunci la parola con la *s*. Io e Jess ci siamo già messi d'accordo.» Liam si allungò sulla panchina, con braccia e gambe ciondoloni e le spalle larghe.

Mi sedetti in imbarazzo, un po' in disparte, mentre Eden gli si gettava addosso.

«Ci sto. Siamo liberi! *Liiiberiii... di spassarcela!*» canticchiò, un vecchio brano che avevano messo spesso alla tavola calda quest'estate. «Dai, facciamo qualcosa. È il nostro ultimo sabato di libertà. E indovinate un po'? I miei non tornano a casa stasera.»

Drizzai la schiena e li guardai. Liam alzò gli occhi al cielo rivolto verso di me, le sopracciglia sollevate: non voleva essere scortese, solo mettere entrambi in allerta. Avevamo sviluppato una specie di codice quando eravamo con Eden. Era chiaramente uno di *quei* giorni.

Eden saltò in piedi. Fece per scavalcare la ringhiera di ferro, ignorandone le punte acuminate.

«Cavoli, Eden, non puoi fare il giro come una persona normale?» Ma balzò lo stesso dietro di lei con una mano sola, facendolo sembrare facile.

Sospirai e feci il giro. Quando superai i cancelli, Eden era al centro della combriccola di nuovi arrivati. La circondavano, affascinati. Lei si scostò i capelli sopra la spalla, pronunciando una battuta che li fece ridere tutti.

Soffocai un'ondata di rabbia, chiedendomi se non fosse meglio allontanarmi subito e tornare a casa. Gli sconosciuti mi rendevano nervosa. Eden lo sapeva, ma quest'estate si era comportata da egoista. E per un ottimo motivo. Mi odiai per averlo anche solo pensato.

Osservai gli sconosciuti più da vicino. Il capo doveva essere il ragazzo alto, molto fico, con la maglietta firmata, i calzoncini larghi e i gioielli dorati che risaltavano sulla sua pelle scura. Possedeva l'ulteriore fascino della novità – oltre gli occhioni castani e un enorme sorriso smagliante – e io vidi Eden puntare su questo, mentre rideva e flirtava con questo nuovo ragazzo.

Stava ignorando Liam, che attendeva in disparte come un Labrador irrequieto.

«Ehi, questo è Tyler. Si è appena trasferito qui» urlò verso di noi. «Tyler, loro sono Liam e Jess.» Da come lo disse sembrava che fossimo un'unica entità, e io mi domandai se lo avesse fatto di proposito, per rendersi disponibile.

«Ciao» borbottai, mantenendo una cauta distanza.

Liam fece un cenno del capo senza parlare.

«Allora, *E-den*.» Tyler lo pronunciò lentamente, come se avesse un sapore dolce. «Che si fa di solito da queste parti dopo il calar del sole?»

Ridacchiai. Volevo proprio vedere come se la sarebbe cavata. C'erano pub frequentati solo da vecchi, un locale per lesbiche, l'unico bar.

«Venite tutti da me?» propose Eden. «I miei sono via. Ho proprio voglia di divertirmi. Liam può pensare alla musica» cantilenò.

«Una festa? Per me? Ci siamo appena conosciuti. Ho sentito dire che voi ragazze del nord non siete timide.» Tyler stava tentando la fortuna. I suoi amici risero, per incoraggiarlo. «Non diremo di no, vero?»

Liam fece un passo avanti. «La festa non è per te. È per Eden» disse a denti stretti.

Lei rise, divertita dalla tensione, guardando prima Liam e poi Tyler.

«*Eden, no!*» Non mi andava giù. Odiavo quell'atmosfera. Poteva anche andare con me e Liam, che ci lasciavamo tormentare, stuzzicare per distrarla dall'oscurità dei suoi pensieri, ma non con quegli estranei. Non sapevano di dover stare attenti con lei.

«Ti sei espressa male, Jess» mi schernì lei. «Volevi dire: *Eden, sì*. Oggi Eden dice soltanto di sì.» Il suo sguardo sostenne quello di Tyler, carico di malizia.

Era troppo fuori per pensare a me. Per ricordarsi che non mi sentivo a mio agio in mezzo a tanta gente o con gli estranei, e perché...

«*Sì* suona bene. *Festa* suona anche meglio! Tieni, tanto per cominciare.» Tyler si avvicinò a Eden e le passò qualcosa che teneva nascosto nella mano a coppa.

Di solito Eden non fumava, ma giunta a quel punto del gioco non aveva intenzione di rinunciare allo scherzo. «Sì, perché no?» Socchiuse gli occhi e soffiò fuori il fumo... Inalai il profumo corposo e dolciastro dell'erba. Adesso non c'era più nulla in grado di fermarla.

Mi morsi il labbro. Dovevo stare attenta a come giocarmela. Se esageravo e lei mi respingeva, non sarei riuscita a starle dietro.

Liam si accigliò, ma rimase in silenzio. Mi chiesi se fosse tormentato dal mio stesso dubbio.

«Chi se ne frega.» Scrollai le spalle, decisione presa. Per il bene di Eden, avrei rischiato. Ero pronta per qualunque folle serata avesse in programma. «Quando tornano, i tuoi? Lunedì? Abbiamo due giorni per pulire...» Mantenni un tono spensierato come lei, non lasciando trapelare alcuna critica.

Lei tirò fuori il telefono e il suo pollice ne sfiorò la superficie. Premette forte un'ultima volta, e alzò lo sguardo, sorridendo. «Fatto. È ufficiale. Non preoccuparti, Jess, ti ho invitata. Liam, tu avrai il controllo della musica. Adesso aiutatemi, ok? Abbiamo un'ora e mezza per organizzare la festa della nostra vita.»

11

Ed è quello che fece. Prendemmo un taxi per andare a casa di Eden, lasciando lì gli altri, che ci avrebbero raggiunto più tardi. Passammo prima a casa di Liam per recuperare i piatti e le casse, e poi a prendere il suo amico Aziz strada facendo.

«Dove sono i tuoi?» chiesi mentre entravamo, portando scatole piene di dischi (questi ragazzi preferivano il vinile). La casa era molto silenziosa, ma non lo rimase a lungo. Liam e Az ci vennero dietro, trascinando insieme un enorme altoparlante.

«La nonna si è sentita di nuovo male. È in ospedale.»

«Mi dispiace tanto, Eden.»

Lei ignorò la mia solidarietà. Nessun cambiamento percettibile.

«Non ne potevo più di cenare con la signora Coates, la vicina. Le ho appena mandato un messaggio per dirle che stasera non ce la faccio.»

«Sentirà la musica» le feci notare.

«Già, ma la sai una cosa? Continuo a giocarmi la carta della sorella morta. Mi tira fuori da tutte queste rotture di palle. Dai!»

Provai un senso di terrore crescente, nuvole minacciose che si addensavano. Qualcosa non andava. Eden non era in sé. Sapevo che adorava sua nonna. Che fine aveva fatto la vera Eden Holby? La rivolevo indietro, ma vederla riapparire sembrava una remota possibilità.

Mi unii a lei nei suoi frenetici preparativi per la festa, mentre Liam e Az sistemavano l'impianto per la musica. Per sicurezza, Eden nascose tutti gli oggetti di valore nello studio di suo padre e poi lo chiuse a chiave. Dopo spingemmo i mobili dell'enorme salotto a ridosso delle pareti, coprendoli con vecchie lenzuola, e togliemmo di mezzo il tavolo e le sedie nella vicina sala da pranzo.

Liam sistemò la console da DJ nel disimpegno che univa le due stanze, e creò così la pista da ballo, che si estendeva da sinistra a destra in ciascuna stanza.

Riempimmo il lavandino di ghiaccio, e Eden lo stipò di bottiglie di birra e liquori rubati in cantina. Trovò un rotolo di spago in uno dei cassetti della cucina e lo fece passare attraverso le ampie scale come una gigantesca ragnatela per impedire alle persone di salire al piano di sopra.

«Visto? Ho pensato a tutto. Andrà alla grande» mi disse, con voce trionfante. I suoi occhi erano già vitrei, le pupille enormi e nere come inchiostro. «Adesso pensiamo a noi!» Mi trascinò di sopra e fummo costrette a strisciare sotto la ragnatela di spago, ridendo.

«Lo sai qual è l'unico vantaggio di avere una sorella morta?» disse Eden voltandosi appena, una volta superato l'ostacolo.

Sussultai per le sue parole.

«Due armadi sono meglio di uno!» Entrò in camera di Iona a passo di marcia. Indugiai sulla soglia, osservandola mentre apriva le ante dell'armadio e cominciava a scorrere gli indumenti.

La camera di Iona era sempre stata ordinata, ma adesso era un pezzo da museo, con ogni oggetto fossilizzato nel tempo. Mi diede una strana sensazione vedere tutta la sua roba che ancora la aspettava... i poster e le foto appesi alle pareti con le puntine, la spazzola e le boccette di smalto per le unghie sul davanzale della finestra, le collane e le sciarpe appese allo specchio, il plaid e i cuscini di un rosso acceso sul suo letto. Guardai dietro di me nel corridoio, quasi aspettandomi di vederla precipitarsi dentro, a insultarci.

Iona non stava arrivando. Non sarebbe mai tornata nella sua stanza. L'irrevocabilità di ciò fece turbinare le quattro pareti attorno a me. «Eden, sei sicura di volerlo fare?» le chiesi, passandomi un palmo sudato sulla fronte.

«Sì, certo. Cosa potrà mai fare, perseguitarmi dall'aldilà?» Continuò a scorrere gli attaccapanni senza voltarsi. «Dovrei dirlo al mondo intero, eh? Dire a tutti che ho le prove che i fantasmi non esistono. Puoi scommetterci tutto quello che hai in tasca, perché se potesse Iona mi tormenterebbe ventiquattro ore su ventiquattro, tutti i giorni!»

Quando era diventata così? Era come se il dolore fosse stato spinto a fondo, sotto la pressione di tutto ciò che era rimasto irrisolto, e si fosse trasformato in qualcosa di insensibile e gelido, nel profondo di lei.

Immaginai questo nucleo infrangibile, che si diffondeva dentro Eden – come in uno di quei vecchi fumetti Marvel – rimpiazzandone carne e ossa, finché non fosse rimasto più nulla di umano, e lei sarebbe diventata la Ragazza di Titanio, dura e insensibile e crudele.

«Sai una cosa?» Tirò fuori una tuta nera e la fece aderire al proprio corpo, guardandosi nello specchio all'interno dell'anta. «È stata più grande di me di due anni per tutta la nostra vita. Adesso non più. Il suo orologio ha smesso di ticchettare a diciassette anni. Quindi ho intenzione di recuperare. Ben presto la supererò. Adesso sarò *io* la più grande. Non le andrebbe giù, se lo sapesse...»

«Eden» dissi avvicinandomi a lei, decisa a fermare questo fiume di amarezza.

«Questo!» Si girò, trionfante, tenendo sollevato un abito nero su un appendino. Parlò in fretta, senza lasciarmi la possibilità di infilarmi nella conversazione. «Eddai, Jess. Non manca molto. Dobbiamo cambiarci.»

Appena uscimmo dalla stanza di Iona, tirai un sospiro di sollievo. Andammo nella camera di Eden, lì accanto. Aveva quelle finestrelle vecchio stile costruite sotto le gronde e riuscivo a vedere fuori, per tutta la vasta valle illuminata dal sole. Il tramonto coglieva le finestre lontane delle case dall'altro lato della strada, minuscoli riquadri di oro incandescente.

Eden accese la radio e cominciò a cantare mentre si spogliava e restava in biancheria intima. «Sbrigati, Jess, la gente arriverà a momenti. Non puoi indossare quel vecchiume. Prendi pure quello che ti pare...»

Di solito non lo facevamo: i nostri gusti e le taglie erano troppo diversi. Sembrava strano, frugare tra le sue cose, come se scegliere qualche indumento di Eden potesse trasformarmi in lei. Una volta, non molto tempo prima, avrei fatto carte false per quella possibilità. Adesso, non era un'eventualità che volevo sperimentare. Essere Eden mi sembrava troppo complicato e doloroso. In quel momento, a essere sincera, preferivo essere me stessa, il che era tutto dire.

Comunque, feci come mi veniva detto. Scelsi un top di pizzo rosso che non le vedevo addosso da mesi. Mi arrivava sotto i fianchi, ma poteva andare.

«Ecco! Perfetto, Jess!» Eden mi prese per le spalle e mi pilotò verso lo specchio.

Lei sembrava splendida, come al solito. Il vestito di Iona era corto e aderente, e faceva sembrare chilometriche le sue lunghe gambe abbronzate. Si era ritoccata il trucco e aveva usato l'arricciacapelli, così spessi boccoli le scendevano lungo la schiena. Era il rossetto rosso di Iona, e lo stile di Iona.

Se qualcuno degli amici di sua sorella si fosse presentato alla festa, avrebbe avuto uno shock. Forse era quello lo scopo: Eden recitava la parte della sorella cattiva, ora che quel ruolo era rimasto vacante.

E io? Persino io avevo un bell'aspetto. Uno spesso strato di eyeliner nero, e un'ombra scura di ombretto fino alla linea delle sopracciglia. Usai un rossetto di una tonalità più scura rispetto a Eden. Il top rosso faceva risaltare i miei capelli e li rendeva luminosi.

«Il rosso ti dona, Jess. Sei fantastica.»

Parlai rivolta allo specchio, guardando i nostri volti. Feci un respiro profondo e osai chiamare a raccolta un po' di sincerità: «Non devi farlo per forza. Puoi cambiare idea, ritirare l'invito».

«E perché dovrei?» mi chiese, diventando glaciale.

Quel trucco non funzionava mai con me. «Eden, ascoltami: sono preoccupata per te.» Gettai ogni pretesa di restare impassibile. Mi voltai e guardai la vera Eden, non il riflesso di una ragazza conciata come qualcun altro perché in quel momento essere se stessa era troppo doloroso. «Quando finirà, Eden? Quando la smetterai di scappare?» La guardai negli occhi azzurri e aggiunsi: «Lo sai che ti guardo le spalle, ma forse dovresti prenderla con calma e ammettere...»

«Su col morale, Jess.» Mi interruppe con una voce roca, forse era a un passo dalle lacrime. «Non fare così proprio adesso, dico sul serio...»

In quello stesso istante di sotto partì la musica, così alta da far vibrare i vetri alle finestre.

La risata di Eden era acuta per l'isteria. «Si comincia!» Si voltò allontanandosi da me, e fiondandosi lungo il corridoio.

La seguii più lentamente, abbassandomi sotto quello stupido spago. Mi sentivo a disagio sulla grande scala, come se stessi facendo un ingresso in stile Cenerentola, anche se in casa eravamo solo in quattro.

Az sollevò lo sguardo e smise di sbrogliare un cavo, mi vide e fischiò. Liam, che stava scartabellando in una scatola di dischi, alzò gli occhi e si fermò. La sua espressione cambiò, solo per un istante. Un attimo dopo era tornata quella di sempre, affettuosa e amichevole, ma per un decimo di secondo avevo visto qualcos'altro e lo serbai nel cuore, un lieve barlume di speranza e paura, fragile e pericoloso come una vera scintilla.

Un'ora dopo, le auto affollavano la via. Quando Tyler e i suoi amici arrivarono, le cose erano decisamente sfuggite di mano. Estranei stavano arrivando da Manchester. Un ragazzo che non conoscevo stava vomitando nelle aiuole. I corpi erano talmente pigiati sulla pista che Ed Foster, di un anno più grande di noi, si fece trascinare a braccia dalla folla da una stanza all'altra. Az se la prese con un tizio alto con i capelli scuri, che indossava una maglia del Burnley, perché la piantasse di scivolare giù dal corrimano facendo tremare la console ogni volta che saltava giù. Per mezzanotte, le luci furono spente. Eden ballava in mezzo alle candele sul tavolo da pranzo, in biancheria intima, perfettamente coordinata, mentre Liam metteva i suoi pezzi preferiti. Tyler era proprio lì, a godersi lo spettacolo. Nel bagliore tremolante i suoi occhi erano enormi pozze scure, che non si staccavano mai da Eden.

Io mi limitai a nascondermi. Trovai un posto vicino all'ingresso, una specie di nicchia con un sedile alla finestra dietro a una tenda di un oro cremoso, dove mi sentivo al sicuro, dove potevo tenere d'occhio Eden. Avevo un grosso bicchiere di whisky e Coca a tenermi compagnia. Rimasi dietro la tenda a guardare, guardare, guardare. Il drink mi scaldò. Appoggiai la testa allo stipite della finestra aperta e inspirai profondamente l'aria notturna quando i tremiti divennero insostenibili: il mio respiro appannava il vetro e poi spariva.

Quando fui più tranquilla, mi voltai a guardare dentro e vidi quello che sembrava un reality show. Vidi Tyler che passava a Eden qualcosa di piccolo, rotondo e chiaro. Vidi Eden inclinare la testa indietro e deglutire. Vidi come prese il drink offertole da Tyler – uno shot di liquido dorato – per poi baciarlo sulle labbra. Vidi Tyler seguire Eden di sopra, chinandosi sotto la barriera di spago.

I miei occhi trovarono Liam. Teneva i pugni serrati, fermi sopra i piatti. Doveva cambiare traccia, ma fece un pasticcio. La casa cadde in un silenzio improvviso. La gente cominciò a rumoreggiare.

«Ehi, bello, se era il mio turno, dovevi solo fare un fischio» gli disse Az, subentrando con una gomitata. «Forza, amico, mi fai fare brutta figura.» Azionò il fader e la musica eruppe di nuovo nella stanza: mani per aria, gente che gridava.

Fui l'unica a vedere Liam perdere la calma. Alle spalle di Az, prese a pugni il muro. Il suo volto si era trasformato in una maschera di Halloween di gelosia e rabbia. Jekyll diventato Hyde, o era il contrario?

Riuscii a controllare la mia paura quel tanto per attraversare il mare di gente che ballava. Riuscii persino a non urlare quando mi vennero addosso, con le mani e le spalle e il peso caldo dei loro corpi. Riuscii ad allungare una mano verso Liam. Riuscii a toccarlo sulla spalla.

Ma dovevo essere pallida e tremante, perché gli bastò guardarmi una volta sola. Allora mi condusse fuori nella gelida aria notturna e lungo il sentiero in giardino.

12

Ometto alcuni particolari vietati agli adulti e comunico il breve resoconto alla polizia e a mia madre.

«Ok, quindi ne deduco che Eden abbia bevuto alcolici, possa aver assunto sostanze allucinogene e che probabilmente non abbia dormito granché?» Gufo riassume il tutto in modo efficiente. «Jess, non voglio giudicare nessuno. Stiamo cercando dei fattori di rischio. Stiamo cercando delle persone. Stiamo costruendo un quadro della situazione, come ho detto.»

Bevo un altro sorso di tè. Mi sento un informatore.

«E domenica? Cos'è successo dopo?»

«Ha dormito, ecco cos'è successo» si intromette la mamma. «Battendo il suo record personale: si è alzata all'una e un quarto del pomeriggio. Poi è andata a correre. Niente da riferire.» Sembra sulla difensiva. Sono grata che stia parlando qualcun altro, tanto per cambiare.

«Hai parlato con Eden?»

Scuoto il capo. «Ci siamo messaggiate. Programmi per lunedì, un po' di shopping insieme. Credo che Tyler sia stato con lei domenica, forse.» Glisso sulla roba di cui non posso parlare. «Sono andata a correre, ho guardato la TV, niente di che.» Scrollo le spalle. Avevo corso fino a Stoodley Pike – quel vecchio monumento che spunta come un ago dal punto più alto, piatto della brughiera – e al rientro a casa il doposbronza era passato.

Caschetto prende il comando. «Giusto, questo è accaduto domenica. Poi hai passato il lunedì di festa con Eden? Dove siete andate? Diresti che era in sé?»

Era stato un bene che avessi corso così tanto, sennò non sarei riuscita a dormire domenica notte. Così, mi svegliai alle sei e rimasi lì a preoccuparmi per ore, ripercorrendo gli eventi di sabato sera. Pensando a come sollevare l'argomento con lei. «*Allora, riguardo a sabato sera? Sei sparita con Tyler, quindi immagino che non ti dispiacerà sapere che ho passato gran parte della festa con Liam?*»

Quando arrivò il messaggio di Eden – *Ci vediamo alla stazione alle 11* – fu un sollievo e una scadenza incombente allo stesso tempo. Alle 11.10 avrei saputo come stava e cosa sapeva.

Non andò affatto così. Arrivò in ritardo, naturalmente. Io feci i biglietti e l'aspettai fuori dalla stazione, con un senso di nausea provocato dalla paura. Il tempo sembrava solidale. Era grigio, senza pioggia, ma umido e immobile, come se fossimo tutti sospesi in una nuvola.

Arrivò il treno per Leeds. La gente scese e uscì in fila dalla stazione passandomi accanto. Poi, all'ultimissimo momento, Eden fece la sua comparsa a bordo di un taxi. Scese in fretta, mi diede una voce senza guardarmi e riuscimmo a prendere il treno di corsa un attimo prima che le porte si chiudessero alle nostre spalle, e il controllore borbottò qualcosa con fare scontroso su quelli che ce la fanno per il rotto della cuffia.

Sembrava che il cuore stesse per saltarmi fuori dal petto. Pensai di nascondermi nel gabinetto, ma c'era sempre una puzza tale che di sicuro avrei finito per vomitare. Gli unici due posti liberi erano intorno a un tavolino, e ci sedemmo di fronte a due donne prese dai loro cellulari.

Nascosi il panico blaterando dei biglietti del treno e porgendole il suo con le dita sudate.

La guardai di sottecchi. Cosa sapeva? Cosa le aveva detto Liam? Aspettava il momento giusto per affrontare l'argomento?

Eden si appoggiò allo schienale e guardò fuori dal finestrino. Aveva un aspetto di merda: pallida nonostante l'abbronzatura, con enormi ombre blu-violacee sotto gli occhi che nemmeno il correttore più costoso del mondo poteva nascondere. Aveva pianto? Ricordai la pillola che aveva preso. Non ero un'esperta, ma avevo sentito dire che una volta passata la botta, ti senti come se avessi l'influenza.

«Stai bene?» le chiesi, odiandomi. Ero un'ipocrita. «Hai già messo in ordine?»

Lei fece spallucce. «Ho trovato un'agenzia di pulizie in Rete. Sarà come nuova al mio rientro.»

Ecco il bello di essere ricchi. Nella remota eventualità che io dia una festa, senza dubbio passerei i due giorni successivi in ginocchio a tirar via il vomito dal pavimento.

Non parlò più di sabato sera e io feci lo stesso. Confrontammo le nostre liste per gli acquisti. In modo cortese. Pacato. Riuscivo a percepire la presenza di tutto ciò che non dicevamo. Era come una creatura invisibile seduta tra noi... sembrava la trama di una puntata di *Doctor Who*. Questo mostro sarebbe diventato sempre più grande via via che continuavamo a ignorarlo, finché alla fine non avrebbe distrutto entrambe. Parlavamo come due perfette sconosciute, ogni insignificante parola che pronunciavo mi si bloccava in gola, e per tutto il tempo il piccolo mostro silenzioso cresceva, alimentato dal senso di colpa e dalla paranoia.

A Leeds, andai dietro a Eden in un silenzio quasi totale mentre lei girava per i suoi negozi preferiti e comprava stivaletti, una giacca e un gloss, come l'ultima volta. Poi mi accompagnò da Paperchase, sapeva che adoravo quel negozio. Ma quel giorno nemmeno cumuli di cancelleria in colori coordinati poteva tirarmi su di morale. Presi solo due blocchi per gli schizzi, tre penne e un blocchetto nuovo di Post-it.

Invece del pranzo, pagò due caffè carissimi pieni di sciroppo dolce e latte schiumoso. Mentre finivamo quell'intruglio, non ce la feci più. Guardai la mia migliore amica dall'aria triste e decisi che ne avevo avuto abbastanza. Avrei tirato fuori tutto, avrei implorato il suo perdono e almeno quell'agonia sarebbe finita. Mi sembrava di essere nel braccio della morte.

«Possiamo parlare?» le chiesi, abbassando lo sguardo sulle mie dita intrecciate, i palmi improvvisamente umidi. Azzardai una rapida occhiata.

«Sì. Certo.» Sembrava sorpresa. «Ma possiamo farlo in treno al ritorno? È che adesso dobbiamo muoverci o arriverò in ritardo.» Tirò fuori il telefono e si alzò, in ansia.

«In ritardo per cosa?»

Lei mi rivolse una rapida occhiata, ma disse soltanto: «Andiamo».

Feci spallucce e mi alzai, sentendo il cuore che rallentava di nuovo: confronto rimandato.

Usò un'APP per attraversare il centro della città, camminando svelta, prendendo svolte improvvise, lasciando la zona principale dello shopping. Alla fine ci infilammo in un vicolo acciottolato e lei si fermò tanto bruscamente che andai a sbattere nel cumulo di enormi sacchetti che teneva appesi al polso sinistro.

«È il numero 54, giusto?» borbottò, guardando in alto.

«Cosa succede, Eden? Che ci facciamo qui?» Con tutto il mio sonno arretrato, la giornata prese una piega misteriosa, simile a un sogno. Non avevo idea di cosa stessimo facendo. Perché Eden non mi aveva detto nulla? Non era la mia paranoia: si comportava decisamente in modo ambiguo, e la giornata sembrava rispecchiare la sua stranezza.

Eravamo fuori da una galleria tetra in un vecchio edificio vittoriano che aveva visto tempi migliori. Di sicuro, il numero 54 era inciso nello stravagante vetro macchiato sopra le doppie porte. L'elaborata decorazione una volta era stata bianca, e adesso era punteggiata da macchioline di ruggine che sembravano sangue secco.

«Resterai con me?» mi chiese Eden, con una mano sulla porta. Mi guardò con gli occhi socchiusi. Nella semioscurità della soglia era mortalmente pallida.

Non feci altre domande. «Ma certo che resterò con te, Eden. Sempre.» Provai un istinto di protezione nei suoi confronti, così intenso e dirompente che riuscii a dimenticare per un intero minuto quel che avevo fatto.

Entrammo. Non poteva essere più diverso dalla lucente galleria d'oro e vetro in cima alla strada, piena di boutique. Quel posto era squallido e metà dei negozi erano chiusi e sprangati da assi. C'erano una boutique d'abiti usati, un negozietto di dischi e un laboratorio pieno di poster stravecchi e arricciati che elencavano i benefici della medicina tradizionale cinese. La mia attenzione fu attirata da un negozio di graphic novel che esponeva alcune nuove importazioni provenienti dal Giappone.

Ma Eden stava già dirigendosi su per una scalinata di legno al centro dell'edificio, del tipo che si avvolgeva a spirale attorno a quei pozzi d'ascensore che si vedono nei vecchi film, con i cavi e tutto quell'armamentario meccanico cui preferirei non pensare quando prendo un ascensore.

Il piano superiore era ancora più silenzioso, suggestivo e pieno d'ombre. Puzzava di umido e freddo. L'atmosfera onirica si intensificò.

«Dove stiamo andando?» le domandai. «Sei sicura che sia il posto giusto? Non sembra che...»

«Siamo arrivate.»

Alla nostra sinistra, un cartello annunciava IL DONO DELL'ANGELO, incorniciato da un vistoso motivo gotico rosso e nero che mi fece digrignare i denti. Nella vetrina c'erano degli ornamenti, grappoli di cristalli, candele e altre cose di cui non sapevo il nome.

«Eccolo» disse Eden, mettendo via il telefono. Spinse la porta di vetro e un sonoro clangore di campanelle a vento annunciò il nostro arrivo.

«Benvenute, benvenute!» Una donna di mezz'età si alzò da uno sgabello dietro il registratore di cassa per accoglierci, sorridendo.

La fissai, perplessa dalla scelta di Eden. Questo non era il genere di posto che frequentava. C'era un odore dolciastro e lievemente fumoso.

La donna indossava un vestito verde sotto una specie di lungo gilè di lana. Aveva capelli grigi e ricciuti che sfuggivano da uno chignon, e i suoi occhi ammiccarono sopra agli occhialetti a mezzaluna. «Come posso esservi utile, care?»

Si adattava così perfettamente all'ambiente che fu difficile non ridere.

«Sono qui per una lettura» rispose Eden.

Una lettura? Mi guardai attorno in cerca di libri e ne trovai ben pochi. Non del genere che leggeva Eden. «Ellie Caffrey. Alle tre.»

Scrutai il volto di Eden. Lei non incontrò il mio sguardo. Ferita, mormorai sottovoce: «Bel nome falso».

La donna aprì una grossa agenda e scorse la pagina con il dito, cancellando il nome con inchiostro verde.

«Che succede?» sussurrai a Eden. «Che diavolo succede?» Le diedi una gomitata, cercando di rompere l'incantesimo e tornare alla realtà.

Ma Eden non rispose, immobile, tesa e pallida vicino a me.

«Prima devi saldare, cara, e poi sarai libera di concentrarti. Trenta sterline, prego.»

Eden le porse delle banconote stropicciate e la donna le prese, poi bloccò la mano a mezz'aria mentre le veniva in mente qualcosa. «Hai detto di avere più di diciott'anni, cara?»

«Ma certo» sbottò Eden.

Bugiarda.

«Bene. Oltre quella tenda rossa in fondo, con Debs. Metterò su il bollitore per dopo, va bene? Buona fortuna, cara.» La signora riccia parve imperturbabile di fronte alla scortesia di Eden.

Procedemmo con passo esitante verso l'altro lato del negozio, girando attorno a un espositore con l'etichetta PIETRE DELLA NASCITA.

«Dove? Qui?» indicò Eden, e la signora riccia annuì vigorosamente. Eden tirò la tenda ed entrammo in un altro settore.

C'era un enorme rosone sulla parete esterna: una luce grigio-verdastra inondava quel bugigattolo, filtrando attraverso il vetro consunto. Potevamo benissimo essere sott'acqua, a guardare da un oblò le strade sommerse della città.

«Cos'è questo posto?» tentai di nuovo, con dolcezza. «Dove siamo?»

Non mi rispose, squadrò la stanza con gli occhi sgranati.

Era ordinata e pulita, con un tavolo rotondo di legno e quattro sedie coordinate. Sullo scaffale c'erano dei gigli in un vaso dorato e un servizio composto da una brocca e una pila di bicchieri blu. Sembrava il salone costoso in cui Eden andava a tagliarsi i capelli, e la sentii rilassarsi, solo un pochino.

«Salve.» Una donna più giovane comparve da dietro un'altra tenda e si mise a sedere rivolta verso di noi. «Sono Debs Green, benvenute.»

La fissammo.

Sorrise. «Lo so, mi succede spesso. Non ditemelo: non assomiglio a una lettrice di tarocchi. Vi aspettavate qualcuno come Irene, lì fuori, vero?»

Tarocchi? Eden? Adesso ero certa di sognare. Eden non si interessava di certe cose. Diceva sempre che, se non puoi toccarlo, non è reale.

Debs indossava un abito a portafoglio aderente con un motivo blu a spirale. Era sui trenta, immaginai, con lunghi e lucenti capelli color miele raccolti in una coda bassa. Portava una collana composta di anelli dorati intrecciati e il suo sorriso era molto bianco e scintillante. Se avessi dovuto giudicarla dall'aspetto, avrei detto che era un'igienista dentale che stava per passare la serata fuori.

«Chi di voi è Ellie?» chiese Debs.

Eden sussultò per il nome falso, un secondo troppo tardi. «Io. Sono io.»

«Siediti. Vuoi che la tua amica rimanga? O che aspetti fuori con Irene?»

«Resta. Per favore.» Eden mi rivolse uno sguardo implorante e io capii che era spaventata.

«Sedetevi, prego.» Debs indicò le due sedie. «Gradite un bicchiere d'acqua?»

Scuotemmo il capo, sedendoci sul bordo. Nessuna delle due si tolse la giacca. Eden stava stringendo le maniglie dei sacchetti così forte che le sue nocche erano diventate bianche.

«Allora, ci sono diversi modi per cominciare, Ellie» esordì Debs. «Ti andrebbe di dirmi qualcosa di quel che hai in mente? Il dubbio che ti ha condotta qui oggi?»

Scrutai Eden, desiderando che incontrasse il mio sguardo. A che razza di gioco stava giocando? Era forse un modo elaborato per farmi uscire allo scoperto?

Gli occhi di Eden rimasero fissi su Debs. «Devo per forza?»

«No. Ok. Va bene così. Non sei costretta a farlo.» Il suo sorriso svanì mentre fissava Eden. L'atmosfera nella stanza cambiò. Debs la esaminò intensamente, come se stesse ascoltando qualcosa che nessun altro riusciva a sentire. Anche questo faceva parte della recita?

Eden sostenne il suo sguardo. Le sue guance si arrossarono leggermente, ma non interruppe il contatto visivo.

Debs allungò una mano per prendere una scatola decorata sullo scaffale e ne tirò fuori un mazzo di carte. Ce n'erano tante come in un mazzo di carte da gioco, ma queste erano più lunghe e più larghe. «Prendi il mazzo, Ellie, e dagli una mescolata.»

Eden annuì e quando allungò la mano per prenderlo notai che le tremavano le dita.

«Ti sei mai fatta leggere le carte prima d'ora?» domandò Debs.

Un cenno di diniego.

Quando qualcuno aveva portato i tarocchi a scuola e tutti vi si erano affollati intorno, Eden era stata l'unica a mettersi a ridere e ad andar via. Ma quella era la vecchia Eden, quella di prima.

«Quando vedi le carte, cerca di non giudicarle. Alcune immagini possono sembrare piuttosto drammatiche, ma il loro significato è più sottile. Devi lasciare che sia io a interpretarle, ok?» Il suo sorriso era caldo e rassicurante. «È per questo che mi hai pagata, no?»

Eden armeggiò goffamente e fece cadere una carta.

Cominciai a sentire troppo caldo in quello spazio angusto. Desiderai di non averla mai seguita lì dentro. D'un tratto compresi che errore avevo commesso. E se le carte le avessero parlato di me? Se avessero rivelato un tradimento? Il Traditore? Esisteva una carta simile? Il mio respiro si fece rapido e superficiale, mentre guardavo Eden che mescolava a fatica.

«Così è sufficiente?» sussurrò.

«Certo. Appena sei pronta, posa il mazzo, poi taglialo tre volte.» Debs mostrò i movimenti in aria, le sue unghie fresche di manicure scintillavano pallidamente nella luce acquosa.

«Visto che preferisci tenere le tue intenzioni segrete – e va benissimo, rispetto la tua volontà – inizierò con una lettura molto breve, ok? Solo tre carte, a simboleggiare passato, presente e futuro, con riferimento alla tua domanda. Poi le leggerò per te.»

Qual era il vero motivo per cui Eden era venuta qui? Sentir parlare del passato mi fece girare la testa. Il mio passato. Il passato di Eden. C'erano delle ombre laggiù.

Eden annuì. Una mano si sollevò e giocherellò con una ciocca di capelli scivolata sul viso. Poi si posò per tagliare le carte. Una le restò appiccicata alle dita, che agitò per staccarla.

Alla fine il mazzo rimase lì. Lo guardammo, come se ci aspettassimo di vederlo fare dei trucchi per conto proprio. Debs posò le tre carte sul liscio tavolo di legno e le voltò una per una.

La prima carta diceva LA MORTE e mostrava l'illustrazione in stile medievale di un tristo mietitore.

Merda. Come se Eden avesse bisogno di un promemoria.

La seconda aveva un sacco di spade che trafiggevano un cuore sanguinante.

Guardai Debs. Cosa stava cercando di fare?

La terza era una stella dorata luccicante, come il disegno di un bambino.

«No!» urlò Eden. Si alzò talmente in fretta che la sedia cadde a terra con un gran botto. Afferrò i sacchetti e superò la tenda. Sentii lo scampanellio della porta e il rumore dei passi di Eden che correva giù per le scale.

«Ellie, aspetta!»

«D-devo seguirla. Mi scusi!» bofonchiai, mentre mi alzavo dalla sedia.

«Aspetta.» D'un tratto Debs era furibonda. «Ascoltami. È una cosa importante. Deve sapere qual è il significato delle carte. Non è quello che crede lei.»

Qualcosa nei suoi occhi mi spinse a risedermi per ascoltarla.

«Ellie sta attraversando un periodo difficile, lo vedo. Ti prego. Promettimi che le dirai tutto.»

«Sì, certo, qualunque cosa, lo giuro.»

Parlò in fretta, vedendo che friggevo per andarmene. «La carta della morte non indica per forza un decesso. Può trattarsi di un cambiamento, una fine, ma in realtà è una specie di rinascita, ok? Questo è il nove di spade: è qui che Ellie si trova adesso, e sta soffrendo. È addolorata. Ma vedi la stella? È il suo futuro e significa guarigione, ok? Quindi, dille che queste carte non sono brutte. Sono positive. Mostrano che c'è speranza nel suo futuro.»

Posai di nuovo lo sguardo sulle carte, cercando di memorizzarle. «Ok, quindi è cambiamento, sofferenza, speranza futura. Capito, grazie. Devo scappare.»

La galleria era deserta, e anche il vicolo adiacente. Corsi più veloce che potei verso la stazione, rallentata dalla folla della giornata festiva. Controllavo a ogni passo, da sinistra a destra, su e giù per le strade, in cerca del giubbotto di jeans di Eden, di un accenno dei suoi lunghi capelli biondi.

L'ansia cresceva mentre tornavo sui nostri passi, più veloce, più veloce, più veloce. La cercai ovunque. Ero sempre più sconvolta. Costrinsi la gente a lamentarsi e a fissarmi mentre la superavo a forza di spintoni. La chiamai tre volte al telefono. Per tre volte partì la segreteria. Accelerai l'andatura.

Corsi attraverso i tornelli della stazione di Leeds e mi fermai sotto il tabellone delle partenze, saltellando per l'impazienza finché non trovai il treno giusto.

«Merda! Binario 11B.» Avevo un minuto, se non meno. Guardai attraverso i binari alla mia sinistra e vidi il treno che si allontanava lentamente.

Il telefono mi vibrò in mano.

Scusa. Ho bisogno di stare da sola. Ci vediamo domani a scuola? Baci, E.

Stordita, presi la scala mobile e trovai un posto vicino al chiosco. Scrissi un lungo messaggio a Eden, riferendole tutto quello che mi aveva detto Debs sulle carte. Poi mi sedetti lì a fissare il vuoto, più stanca di quanto mi fossi mai sentita in vita mia, mentre la macchina del caffè sussultava e mi strideva nell'orecchio.

Come avevo fatto a pensare che stesse meglio? Sì, aveva messo in scena un'ottima recita, ma avrei dovuto capirlo. Avrei dovuto vedere attraverso la sua spavalderia di sabato. Vedere la verità: era abbastanza disperata per prendere roba che di solito non avrebbe mai toccato. Se era disposta a pagare per una lettura dei tarocchi, pregai che credesse al messaggio di speranza contenuto nelle carte. Ma una fastidiosa paura familiare era tornata e cominciò a crescere, nell'angolo più oscuro della mia mente.

13

Finisco di raccontare alla polizia dei tarocchi. Con la coda dell'occhio vedo che la mamma è sul punto di esplodere perché non le ho riferito nulla di tutto ciò.

«So che sembra tutto orribile, oggi... ma non lo sapevo...» Sembra che io stia proclamando la mia innocenza, anche se so di essere colpevole. Se c'era qualcuno che doveva prevederlo, quella ero io. «Sì, ero preoccupata per lei, quest'estate. Ma non andava sempre male. Ha avuto alti e bassi. Ma questa settimana a scuola sembrava ok...» concludo debolmente. «Pensavo stessimo tornando alla normalità.»

Le agenti hanno preso appunti per tutto il tempo senza interrompere. Adesso Gufo mi chiede di Tyler.

«Qual è il suo cognome?»

«Non lo so.»

«Dove abita?»

Scrollo le spalle. «Tyler ha detto che si è appena trasferito. Non dovrebbe essere difficile da scoprire.»

«Eden è rimasta in contatto con lui?»

«Domenica era da lei, credo. Dopo non saprei.»

Sopracciglia inarcate.

«Senta, si sono conosciuti la scorsa settimana. Sono stati insieme sabato sera. Da allora lei ne ha parlato a malapena.» E a pensarci bene, quello avrebbe dovuto far suonare dei campanelli d'allarme. Di solito parlavamo di tutto. Se evitava il discorso, significava che era una cosa seria? Seria a un livello del tutto nuovo? Inseguo quel pensiero lungo vicoli oscuri.

«Come ha reagito Liam riguardo a Tyler? Era arrabbiato con lui? O con Eden?»

«No!» Mi esce troppo forte e loro puntano dritto su questo. «Cioè, era frustrato, chi non lo sarebbe?» Sto cercando disperatamente di sembrare ragionevole e a malapena riconosco la mia voce. «Ma Liam con Tyler ci ha parlato appena. E come ho detto questa settimana ha rasentato la normalità.»

«Quindi non credi che Liam se la sia presa perché Eden l'ha umiliato sabato sera?»

La verità brucia nella mia bocca, ma non la lascio uscire. Deglutisco. «Siamo rimasti accanto a Eden, per tutta l'estate, qualunque cosa facesse.» Questa è la mia versione di un *no comment.* La osservo scrivere qualcosa sul taccuino, girata in modo che io non possa leggere.

«Come ti è sembrato Liam questa settimana?»

«Non lo so.» Odio ammetterlo. «Non l'ho più visto dopo sabato sera.»

Altri appunti sul taccuino.

Altro rossore sulle mie guance.

«Dove credi che si trovi Eden?» Gufo prende in esame una nuova angolazione, e la sua concentrazione è cambiata, è diventata implacabile. «Ha un suo posto preferito? Un posto in cui potrebbe trovarsi?»

«Non lo *so*!» Per la prima volta alzo la voce. «Vi ho raccontato *tutto*.» A parte dettagli minori incriminanti che non influenzano la loro ricerca, perché Eden sarà sempre la mia priorità. Prima che possa attaccare con la domanda successiva, la precedo: «Quindi cos'avete intenzione di fare? Cosa succede ora? Dove andrete a cercarla?»

«I nostri colleghi hanno condotto una prima ricerca nello stabile e nelle immediate vicinanze. Altre opzioni verranno vagliate durante la prosecuzione delle indagini.»

Stabile. Immediate vicinanze. Prosecuzione. Odio il suo cauto linguaggio burocratico. Parla della casa di Eden. Del quartiere. Vuol dire: in caso Eden non salti fuori. Sento il respiro accelerare, e stringo la calda tazza vuota così forte che credo possa andare in pezzi.

«Posso assicurarti che faremo tutto quanto in nostro

potere per garantire che Eden venga trovata il prima possibile. La squadra investigativa ha molta esperienza.»

Com'è possibile? Non è che da queste parti succedano cose simili ogni settimana. Ma non lo dico. Un piano comincia a prender forma nella mia mente. Le loro domande mi hanno indicato la strada. Ci *sono* dei posti in cui Eden potrebbe essere andata. Un sacco di posti: tutti i nostri posti preferiti, dalla diga alla cascata e tutto quel che c'è nel mezzo.

La polizia dovrà anche attenersi a scartoffie e procedure, ma io no. Io sono libera, o lo sarò presto. E sono veloce. Mi sono allenata per la mezza maratona. Posso macinare chilometri e chilometri in una giornata. Farò quello che loro non faranno: andrò là fuori e ripercorrerò tutti i passi che io e Eden abbiamo fatto quest'estate. Ho fornito alla polizia le informazioni, ma non posso aspettare che agisca basandosi su di esse. L'indagine potrebbe rimanere ferma per giorni. Devo agire subito.

Caschetto sta dicendo: «Mi confermi il tuo numero di cellulare?»

Confermi? Significa che ce l'hanno già. Lo ripeto in modo meccanico, obbediente.

«Ci faremo sentire in caso di ulteriori domande. E se dovessi parlare con Eden, chiamaci immediatamente.»

Raccolgono i loro appunti.

«Grazie, Jess.» Gufo è il superiore, sta a lei chiudere la

questione. «So che non è stato facile parlare con noi oggi.»

Le rivolgo un'occhiata tagliente. Intende per via della mia storia? O per via di quella di Eden?

«Adesso la cosa migliore che puoi fare è tornare a scuola. Se senti Eden, o se ti viene in mente altro che possa essere utile alle indagini, chiamami a questo numero.» Mi porge un biglietto da visita con il logo della West Yorkshire Police e il suo numero e indirizzo email stampati sopra.

Lo prendo, imbarazzata che le mie dita siano sudate e tremanti.

Le agenti si alzano. «Grazie per il tè, e per il tuo tempo, Jess. E per il suo, signora Mayfield.»

Riesco a borbottare un arrivederci, mentre la mamma le accompagna alla porta.

Quando torna, chissà perché sembra più piccola. «Non riesco a credere a quello che sto per dire, ma perché non ti prendi il resto della giornata libero, Jess? Non mi importa di quel che ha detto la polizia. Voglio saperti qui, al sicuro, sotto il mio tetto, finché questa storia non sarà finita.» Occupa la sedia accanto a me e mi stringe forte la mano.

Ci risiamo? Pensavo avessimo superato questa follia iperprotettiva.

«Voglio dire, e se là fuori c'è qualcuno che ha fatto del male a Eden? E se facessero del male anche a te?» La sua voce comincia a vacillare. «Non posso permettere che succeda un'altra volta, Jess. Mi rifiuto, hai capito?»

«Mamma. Smettila!» Urlo per scuoterla e farle tirar via la mano. «Non è la stessa cosa. Non sappiamo se qualcuno ha fatto del male a Eden. Ma io so che è là fuori da qualche parte.» Mi preparo a raccontarle il mio piano. «Andrò a cercarla. La riporterò a casa.»

«Jess, no!» È scioccata, come se le avessi appena dato uno schiaffo. Mi afferra per i polsi, come se volesse tenermi qui a forza. «No! Non te lo permetterò.»

«Mamma!» Non può dire sul serio. «Credi davvero che riuscirei a starmene seduta qui a far nulla? *Mamma!*»

Mi guarda negli occhi e io comprendo che è esattamente quello che vuole. Che resti al sicuro a ogni costo.

«Mamma, no.» Cerco di scandagliare il suo cervello da life coach, la parte ben organizzata che non sta subendo un esaurimento. «Devo farlo. Non lo capisci?» Prendo un bel respiro e dico la cosa peggiore a cui ho pensato finora, per quanto sia doloroso per me pronunciare queste parole: «E se dovesse succedere il peggio...» *Se Eden è morta, cioè.* «...almeno saprò di averci provato. Non sarò rimasta nascosta, o ad aspettare. Sarò andata là fuori e avrò fatto il possibile. *Ti prego.*»

Non mi importa se la sto implorando. Devo uscire di qui e *fare* qualcosa.

Mi lascia andare le braccia, e riesco a vedere i dubbi che infuriano dentro di lei.

Tic, tic, tic.

«Jess, mi dispiace, ma no.» Questo è il suo tono perentorio. Quello serio che non ammette repliche. L'artiglieria pesante. Di solito funziona perché non lo sfodera tanto spesso. «Ho preso la mia decisione. Non puoi andartene in giro da sola, nella speranza di incrociare Eden. Lascia che se ne occupi la polizia. Possono contare su veri professionisti. Tu resterai a casa a fare i compiti. Non uscirai finché non sapremo che Eden è al sicuro. O...» Cambia argomento in fretta, ma so che anche lei ha appena pensato al peggio. «Ho un cliente tra... cavoli, due minuti! Ma dopo sono libera. Oggi ho il pomeriggio a disposizione, e lo dedicherò tutto a te, ok? Resta qui seduta. Tornerò subito. C'è ancora del tè, se vuoi.»

Afferra la vecchia teiera e la sistema sul tavolo, rovesciando un po' di infuso. Fisso la chiazza, così lei non può vedere i miei occhi. Ha questa specie di telepatia, grazie al contatto visivo.

Si sta sbrigando adesso, il che aiuta. «È solo perché ti voglio bene. Per via di quello che hai passato. Lo sai questo, vero? Ne riparleremo a pranzo, ok?» Mi bacia in cima alla testa con decisione, come se avessi ancora otto anni, e corre su per le scale.

Aspetto finché non sento la sua tiritera professionale al telefono: «Pronto? Sono Sarah Mayfield. Buongiorno», poi vado in camera a cambiarmi, con dita incerte e ansiose.

Tic, tic, tic...

In meno di un minuto sono pronta, con una tenuta di compromesso: un miniabito viola con le maniche corte e leggings da corsa. Sembrerà abbigliamento normale, ma così riuscirò a correre in fretta.

Sgattaiolo di sotto e mi siedo sull'ultimo gradino per infilarmi le scarpe. Allacciandole, mi sento più forte. Mi fa sempre questo effetto prepararmi per l'allenamento. È come la tenuta di un supereroe, quella lycra, e oggi ne ho più bisogno che mai.

Ricordo l'esatto momento in cui ho annunciato a Eden che mi ero iscritta al club di corsa, lo scorso febbraio, quando ho ricominciato ad andare a scuola. Correre era doloroso. Tutto era doloroso, allora, ma almeno mi dava qualcosa su cui concentrarmi. Qualcosa con cui poter verificare dei progressi.

«Ti piace correre? E da quando? Non è proprio da te!» aveva strillato ridendo, finché non aveva visto la mia faccia.

«Ehi, lo sai che sono brava a correre… non è una questione di moda.»

«Ma una volta alla settimana… davvero? Che noia! Tutta quella fatica, solo per sedersi dopo a vantarsi del proprio tempo. Non è la mia idea di divertimento.»

«Eden, se sono veloce, posso scappare» avevo specificato. «Devo essere la più veloce. È tutto quello che ho. Dopo quello che è successo, ho bisogno di alternative: lottare o correre. E non ho intenzione di fare arti marziali.»

Questo l'aveva zittita.

Eden venne addirittura a vedermi gareggiare qualche volta, incitandomi quando raggiungevo il traguardo.

Adesso che sono pronta, afferro lo zaino vuoto e torno in cucina in punta di piedi. Mi sento una ladra, a infilarvi dentro la felpa col cappuccio, delle barrette energetiche e una bottiglia d'acqua.

Prendo una penna e un Post-it della mamma, e scarabocchio: *Scusa. Dovevo farlo. Ho il cellulare con me.*

Odio scappare così, ma non ho scelta. Trattenendo il respiro, apro il saliscendi piano e sguscio fuori, chiudendo la porta con cautela, senza far rumore, dietro di me. Qualcuno mi assiste, perché non scricchiola né sbatte. Lo studio di mamma affaccia sul retro della casa, per cui non c'è il rischio che mi veda. Faccio un respiro profondo, immagazzinando più aria possibile nei polmoni, poi parto.

Corro lungo la strada e prendo il sentiero che attraversa il bosco sino a casa di Eden. Cerco di figurarmi cosa troverò lì, ma non ci riesco. Quello che stanno passando i genitori di Eden va al di là di ogni immaginazione.

Era un sabato mattina, il 4 giugno. Una fetta di cielo azzurro fendeva la tenda. La mamma mi portò una tazza di tè e la posò con cautela sul comodino.

«Che c'è?» Di solito mi lasciava dormire. «Mamma, cos'è successo?»

Era seduta di traverso, a disagio, sul bordo del mio letto. Guardava le proprie mani, non me. Notai l'inclinazione del suo collo, la tensione nelle sue spalle. Era tutto tremendamente familiare. Mi tirai su a sedere. «Mamma!» Il mio cuore cominciò a galoppare, scacciando la sonnolenza. «Cos'è successo?»

Lei fece un respiro profondo come se stesse preparandosi per andare sott'acqua. «Oh, Jess, mi dispiace tantissimo. Ho delle brutte notizie.» Allungò una mano per prendere la mia, e lo disse tutto d'un fiato: «C'è stata una disgrazia. Si tratta della sorella di Eden, Iona. È rimasta uccisa ieri sera in un incidente stradale».

Il mondo si era incrinato.

Le parole…

mi raggiunsero…

molto lentamente.

«Cosa? No!» Una mano mi sigillò la bocca, ma io la ricacciai indietro, sentendo la nausea crescere insieme alla confusione. «Dov'è Eden? Dio. No, era…?»

«Eden sta bene, Jess. Cioè, no che non sta bene, come potrebbe? Ma non era su quella macchina.»

Eden non era su quella macchina.

«Oddio, la sua povera mamma…» Mi strinse talmente forte che riuscivo a malapena a respirare, e alla fine compresi quel che mi aveva detto. Piangemmo a intervalli per tutto il giorno, col viso rigato, gli occhi rossi e tutte tremanti. Piangemmo per Iona. Piangemmo per Eden e i suoi genitori. E piangemmo per noi stesse, e per il nostro ultimo anno quasi perduto. Avevo bisogno di stare vicino alla mamma, e lei doveva provare lo stesso nei miei confronti, così ci trascinammo in giro per casa, a preparare cibo che non avevamo voglia di mangiare, e poi ci sedemmo sul divano a guardare vecchi film che ci fecero piangere di nuovo, con le tende ancora chiuse, lasciando che quella giornata perfetta andasse sprecata.

Continuavo a prendere il telefono per scrivere un messaggio a Eden. Cancellavo brutalmente ogni tentativo. Cosa potevo dirle? Che senso potevano avere le parole quel giorno? Ma qualche parola era meglio del silenzio totale, così alla fine le scrissi:

Mi dispiace tantissimo, Eden. Se vuoi, sono da te in 10 minuti. Tvb. Baci, J.

Poi mollai quello stupido telefono e singhiozzai per la mia inadeguatezza. Ma Eden non rispose. La morte si chiuse attorno alla sua famiglia come un enorme recinto nero con un cartello di divieto d'accesso.

Sentivo la sua mancanza a scuola. Continuavo a camminare nei corridoi sfiorata da conversazioni che venivano zittite alla svelta quando mi avvicinavo, e d'un tratto trovai il coraggio di affrontare i pettegolezzi, perché non riguardavano me, riguardavano Eden.

«Sì, è vero.»

«No, non aveva bevuto.»

«Abbiate un po' di rispetto.»

A metà della seconda settimana, il professor Barwell lesse una lettera in classe, da parte dei genitori di Eden, Claire e Simon, che cominciava così: «Siamo sconvolti per la perdita della nostra splendida figlia Iona. Invitiamo i suoi amici a celebrare la sua vita con noi...», e finiva con data e ora del funerale.

Ed eccoci tutti quanti, ragazzi, genitori, insegnanti, un assembramento disordinato che si aggirava attorno ai cancelli di ferro della cappella sulla collina. Non ero sicura che dovessimo essere lì. Non avrei voluto trovarmi là, non per quel motivo. Eravamo tanto tesi e nervosi che quasi non ci azzardammo a parlare. Katie Sutcliffe, la migliore amica di Iona, guidava il corteo, con il viso già gonfio e striato di lacrime. Tutti sudavano, vestiti di nero nel giorno più caldo dell'anno. Il mio cuore era un palloncino pieno d'elio fatto di panico, che pompava e si sollevava dentro di me. I miei sensi erano in confusione, facevano lo straordinario. Il cielo azzurro di giugno si stendeva compatto da collina a collina, premendo su di noi come un guscio. Era tutto troppo luminoso, troppo nitido; irrealtà in HD.

Percepii il cambiamento quando giunsero le auto nere: tutti si preparavano per quel momento.

Venne sollevata una bara bianca. Vacillò in avanti sulle spalle di Simon, il papà di Eden, e altri cinque uomini che non conoscevo, tutti che esibivano la stessa espressione di disperata concentrazione. Eden e Claire seguirono subito dopo. Le riconobbi a stento. La morte aveva fatto loro questo, le aveva rese distanti come celebrità, piatte come due bamboline tagliate con la carta. Si stringevano l'una all'altra, i fazzoletti come bandiere sgualcite nella mano libera, e io non riuscivo a capire chi sostenesse l'altra.

Doveva esserci un errore. Adesso mi sarei svegliata, vero? *Eden, Eden, ho fatto un sogno stranissimo.*

Entrammo incerti nella cappella sulla loro scia.

«Eccoti» disse la mamma, afferrandomi per il gomito, mentre mi conduceva a una panca in fondo. Non riuscivo a guardare la bara, perché se lo avessi fatto avrei compreso cosa conteneva. La funzione si svolse in una confusione di calore e lacrime. Mi concentrai sul legno logoro della panca davanti a me, contando tutti i suoi piccoli nodi e cicatrici. Mi faceva male il petto, polmoni d'acciaio. Katie riuscì a leggere una poesia. Suonarono la canzone preferita di Iona. Fu quella a darmi il colpo di grazia. Io e la mamma inzuppammo fazzoletto dopo fazzoletto, cercando di non far rumore.

Dopo, la bara uscì per prima, poi seguirono i presenti fila dopo fila, in una rigida gerarchia di dolore.

Uscimmo in fretta dietro di loro, una macchia nera che si spandeva per il cimitero, verso il luogo che avevano allestito. Barcollai, stretta alla mamma, la testa piena di muco e ragnatele. Volevo mettere gli occhiali da sole, ma mi sembrava irrispettoso. Tutta quella luce mi faceva male agli occhi. Ranuncoli come vetro rotto, che luccicavano nell'erba. Le api ruggivano passando nell'aria calda e immobile, il rumore mi graffiava i nervi.

«Stai bene, amore?» mi sussurrò la mamma, e io annuii, mentendo, sentendo la pressione che cresceva.

Ci accalcammo attorno alla fossa profonda, dove avevano sparso erba finta per nascondere il fango. Cominciarono a calare la bara con cinghie di tessuto. Eden, Claire e Simon osservarono la scena con gli occhi sgranati, le bocche spalancate, i volti pietrificati dall'orrore.

Dovevo concentrarmi su qualcosa, altrimenti avrei perso il controllo, e non era il luogo adatto per farlo. Elencai l'arcobaleno di colori della terra mentre la cassa bianca scendeva: smeraldo, argilla, ruggine, crema, ocra, nero.

Qualcuno stava recitando delle preghiere.

Claire lanciò una manciata di terra, che picchiettò sul coperchio bianco come un osso. Sulla placca che rifletteva la luce e il cielo. Sembrava sbagliato sporcarla così. A Iona non sarebbe piaciuto: la sua stanza era sempre ordinatissima.

Eden si irrigidì, con la terra in mano, mentre guardava giù. Passarono lunghi istanti, e la gente cominciò a mormorare.

L'espressione sul suo viso fu uno shock elettrico, che mi riportò alla vita. Ecco perché ero lì. Era tutto reale. Andai da lei e le circondai un fianco con il braccio. Liam comparve dall'altro lato. Non lo avevo nemmeno visto fino a quel momento. Sembrava più grande con la cravatta nera.

La sorreggemmo entrambi per la vita, più sottile che mai nell'abito nero. La sentii cedere tra di noi. Le sue dita si distesero, gettando piccoli grumi di terriccio sui nostri piedi. Guardò le nostre scarpe in fila: i miei anfibi, lucidati per l'occasione; i suoi sabot col tacco basso; le scarpe nuove, scintillanti di Liam, perfettamente allacciate.

«È tutto ok… Vieni con noi, va tutto bene» sussurrò Liam. «Coraggio.»

Muovendoci come una sola persona, guidammo Eden indietro. Il mare nero si aprì per noi. Incespicammo lungo il monticello e trovammo un posto vicino all'erba incolta in fondo al cimitero. Ci sedemmo, guardando verso la valle in piena estate, le fattorie e le colline circostanti.

Nessuno parlò. La sostenemmo. Sentivo il braccio di Liam sotto il mio, la stoffa calda della sua camicia bianca.

Avrei aiutato Eden a superare tutto quanto. Avrei salvato la sua vita, come lei aveva salvato la mia. Nient'altro importava. Né la scuola, né gli esami l'anno prossimo, né i genitori, né il lavoro. Quella sarebbe stata l'estate di Eden. Avrei fatto qualunque cosa per fargliela superare.

Guardai il mosaico di campi verdi, Stoodley Pike che indicava il paradiso in lontananza, il falcone che si librava sopra di noi come un testimone, e pronunciai il mio giuramento.

Parte Seconda

14

Ore 12.05

Scusa, mamma, scusa, mamma. Odio scappar via da lei. I piedi scandiscono le mie scuse, facendo saltare sassolini qui e là, finché non sono a metà strada sulla collina e smetto di pensarci. Gli alberi curvano seguendo la strada, creando una fresca ombra verde che profuma di terra e foglie cadute. Persino oggi, correre aiuta. Mette in secondo piano la paura, perché il mio primo pensiero è questo: *Ogni respiro, estratto caldo dal mio petto, la mia andatura, i piedi che battono sul terreno.*

Mi perdo nello sforzo dell'atto in sé, respiro, muscolo, occhio, piede, tutti protesi per spingermi avanti, avanti, avanti. Mi lascio gli alberi alle spalle e raggiungo l'ultimo tratto scosceso. Qui fa più caldo e devo adattarmi usando le braccia come pistoni.

Poco prima di arrivare, mi fermo per riprendere fiato, così non irromperò in casa tutta sudata e ansimante. Mi prendo un minuto per appoggiarmi al muro più vicino, su una sezione di pietra calda non coperta dai rovi carichi di more mature. Faccio un po' di stretching per i polpacci mentre il respiro rallenta.

Non appena smetto di muovermi, vengo travolta dai pensieri: *Claire e Simon mi lasceranno entrare? Si arrabbieranno? Credono che sia colpa mia?*

Sospiro e raggiungo a fatica la porta, col terrore di ciò che vedrò in casa di Eden. Mi sembra di indossare una specie di corsetto di ferro fatto di paura, che mi stritola le costole a ogni passo. Mi guardo attorno, sperando di vedere qualcosa caduto a Eden, qualunque cosa che mi serva da indizio, ma il sentiero e i campi sono sgombri. Quassù il cielo sembra più grande, al di là dei confini della valle. Le colline si estendono fino alle brughiere che raggiungono l'orizzonte lontano, dove minuscoli mulini pallidi girano in fila, come giocattoli da spiaggia. I campi e i boschi sono di un verde intenso, aggrappati all'estate, e il calore che emanano diffonde un profumo di terra bruciata ed erica.

Raggiungo la cima della collina. C'è una fila d'alberi piegati dal vento e una linea di edifici di pietra lungo il crinale: quattro case coloniche, vecchie di centinaia di anni. La casa di Eden è la terza della fila. La pietra è consumata, tutti gli spigoli smussati da intere vite di vento e pioggia. Mentre mi avvicino, i cani nel giardino a fianco si agitano, abbaiando e gettandosi contro il cancello.

Claire apre la porta per il gran baccano ed esce. Vedo la speranza che le anima il volto mentre controlla la via in entrambe le direzioni. «Eden? Eden?» La sua voce sembra sottile e acuta.

«No, scusa. Sono soltanto io» dico mentre mi avvicino. Vedere la delusione che deturpa il suo viso mi fa quasi venir voglia di tornare sui miei passi.

«Oh, Jess. Pensavo… Hai mica…? L'hai…?»

«No.» Scuoto il capo, odio veder cancellata l'ultima traccia di speranza. «Mi dispiace, Claire. Avevo bisogno di venire a… volevo dirvi…» Cosa esattamente? Cosa potrei dirle ora che sta vivendo il suo peggiore incubo? Solo la necessità di trovare Eden mi impedisce di voltarmi e correre giù dalla collina.

Claire mi sta guardando con una speranza disperata negli occhi azzurri, come se fossi l'unica a poter far riapparire sua figlia, proprio qui. Sembra magra e più vecchia di prima, con quel maglione verde sformato e i jeans. Mi basta una mezza occhiata per capire che non ha avuto notizie, belle o brutte che siano. È ancora in attesa, ogni nervo tesissimo. «Che cosa sai, Jess? Cosa ti ha detto?» Un polso bianco e ossuto scatta, e le sue dita sono fredde quando mi afferra il braccio.

«Niente. Cioè, niente di nuovo. Ieri sembrava normale.» Arrossisco, sentendomi una totale delusione, cercando di controllare la mia reazione al suo tocco. Le dita di Claire si allentano. Mi impongo di farle la domanda che per tutto il tempo ha continuato a ronzarmi per la mente. «Il professor Barwell ha detto che hai ricevuto un SMS di Eden. Cosa diceva?»

Il viso di Claire adesso si fa impenetrabile. «Non dovresti essere qui, Jess. Ma già che ci sei, sarà meglio che entri.» Il suo tono è più tagliente. Si volta e scompare nell'ombra scura della soglia.

La seguo.

Dentro, la casa sembra la stessa... lo stesso soggiorno luminoso con la sua enorme vetrata arcuata, gli stessi divani grandi e soffici dove io e Eden abbiamo guardato dei DVD, accoccolate l'una accanto all'altra come due gattini. Anche gli odori sono i soliti: fiori in un vaso sul pianoforte, l'aroma del caffè appena fatto che arriva dalla cucina. Ma l'ingiustizia di tutto ciò mi sconvolge. La recente scomparsa di Eden e quella più vecchia di Iona sono gli elementi più ingombranti nella stanza, spingono fuori tutta l'aria. Mi stringo le braccia attorno al torace, ignorando il corsetto di ferro, e cerco di respirare normalmente.

Simon arriva con un pezzo di carta in mano. «Jess?» È alto, e io ho sempre pensato che si vedeva che era il papà di Eden, nonostante la carnagione più scura. Per un momento credo che la stia prendendo meglio, che non sia distrutto come Claire. Poi incrocio il suo sguardo e mi rendo conto di essermi sbagliata.

«Voglio dare una mano» borbotto. Mi sento stupida. «Cioè, ho appena parlato con la polizia. So che stanno facendo di tutto per...»

«Manderanno un consulente per i legami familiari. Dovrebbe tornare a momenti» dice Simon a Claire.

Lei non reagisce. Raggiunge il caminetto e prende il cellulare per controllare il display. Mi chiedo quante volte lo abbia già fatto oggi.

«Jess, dove potrebbe essere andata?» Simon si ferma, piegandosi in avanti e afferrando lo schienale di una sedia. «Abbiamo pensato e rip...» Ansima come se gli avessero dato un pugno.

«Vorrei tanto saperlo. Voglio dare un'occhiata in giro, però. Cioè, è quello che farò oggi. Andrò a cercarla.»

Simon annuisce e si raddrizza. La sua pelle è grigia in contrasto con il candore della camicia sgualcita. «Che cosa sai di Liam Caffrey? Dice di averla riaccompagnata a casa.» La sua voce è tesa e amara, fa uno sforzo nel pronunciare le ultime parole, come se avessero un brutto sapore. «Sembra sconvolto. Recita bene.»

«Non è stato Liam» dico a entrambi, più dolcemente che posso. «Vi prego, non potete pensare una cosa simile. Qualunque cosa sia successa, lui non c'entra.»

«Be', allora chi diavolo è stato? Perché qualcuno là fuori sa dove si trova nostra figlia.» La voce di Claire è irriconoscibile.

«Vi ha parlato di Tyler? Quello che è venuto alla festa di sabato? Ha accennato a lui?»

«No. Tyler chi?» dice Simon. «È stato qui? Vuoi dire che sa dove abitiamo?»

«Credi che potrebbe essere stato lui? Perché non le racconti alla polizia tutte queste cose? Non puoi venire qui e tempestarci di nomi, Jess. Non capisci quanto è importante?»

Sussulto per la rabbia di Claire. È stato un errore venire. Non vogliono vedermi. Il loro dolore è troppo grande: è uno tsunami travolgente. Non posso aiutarli, a meno che non riesca a trovare la loro figlia. Devo smetterla di parlare e fare qualcosa.

«L'ho detto alla polizia. Vi prego, credetemi, sto cercando di aiutarvi. Ditemi se c'è qualcosa che posso fare.»

«La polizia ha detto che hanno bisogno di una foto.» Simon sembra l'unico a mantenere il controllo. «Qualcosa da poter usare con i media.»

«Perché non usate quella del suo profilo Facebook? Quella le piace.» Mi mordo il labbro.

«Non sappiamo nemmeno cosa avesse addosso, ma quel Caffrey ci ha dato un elenco. Potresti controllarlo anche tu, Jess? Ti sembra che corrisponda?» Simon si porta una mano agli occhi, come se potesse ricacciare indietro le lacrime, e con l'altra mi porge un pezzo di carta.

Controllo: jeans sdruciti, maglietta, sandali, giubbotto. «Sì, credo di sì.» Ma c'è qualcosa che non va. Il mio cervello sta cercando di dirmi qualcosa, ma non riesco a sentirlo qui, con tutto questo silenzio assordante.

Il disagio cresce tra noi. Siamo tre piccole isole di dolore in questa grande stanza. Non ho idea di come rivolgermi a loro oggi. Non molto tempo fa, Claire e Simon erano genitori qualunque: facevano conversazione quando venivo per il tè. Simon raccontava barzellette patetiche come ogni papà. Claire ci portava uno spuntino. Giugno ha cambiato tutto per sempre, ma questo va ben oltre il peggio. Che ne sarà di loro adesso? Chi saranno, senza Iona e Eden?

Non riesco a sopportare il modo in cui mi guardano. «Perché non mi lasciate dare un'occhiata in camera sua? Potrei notare se manca qualcosa. Cioè, se si è preparata una borsa o che so io.»

«Lo faresti? Ci ho provato, la polizia ha setacciato tutto, ma tu potresti notare qualcosa di diverso. Solo, non toccare niente perché la polizia ha detto...» Claire si è già voltata per ricontrollare il cellulare.

Vado su per le scale e percorro il corridoio, supero la camera di Iona e poi mi fermo davanti alla porta di

Eden. Ci sono delle foto della loro infanzia incorniciate sulla parete fra le due porte. È come se ci stessero prendendo in giro. Eden e Iona, bimbe rotondette con due costumini gialli identici su una spiaggia straniera. Nel loro vecchio giardino, dove abitavano prima. La riva del fiume lì vicino, dove andavano sempre. Tocco il vetro che copre la foto. C'è Iona che porta a cavalluccio Eden, che lì avrà avuto dieci anni, e ride e strizza gli occhi per il sole, tutta gambe secche abbronzate e ginocchia ossute e sbucciate. Eden e Iona, sospese nel tempo. Felici insieme.

La foto risveglia un ricordo.

Ripenso all'ultima volta che andammo tutte insieme in riva al fiume. Dovevamo avere dodici anni, Iona quasi quattordici, alla fine delle vacanze estive. Iona, la sua amica Katie, Eden e io. Una giornata intera al fiume. Eravamo sotto la responsabilità di Iona. Ricordo che era autoritaria – razionava i sandwich, ci proponeva dei giochi – ma si dimostrò gentile. Portò la borsa più pesante. Trovò delle foglie di romice per le mie punture d'ortica. Ricordo me e Eden, che facevamo finta di pescare. Ricordo Iona e Katie, che salivano davanti a noi, lungo la corrente fino alla pozza ombrosa, nascosta dalla sporgenza di roccia. Raggi di sole che puntavano in basso, riflessi sull'acqua, riflessi di riflessi, che posavano contorte vene dorate ovunque. Trovammo Iona e Katie accoccolate vicine sullo stesso lastrone, i capelli avviluppati, luminosi e scuri allo stesso tempo, a sussurrarsi segreti, con i piedi che penzolavano nell'acqua. Sirene.

Quando ci avvicinammo, Eden gridò e sollevò un'ondata scintillante d'acqua, spruzzandole entrambe.

«Guarda che ti uccido!» strillò Iona, ma ridendo, non arrabbiata.

«Be', hai appena detto che questo è il paradiso!» le disse Katie, poi cominciammo tutte a schizzarci per gioco, agitandoci e scivolando in acqua vestite.

Ricordo che Iona tirava fuori Eden quando andava troppo a fondo. Ricordo le sue braccia, bagnate e scivolose, attorno al collo della sorella. Le ricordo che si abbracciavano.

Entro nella stanza di Eden. Dentro, tutto è luminoso e immobile. Le tende sono aperte, il letto è intatto. Stranamente, la camera non sembra in preda al caos... di solito il tappeto non si vede nemmeno. Claire deve aver messo in ordine mentre rovistava. Ma è comunque uno shock, come se Eden fosse già stata cancellata.

Mi guardo attorno, cercando di scoprire se c'è qualcosa fuori posto.

I muri sono ricoperti di poster – tre della sua band preferita, due che riproducono locandine di vecchi film – e sopra il letto, la vasta bacheca tappezzata di foto, cartoline, appunti.

«Come Pinterest» aveva detto lei «solo, con puntine vere...» C'erano foto strappate da riviste di viaggio: Machu Picchu, Nuova Zelanda, Cambogia... posti in cui un giorno saremmo andate insieme. C'è il biglietto che le ho preso per l'ultimo compleanno perché la ragazza disegnata sopra le assomigliava. È appeso aperto e riesco a vedere quel che ho scritto e la torta che ho disegnato: *Tanto amore con le ciliegine sopra. Baci, Jess.*

Sento di nuovo una fitta al cuore, e scaccio via il panico. Devo restare concentrata. Che cosa prenderebbe, se volesse scappare via? Il tablet è posato sulla scrivania, scuro e spento, in cima a una pila di libri di scuola. L'iPod è sul dock. Mi siedo sul letto e frugo sotto il cuscino: la maglietta che usa per dormire c'è.

Eden non è scappata via. Me lo avrebbe detto. Qualunque cosa sia successa con i suoi, non mi avrebbe lasciato, non adesso.

«Eden, dove sei finita?» sussurro alla stanza vuota. «È per via di Iona? Sai che non è colpa tua. Pensavo l'avessimo superato, questo scoglio. Dai, torna a casa. Abbiamo bisogno di te.»

E forse sono solo le mie sinapsi solitarie che lavorano febbrilmente, ma per un istante sono sicura che riesca a sentirmi. Eden è proprio lì.

A braccia incrociate, quella luce tempestosa grigio-azzurra negli occhi, il fianco all'infuori, che mi osserva corrucciata, che mi mette in guardia.

Sbatto le palpebre. Ho un'idea. So che non dovrei toccare nulla, quindi tiro la stoffa del vestito per coprirmi la mano e apro il cassetto del comodino, dove so che tiene il suo diario. Non c'è. Mentre guardo in basso, vedo un lampo d'argento che cattura la luce, qualcosa di piccolo in fondo al letto. Allungo una mano e le dita si chiudono su qualcosa di duro e freddo.

Lo sollevo per guardarlo più da vicino: nel palmo c'è il piccolo lucchetto contorto del diario di Eden. Qualcuno lo ha forzato. Mi metto carponi e controllo sotto il letto, ma non c'è traccia del diario.

Chi ha rotto il lucchetto? E quando?

Nello stesso momento, sento il rumore di una macchina lungo la strada e dei passi nel corridoio che fanno cigolare un'asse allentata del pavimento. Riesco ad alzarmi un attimo prima che Claire entri nella stanza, sperando che la mia faccia non arrossisca. Stringo le dita attorno al lucchetto rotto.

«Sai una cosa?» dice. «L'ho persino sentita rientrare. Sono sicura di averla sentita. Non vado mai a dormire finché non è tornata. A meno che io non stia impazzendo... la stavo aspettando alzata, sonnecchiavo, finché non è arrivata a casa. Ho sentito la porta, l'ho sentita spostare una sedia in cucina, così mi sono messa a dormire.» Si sposta e si siede sul letto, lisciando il cuscino di Eden. «Sino a questa mattina. Ho trovato la sua stanza così...» Le sfugge un lieve singhiozzo ansimante. «Nessuno sa cosa si prova. A meno che non ci sia passato...»

Resto in silenzio. Non ho parole per questo. Le lacrime mi annebbiano la vista, rendendo Claire una pallida macchia indistinta.

«È colpa nostra» dice. «Non avremmo dovuto lasciarla qui lo scorso week-end. Avremmo dovuto insistere perché venisse anche lei. Ma ha detto che stava bene. Era già rimasta da sola altre volte...»

Il mio cuore sussulta all'accenno di quel week-end. In quanto a colpe, vinco io. «No» le dico sottovoce. «Non è colpa vostra...» Mi strofino gli occhi per liberarmi delle lacrime.

«Eravamo talmente assorbiti dalla nostra perdita, non siamo stati presenti per lei.» Claire parla in modo assente, lo sguardo fisso sul letto. Lo alza e sembra concentrarsi con difficoltà su di me. «Ha mai parlato di questo con te?»

«Niente del genere, no. Lo giuro.» La guardo negli occhi, anche se fa male leggervi quella cruda sofferenza, sperando che mi creda. E l'ultima cosa che voglio è peggiorare la situazione, ma devo sapere. Ho bisogno di capire. «Dimmi, piuttosto: che è successo tra Eden e Iona?

So che Eden ha scoperto qualcosa, ma non mi ha detto cosa. Quando cercava il suo certificato di nascita, qualcosa su Iona...?»

Si alza di colpo come se il letto bruciasse. Vedo le sue labbra diventare bianche mentre le stringe forte. «Va' via» dice Claire sottovoce.

È peggio che se mi avesse schiaffeggiato. Trattenendo altre lacrime, ripercorro in fretta il corridoio e scendo di sotto. «Scusate, non voglio impicciarmi. Sto solo cercando di rendermi utile» farfuglio, ma non serve.

Claire mi spinge verso la porta, il suo viso è tutto pallore, occhi vacui e bocca serrata in una linea sottile. «Jess se ne sta andando» dice a Simon, ma lui non alza nemmeno la testa mentre gli passiamo accanto.

Mi concentro sui miei piedi, attraverso le lacrime, incespicando verso la porta d'ingresso. La vista dei sandali di Eden, allineati vicino ai suoi stivali nuovi, quasi mi distrugge.

Claire apre la porta e fuori c'è la volante della polizia. Scendono due agenti, un uomo e una donna... non le due che ho visto io stamattina. I loro giubbotti fluorescenti sembrano abbaglianti. Una radio scricchiola alla cinta della donna, ma lei la ignora. Poi scende un altro uomo dal sedile posteriore. Indossa un completo.

Sento lo strillo acuto di Claire accanto a me, prima che cada lentamente, appoggiata contro lo stipite.

Ci dicono che non hanno trovato Eden. Mi mandano via. Claire e la polizia mi guardano mentre mi allontano, i volti tesi: scuri, corrucciati e con gli occhi semichiusi per il sospetto. Scendo con passo incerto dalla collina, prendo l'altra strada, più impervia, inciampando in buche e scivolando su sassi grossi come il mio pugno. Le lacrime non si fermeranno. Filo giù attraverso un tunnel di alberi, nella parte all'ombra della valle, dove non arriva il sole.

Questo pendio è più cupo, mezzo coperto da alberi disordinati e felci color ruggine. C'è un lieve movimento nell'ombra più profonda e chiazzata, e io corro in quella direzione. «*Eden? Eden?*» Giunge un grido strozzato.

La risposta mi esplode in faccia, in un battito d'ali bronzo. Mi copro il viso con le mani, mi abbasso per schivare il folle panico starnazzante di un fagiano, che mi supera sbattendo le ali, emettendo il proprio allarme con un verso sonoro, e si posa su un biancospino per fuggire da me.

La botta di adrenalina fa andare a mille anche me. Mi giro e prendo la svolta troppo in fretta. Slitto sulla ghiaia irregolare, il tallone che si spinge in una lunga scivolata in avanti. Atterro sulla schiena in una confusione di pietruzze e foglie morte, sbucciandomi il gomito.

Per un lungo istante resto lì, ad ascoltare il sangue che mi pulsa nelle orecchie, a fissare il cielo azzurro che sembra lontanissimo attraverso le foglie agitate dei faggi. Sto ancora stringendo il piccolo lucchetto di metallo del diario di Eden.

E capisco che, se non la troviamo, non mi perdonerò mai e poi mai per quello che è successo sabato sera.

15

Liam mi condusse, in iperventilazione, lontano dall'ondata di corpi nella sala diventata pista da ballo. La mia mente si aggrappò a tre cose, per tenere a bada il panico:

1. Continuare a respirare

2. Non svenire

3. Seguire Liam.

Mi concentrai sulla sua nuca, notando una linea bianca nettissima tra i capelli e l'intensa abbronzatura dorata del collo. Procedemmo a spintoni attraverso la soglia e io inspirai con gratitudine l'aria più fresca.

Dentro. Fuori. Dentro. Fuori. Un piede davanti all'altro. Mi teneva la mano e il mio mondo si ridusse a quello mentre cercavo di considerarlo positivo. La sua mano era più grande della mia – il suo palmo era caldo e aveva i polpastrelli leggermente ruvidi – ed era scossa dallo stesso tremore. Si portò l'altra al petto. Le nocche sanguinavano e una macchia più scura si spanse attraverso la maglietta rossa scolorita, come se gli avessero sparato.

Non so chi dei due fosse ridotto peggio.

Superammo una foschia di persone, luci, risate nell'oscurità. Ci addentrammo sempre più nel buio, lungo un tortuoso sentiero lastricato. Liam girò a sinistra, giù per le scale che conducevano al giardino segreto. Eden doveva averglielo mostrato. Era un cerchio di prato con un albero di prugne proprio al centro, carico di frutti. Tutt'attorno vi crescevano folti cespugli di rododendro, così era completamente nascosto da tutte le angolazioni, ma da lì si riusciva a vedere la valle sottostante rischiarata dalla luna.

«Ecco.» Mi lasciò andare la mano. «Calmati, Jess. Siamo al sicuro qui, giusto?»

Era una domanda o un consiglio? Mi lasciai andare a terra, schiacciando l'erba lunga, fredda e umida sotto le dita. Guardai le stelle. Il cielo era blu, non nero, e c'era una luna crescente sopra la collina opposta, piena per tre quarti e molto luminosa. La sua luce faceva brillare ciuffi di nuvole come festoni nel cielo. Fili d'erba e steli di tondi soffioni argentei pendevano sul mio viso.

Dentro. Fuori. Dentro. Fuori.

«Respira» disse Liam, come se riuscisse a leggermi nel pensiero. Evidentemente soddisfatto che continuassi a fare come diceva, si sdraiò accanto a me, a distanza di sicurezza. Incrociò le braccia dietro la testa, poi imprecò quando si graffiò la mano ferita. «Sai i loro nomi?»

«Cosa?» domandai quando riuscii di nuovo a parlare.

«Delle costellazioni. Sai il nome?» Stava cercando di distrarmi dall'attacco di panico.

«Solo di quelle più famose. L'Orsa Maggiore. Orione.»

«Mi è sempre piaciuto Orione. Pronto all'azione. Il tizio con la spada.»

«Le altre non le conosco» cercai di scherzare, anche se mi sembrava surreale, anche se la mia voce era roca ed esitante. «So che dovrebbero sembrare animali e dèi e roba così, ma è solo una gran confusione. Tranne quella. Quella sembra il mio gatto. La costellazione di Batuffolo.»

Liam rise, una breve risata amara, ma pur sempre una risata. Il cui suono per me era come una corda di sicurezza da seguire per tornare sulla Terra. «E quella là?»

«È un autobus.»

Continuammo. Mi elencò i veri nomi e io gli dicevo che sembravano un bollitore o una salsiccia o qualcosa di comune.

Alla fine esaurimmo le idee. Un gufo fischiò da qualche parte vicino a noi. Ero quasi tornata alla normalità ormai. Le distrazioni funzionavano con me. Sperai che anche quella che aveva scelto Eden la placasse un po': doveva pur valere qualcosa.

«La tua mano come va?»

«Non è niente.»

Il silenzio si prolungò tra noi.

«Non vuole farti soffrire» dissi alla fine. Lo sentii rovistare, strappare l'erba e torcerla con le dita.

«Forse.»

«Sicuramente. Non è nemmeno per te, no? È solo una distrazione. Roba per cancellare le cose brutte.»

«Già, be'. Stasera è stato diverso. Con quel tizio... Tyler. Chi cavolo è, 'sto Tyler? E davanti a tutti, per mettermi in imbarazzo. Forse è ora di darci un taglio.»

«No. Ha bisogno di te.» Rotolai su un fianco, appoggiando la testa sul braccio, cercando di vedere la sua espressione nell'oscurità.

«Nah. Ha bisogno di te, non di me.»

«Be', per me è più facile. Sono la sua migliore amica, ora e sempre. Ma tu non lasciarla per via di stasera.»

«Non so, Jess. Sono mesi che sopporto in silenzio. Forse ne ho avuto abbastanza. Forse voglio qualcos'altro. Magari anche lei... e stasera ne è la prova.»

Il mio cuore fece un balzo di speranza, ma io lo placai selvaggiamente, negando tutto.

Si passò la mano macchiata di sangue sul viso. «Dio, che razza di stronzo sarei, se me andassi ora? Non lo capisci? Dev'essere lei a decidere. Dev'essere Eden a darci un taglio, non io.»

Cosa potevo dire che avesse una parvenza di verità? «La gente lo sa che non sei tenuto ad accettare certe cose.»

«Nemmeno lei!» ribatté. «È solo che è successo. Non è colpa sua, e io dovrei capirlo.» Appallottolò i fili d'erba strappati e li lanciò come fossero una bomba a mano. «E tu?»

Non lo facevamo mai. Parlavamo sempre e solo di Eden e di come stava. Non parlavamo mai di noi.

«Stai bene? Cioè, sul serio? Lì dentro, è stato per... sai, quello che ti è successo?»

Ero felice che fosse buio e non potesse vedere il rossore sul mio viso. «Sì. Non me la cavo granché bene con la folla e roba simile.» Ero consapevole che tutti lo sapevano: del resto, era sui registri ufficiali dell'udienza.

«Bastardi. Mi dispiace, Jess. Non doveva succedere a te.»

I miei occhi si erano abituati all'oscurità. Riuscivo a vedere il suo viso. Era cambiato un'altra volta. Di nuovo arrabbiato. Di nuovo letale.

«Giuro, se mi capitasse tra le mani uno di quegli stronzi, lo *ucciderei* per quello che ti hanno fatto.»

Gli credetti, ma tutta questa scena alla Jekyll e Hyde non mi faceva sentire affatto meglio. Non mi serviva la vendetta di nessuno. Non era lusinghiero. Era solo violenza: la stessa che avevano fatto subire a me.

«Posto sbagliato. Momento sbagliato. Capelli sbagliati. Vestiti sbagliati.» Pronunciai le parole a denti stretti perché era ciò che avevo imparato a dire.

«Nah, non è vero. Eddai, stai parlando con me. *Tutta la verità*, ricordi?» Allungò una mano, che si fermò a mezz'aria, scura contro il cielo luminoso e pieno di stelle. «Puoi essere sincera con me. Siamo una squadra, giusto?»

«Giusto.» Era vero. Quest'estate eravamo stati un fronte unito. Un'ottima squadra in azione. Un'ottima squadra per badare a Eden. Liam era il suo ragazzo, quindi mi sentivo al sicuro con lui. Abbassavo la guardia. Abbassavo il mio scudo, mi levavo di dosso l'armatura. Non dovevo nascondermi con Liam. Non importava che mi guardasse, perché era già impegnato, i suoi occhi erano fissi su Eden.

«Ok.» Espirai a lungo e lentamente, lasciando andare la tensione che avevo trattenuto per tutta la sera. L'attacco di panico era sparito, lasciandomi arenata e pesante. La terra sotto di me sembrava solida e più sicura di ogni persona che conoscevo. Mi sosteneva e io mi concessi di rilassarmi in quell'abbraccio. «Ok allora, Liam Caffrey, vuoi tutta la verità?» Mi ridistesi sull'erba e lo dissi alle stelle. La verità aveva un sapore caldo e potente come il whisky nel mio bicchiere stasera: troppo forte per prenderlo liscio. Organizzai il mio dolore in una lista ordinata.

«Uno: le cose brutte accadono senza un motivo. È uno schifo e non è giusto.

«Due: riguarda me. Non mi serve che tu o chiunque altro parliate di ammazzare gente per vendetta con quell'assurdo atteggiamento da vigilante.

«Tre: questo non significa che debba perdonarli. Non vedo proprio perché dovrei.»

«Mi sembra giusto» disse, di nuovo Mr Ragionevole. Non riuscivo a star dietro ai suoi sbalzi d'umore.

«Davvero? Non credi che io sia amara e contorta e che abbia bisogno dell'aiuto di un professionista?»

«Nah, Jess. Credo che tu sia coraggiosa. Il resto è normale, no? Ti fai male: ti vengono i lividi, sanguini. È quello che succede. E questo è lo stesso.»

Mi tirai su a sedere, così potevo controllare di nuovo la sua espressione. «Grazie. Molte persone vogliono mantenere le distanze, in caso la mia sfortuna sia contagiosa.» Mi strinsi le ginocchia al petto.

«Già, be'. Io no.» Si sedette anche lui. «Ma andrà meglio, come il livido.» Tese la mano destra stretta a pugno, guardando la ferita, ammettendo: «Come questo».

Le nuvole si spostarono dalla luna, dandoci più luce. I suoi occhi catturarono i miei. Sembravano molto grandi e luminosi. Non riuscivo a leggervi dentro.

«Ti va di parlarne?» mi domandò.

La mano di Liam si avvicinò di nuovo, ma stavolta non si fermò. Il respiro mi si bloccò in gola quando mi toccò.

Diede uno strattone a una delle mie mani per liberarla. Poi il suo dito mi sfiorò l'interno del polso sinistro, leggero come lo stelo di un soffione, sulla pelle tatuata. Non so perché, questo non innescò la mia solita reazione. Invece, il suo tocco mi tenne ancorata a lui. Mi fece sentire protetta.

«Ok» gli dissi, sorprendendo me stessa. «Vuoi sapere l'intera storia?»

Lui annuì.

16

Lo scorso novembre superò davvero se stesso. Dopo la magra – benché scoppiettante – consolazione della Notte dei Falò, fu un mese di duro lavoro: il triplo dei compiti ogni sera, con ulteriore impennata verso la fine del trimestre. Ogni giorno faceva buio prima e la luce era uno schifo per dipingere. Non volevo consegnare in ritardo il progetto d'arte, così lavoravo sempre durante la pausa pranzo. Eden veniva da me quasi tutti i pomeriggi dopo la scuola e facevamo i compiti insieme.

Quella famosa sera, si erano scatenati pioggia, freddo e vento. La mamma aveva preparato uno sformato vegetariano e crumble di mele. Io e Eden chiedemmo il bis perché il tempo sembrava conciliare l'appetito, ma poi non riuscimmo a finire la seconda porzione: eravamo strapiene. Fu dopo le nove che la mamma fece capolino dalla soglia della mia stanza: «Tua madre non si starà chiedendo dove sei, Eden?»

«Sì, credo.» Ma lei rimase dov'era, appoggiata al termosifone, ad accarezzare Batuffolo, accoccolato in uno stretto manicotto bianco accanto a lei.

Sapevo che Eden preferiva stare a casa nostra, in quel periodo, perché così rimaneva lontana da Iona. L'ostilità tra loro peggiorava di giorno in giorno.

Eden sorrise alla mamma e cominciò a radunare le sue cose. «Grazie, per la cena e tutto il resto.»

«Figurati. Lo sai che qui sei sempre la benvenuta. Quando c'è il prossimo autobus? Non mi piace saperti sotto la pioggia. Mi dispiace di non poterti accompagnare... La nostra macchina è di nuovo dal meccanico.»

«Non c'è problema.» Controllò il telefono e si voltò a guardarmi. «Ce n'è uno tra dieci minuti.» Esibì la sua migliore espressione implorante. «Mi accompagni alla fermata, Jess?»

«Dici sul serio? Con questo tempaccio?» Sentivo la pioggia martellare sulle grondaie e ricadere in strada. «Risparmiati quegli occhioni da cucciolo, Eden. Con me non attaccano.» Non era vero. Sapeva che avrei ceduto. Lei chiedeva, io accettavo. Era quella la nostra dinamica. Lei prendeva l'iniziativa e io le andavo dietro, e la cosa andava benissimo per entrambe. Cosa poteva spingermi a fare il primo passo, poi?

«Eddai. E se arriva in ritardo? In ogni caso, non ho finito di raccontarti quello che Josh mi ha detto oggi.»

«E va bene, proprio perché sei tu.» Mi alzai anch'io e la seguii giù per le scale. «Ma voglio che sia messo agli atti: non mi inzuppo dalla testa ai piedi per chiunque, Eden Holby.» Ci infilammo i giacconi, ancora umidi dal nostro rientro. Poi mi voltai e gridai attraverso la porta aperta: «Mamma! Torno tra dieci minuti, ok?»

Corremmo, urlando sotto la pioggia, visto che nessuna delle due aveva l'ombrello. Stavano testando le sirene anti-alluvione. Quell'innaturale vagito distante mi spaventava da morire; sembrava riportare al tempo di guerra.

«Sbrigati, Eden, o lo perderai!» Le gocce di pioggia erano pesanti sulle mie spalle e il cappuccio, piccole zampe che raspavano a tentoni, cercando di entrare.

Procedemmo lungo la via principale, e poi prendemmo il sottopasso, dove la strada retrostante era invasa d'acqua che veniva giù dalla collina. Da lì, era una svolta secca a sinistra, su per la rampa sino al piazzale della stazione, dove il pulmino di Eden era già arrivato, in attesa di partire nella direzione opposta.

Urlai: «Mi devi un favore, Eden! A domani!»

Lei corse a prenderlo, agitando la mano all'indietro. Vidi il pulmino partire, Eden al sicuro all'interno della sua piccola bolla calda. Accostò il viso al finestrino e fece le boccacce, occhi e bocca spalancati come quelli di un clown.

Risi come una scema – con la pioggia che mi colava lungo le guance, scommetto che sembravo un clown pure io: eyeliner e mascara waterproof non erano tanto efficienti con quel tempo – e feci per tornare a casa.

Corsi giù dalla rampa di scale. Tenni il cappuccio abbassato, adesso ero controvento. Non vidi le persone che mi venivano incontro sotto il ponte della ferrovia finché non me le ritrovai davanti.

Erano sette o otto, che gridavano e fumavano, procedendo lentamente verso la stazione.

Curvai le spalle, evitando di guardarli negli occhi, e controllai in fretta dietro di me per vedere se era ok prendere quella strada. Mi mantenni a distanza di un metro, scansando le due ragazze più vicine a me.

Ma proprio mentre passavo, una di loro fece un passo indietro, ridendo a crepapelle. Dimenando le braccia, mi colpì dritta su una spalla.

«Ehi, stronza, cosa sei? Cieca?» Mi tirò giù il cappuccio e non lo lasciò andare, e nemmeno la ciocca di capelli che stringeva in pugno.

Con la pioggia sul viso, il cuore che batteva all'impazzata, cercai di divincolarmi. Nell'istante in cui mi avesse lasciato andare, sarei corsa via da lì e non mi avrebbero mai raggiunta.

Ma non andò così.

Mi bruciava il cuoio capelluto. Sentivo i capelli strapparsi. «Lasciami!» gridai. Sollevai entrambe le mani, nel tentativo di allontanarla con una spinta.

La mia mano toccò della pelle calda e morbida. Il suo viso? Il collo? Comunque fosse, le sue dita si allentarono. Mi girai, ansimando, pronta a scattare.

«Mi ha colpito, cazzo. Prendetela.»

Gli altri mi si fecero attorno. La pioggia non li infastidiva. Avevano tutto il tempo del mondo per questo.

Ebbi modo di pensare che era tutto vero – *sta succedendo sul serio* –, poi il suo ragazzo si avvicinò, oscurando il mio campo visivo. Alto, goffo, molliccio: aveva la testa rasata e due tette cicciose che spuntavano da sotto la maglietta dello United che vedevo sotto il suo giaccone fradicio. I suoi occhi si socchiusero d'alcol e odio alla vista del mio volto, i miei capelli rossi, i miei piercing.

Sentii il suo alito fetido mentre mi veniva addosso per guardarmi più da vicino. Tenevo le mani alzate, per tentare di ragionarci. «Ok, scusa. Non volevo farle male, ma lei...»

Lui gettò via la sigaretta, facendola scattare tra pollice e medio. Ricordo di essermi concentrata su quel movimento attentamente studiato. Poi lui caricò il pugno e mi colpì sul viso.

La testa mi esplose. Il dolore fu lancinante e scacciò via ogni altro pensiero: accecante, dirompente, terribile. Mani e ginocchia bagnate. Il freddo mi penetrava con distacco. La mia vista si macchiò di arancione e nero. Girai la testa e vomitai, e questo provocò altro dolore.

La pioggia incombeva da sopra il lampione come una doccia d'asteroidi.

«Maledetta dark di merda.»

Quel biascicare astruso, sputando le parole come proiettili.

«Non ti permettere di toccarla, rifiuto umano.»

Le mie reazioni erano troppo lente. Mi rimisi in ginocchio e tentai di alzarmi. Pensavo che avessero finito. Avevo toccato la sua ragazza. Lui mi aveva colpito. Eravamo pari.

Feci per alzarmi, ma qualcosa non andava. Il mio corpo non si muoveva come doveva. Se solo fossi riuscita ad alzarmi…

Il ragazzo indietreggiò, ma non per andarsene. Il suo peso si spostò indietro, con concentrazione e slancio, come un atleta di salto in alto…

Il piede mi colpì sull'orecchio. Qualcosa scricchiolò. Il dolore peggiorò.

Nucleare.

Un fungo atomico di dolore che sbocciava, rosso su nero.

Gli istanti passarono come anni di dolore.

Ero di nuovo a terra. Alzarsi sembrava un'impresa titanica, ma cercai di allontanarmi strisciando, meglio cercare di strisciare via. «Vi prego… non…» Le mie dita scivolarono su qualcosa di caldo e viscoso e sul cemento freddo.

Il piede di una ragazza comparve proprio vicino alla mia faccia, fasciato in uno stivale nero col tacco alto. Vedevo i segni d'usura sulla punta. Forse un aiuto? Finalmente qualcuno che veniva a porre fine a tutto? Sollevai lo sguardo, in cerca di una mano, qualcosa da afferrare, un'ancora di salvezza.

«Toh» disse lei.

Il mio cuore si rianimò per il sollievo.

Invece no: un grumo di saliva, in pieno viso.

Lo stivale scomparve e colpì le mie mani allontanandole. Il mio mento batté sul pietrisco. Il calcio successivo mi lasciò senza fiato: mi vedevo già distesa sul tavolo autoptico. Mi raggomitolai con le mani sopra la testa, ma nonostante i miei sforzi, lasciai qualcosa di esposto e fu lì che mi colpirono subito dopo.

Petto. Schiena. Stinco.

Costola. Costola. Guancia.

Il dolore era smisurato. Non ne avevo mai provato così tanto, fino a quel momento.

Udii uno strillo, sembrava una volpe. Risate.

«Arriva una macchina!»

«Filiamo. *Subito.*»

«Dacci un taglio.»

Mani mi sollevarono e mi tastarono alla cieca, come una figura capovolta. Qual era il sopra e quale il sotto? Mi tornò un briciolo di vista. Mi fecero dondolare in mezzo alla strada, verso il tunnel. Stava arrivando una macchina.

Una macchina.

Pioggia su fanali anteriori.

Luce.

Luce voleva dire aiuto.

Quando il conducente mi vide – le braccia spalancate, accecata dal sangue, che volavo in avanti, piegata in due – era troppo tardi.

Andai a sbattere contro il cofano.

Dissolvenza in nero.

17

La luce tornò sotto forma di lampi.

Sirene.

Il viso della mamma, bianco come un cencio.

Il dolore era il mare in cui naufragavo. A volte le onde erano alte, a volte più calme.

Macchinari facevano *bip*. Voci andavano e venivano.

Le maree di confusione alla fine si ritirarono, lasciandomi arenata e ansimante su uno strano letto con le ruote.

Sentivo la mano della mamma che mi toccava l'avambraccio. Lo accarezzava. Un lenzuolo di cotone sotto di me. Pressione attorno alla testa. Mi sentivo una mano strana. Tutto il corpo lo sentivo strano.

«Dove siamo?»

«Al pronto soccorso.»

«Perché?» Il dolore diceva che ero io quella ferita, ma avevo bisogno di controllare. «Mamma, stai bene?»

«*Jess!*» singhiozzò lei. «Non ti ricordi?»

Affondai di nuovo tra le onde di dolore.

Quando mi risvegliai, tutto era ovattato. Galleggiavo sulla superficie del dolore adesso, invece di affondare.

«Va meglio?» mi domandò la mamma. «Ti hanno somministrato dei farmaci più forti.»

Mi accarezzò il gomito.

Era mattina. C'erano delle tende attorno al mio letto. Sentivo le persone muoversi, oltre le tende. Qualcuno gemeva.

I miei occhi scattarono dall'altra parte. C'era una finestra con un liscio fermo d'argento. Cielo bianco pieno di nuvole. La pioggia si era fermata. *Pioggia*. Quasi mi venne in mente qualcosa, ma si divincolò ed ero troppo stanca per inseguirlo.

«Oh, la mia Jess» disse la mamma. Non l'avevo mai vista in quello stato. Era fiacca, inespressiva, bidimensionale. «Ti voglio un mondo di bene» mormorò, baciandomi il gomito.

Cos'era quella fissazione con il gomito?

Mi sentivo la testa strana. Le mie dita erano coperte da guanti imbottiti. Arricciai il naso. Errore. Inspirai e spostai il peso, cercando di mettermi a sedere. Il dolore divenne spropositato.

Cominciai a entrare nel panico. Cosa non andava in me? Cosa non andava nella mia faccia? Nelle mani? In quel momento capii. Mi baciava il gomito perché era l'unica parte del corpo che non mi faceva male.

«Mamma? Cos'è successo?»

«Ti hanno fatto una TAC, amore. Hai due costole rotte. Le tue dita sono gonfie, ma non fratturate, dicono. Ti hanno dato dei punti sul viso. E sull'orecchio. Hanno dovuto rasarti parte dei capelli, ma ricresceranno prestissimo...»

«No, cioè, cos'è successo prima? Abbiamo avuto un incidente?»

L'orrore che le attraversò il volto per poco non mi annientò.

«Davvero non te lo ricordi?»

Così la mamma me lo raccontò, pezzo per pezzo. Dovetti guardarla mentre riviveva tutto da capo. Quand'ebbe finito, questo mi spinse a odiarli ancora di più.

Tornammo a casa.

Si susseguirono delle strane giornate. Dormivo poco o niente. Nonostante fossi rimasta a letto per giorni, ero incredibilmente stanca.

Papà, Rachel e le gemelle vennero a trovarmi, fin da Londra, mentre ero ancora parecchio intontita dai farmaci. Papà cercò di non piangere davanti a me, ma attraverso il muro della mia stanza sentii Rachel che cercava di confortarlo mentre lui singhiozzava. Le gemelle erano un po' intimorite, e chi poteva biasimarle, con tutte quelle fasciature e la voce da Darth Vader? Rimasero accanto al letto a fissarmi, perfettamente uguali, con quegli splendidi, tondi occhi castani e le code afro dorate. Hope mi regalò il suo sasso portafortuna a forma di cuore. Esther cercò di darmi Mr Dog, il suo cencioso pupazzetto preferito, macchiato al punto da essere diventato irriconoscibile dopo sei anni di amore incondizionato.

«No, gli mancheresti troppo. È un cane di città» riuscii a sussurrare. Quando riaprii gli occhi, se n'erano andate.

Passarono intere settimane. Il Natale venne per le altre persone. La mamma sedeva accanto a me, chiacchierava, leggeva, restava in silenzio. A volte veniva a trovarci Steph: la sentivo parlare con la mamma, di sotto. Mangiavo quello che preparava per me.

La mamma tolse lo specchio del bagno. Non voleva farmi vedere l'entità delle lesioni, non ancora. Non ce n'era bisogno. Mi vedevo riflessa sul suo viso. Sapevo che eravamo entrambe distrutte.

Ero un uovo rotto. Il mio cervello era un colabrodo. Prima non riuscivo a stare sveglia: esausta ventiquattro ore al giorno. Poi divenni esausta *e* agitata. Irrequieta come una scatola piena di rane. Imbottita di antidolorifici. Adesso non volevo dormire per via di ciò che mi aspettava nel sonno. Dissi alla mamma di non far venire nessuno, ma lei riuscì a raggirarmi.

«Jess? Posso entrare?» Era la voce di Eden.

L'ondata di panico crebbe – niente di nuovo, si ripresentava almeno due volte al giorno – e mi fece venire la gola secca, lo stomaco sottosopra. Se non fossi stata sdraiata sul divano, le mie gambe di gelatina si sarebbero unite alla festa del panico.

Udii la mamma sussurrare: «Entra pure», e poi: «Jess? C'è Eden» come se non lo sapessi. La mamma cominciò a muoversi per la stanza, azzerando il volume della TV, aprendo le tende.

«Mamma! Lascia stare. Che stai facendo?» sussultai per la luce improvvisa come un vampiro, furiosa con lei. Non ero pronta! Come osava pensare che fossi pronta per vedere gente?

Immaginavo quel che stava architettando. Il dottore aveva suggerito che ormai dovevo star meglio. Il fisioterapista diceva che dovevo affrontare *più attività quotidiane*. Lo psicologo mi sembrava semplicemente preoccupato.

Voltai la testa contro i cuscini, per non vedere il disgusto di Eden mentre mi guardava. Se lo avessi saputo, mi sarei messa un po' di trucco, una sciarpa o qualcosa con cui nascondermi.

«Ehi, Jess» disse lei sottovoce, da qualche parte vicino all'orecchio non maciullato.

Aspettai che mi chiedesse come stavo, così mi sarei messa a ridere.

«Grazie per avermi permesso di venire a trovarti. Mi sei mancata. Gli altri ti mandano i loro saluti. Guarda...»

Rovistio.

Non un biglietto d'auguri. Non un biglietto firmato per pietà da tutta la classe. *Ti prego*.

«Riviste. E sono passata al negozio di dolci mentre venivo qui, ho preso tutti i tuoi preferiti, confezione mista da due sterline. E... qualche DVD, appena uscito.»

Non mi mossi.

«Non mi fermo. La mamma e Iona hanno fatto una pallosa gita per musei, così papà mi porta alla partita.»

Non sapevo nemmeno che fosse arrivato il week-end.

«E insomma... tornerò lunedì dopo la scuola, se per te va bene.»

Non parlai.

La sua mano trovò la mia. Il suo mignolo riuscì ad agganciarsi al mio. Il nostro segnale segreto di quando eravamo alle elementari. Lo strizzò una volta e attese.

Non riuscivo a fare molto, ma questo sì. Lo strizzai anch'io.

Lunedì, dopo la scuola, Eden tornò.

Stavolta ero preparata. Tutta truccata, sino all'orlo della sciarpa di cotone che mi ero avvolta attorno alla testa. La stoffa copriva la maggior parte del disastro. Me ne fregavo se mi faceva sembrare una malata di cancro.

E dovetti darle atto di non aver nemmeno battuto ciglio per il mio stile freak-chic. Eden si comportò come se nulla fosse cambiato. «Ciao, Jess. Allora, mi hanno detto di portarti della roba: aggiornamenti sulle lezioni che hai perso e i compiti.» Tirò fuori una cartellina dalla borsa e la gettò sul pavimento. «Quello che ne farai è affar tuo. Non dirò una parola. Io faccio solo da piccione viaggiatore.» Si voltò e sorrise, guardandomi direttamente in faccia.

Era troppo, come un improvviso raggio di sole in una stanza buia. Lei era troppo. Troppo normale. Troppo vitale. Mi faceva male agli occhi e dovetti distogliere lo sguardo.

«Ehi, indovina un po'? C'è uno nuovo in terza. Un geek ma fantastico. Imo lo ha già puntato...» Eden si lanciò in un profluvio di gossip. Quand'ebbe finito, si guardò attorno per la stanza. Lo sapevo che era un buco puzzolente. Pile di libri e riviste. Magliette stropicciate e leggings sparsi sul pavimento. Tazze di tè diventate grigie sotto il letto. Vecchi toast ricoperti di muffa. Era un campo di battaglia tra me e la mamma, ma quella settimana avevo vinto io. Quella settimana ero molto arrabbiata, e non potevo biasimarla per aver fatto un passo indietro.

«Allora, tua madre dice che stai andando proprio bene. Ha detto che forse potevamo andare a fare una passeggiata.»

Reagii a scoppio ritardato. Non uscivo di casa da settimane, a meno che la mamma non dovesse portarmi a una visita medica. Non ero uscita di casa dal *fattaccio*. E non andavo bene, non andavo e basta.

«No.»

«Perché no?»

La fissai.

«A camminare ci riesci, no?»

«Sì. Ma è ancora doloroso.»

«Jess, non puoi stare rintanata qui per sempre. Non andremo lontano. Ci sarò io con te. Solo fino alla fine della via?»

Perché faceva così? Proprio non capiva. L'aveva incoraggiata la mamma? Avevo bisogno di stare nascosta. Non potevo uscire. Ma non capiva che ero distrutta? Fuori erano successe delle cose brutte. Le persone potevano farmi del male, fuori.

A dire il vero quelle persone in particolare non potevano più far male a nessuno, da nessuna parte, visto che erano state riprese dalle telecamere di sicurezza della stazione mentre correvano a prendere il treno. Inoltre dei testimoni li avevano sentiti vantarsi di aver pestato un'uomo, avevano visto gli schizzi di sangue, chiamato la polizia. Li avevano arrestati appena erano scesi dal treno a Manchester Victoria.

Saperlo non mi era d'aiuto. Poi mi venne in mente una

cosa: se il dolore peggiorava, potevo prendere una delle pillole più forti, quelle che mi facevano dormire tanto profondamente che non sognavo nemmeno.

«Ok.»

Lei parve soddisfatta. «Cosa posso fare per te?»

Lasciai che mi aiutasse ad alzarmi. Era brava in questo, scoprii con una certa sorpresa. Paziente. Mi lasciava procedere con i miei ritmi. Mi chiedeva se mi serviva qualcosa invece di tirare a indovinare.

Ci volle un po' per scendere di sotto.

«Usciamo» dissi bruscamente, ancora arrabbiata con la mamma.

«Ok, amore. Hai preso il telefono?» fece lei con una voce che sarebbe sembrata normale a chiunque altro. Sembrava talmente grata da mettersi a piangere, ma sapevo che sarebbe stata sulle spine finché non fossi rientrata sana e salva.

Quando feci per percorrere il corridoio verso la porta d'ingresso, vidi un pallido sole invernale che si riversava dentro attraverso il pannello della finestra, e cominciai a dubitare che ce l'avrei fatta. Usai il muro per sostenermi e il mio palmo sudato vi lasciò una macchia umida. Le gambe mi tremavano così forte che dovetti fermarmi.

«Ce la puoi fare, Jess» disse Eden, dietro di me. «Ascolta, non sarà mai più così difficile, giusto? La prima volta capita una volta sola, quindi togliamoci il pensiero e facciamolo.»

«Chi ti ha detto che puoi darmi ordini?» borbottai, ma mi aggrappai alle sue parole. Aveva ragione lei. Non dovevo andare lontano. Poi avrei ricevuto in premio una delle pillole buone e mi sarei nascosta per il resto della giornata.

Posai la mano sulla maniglia e aprii la porta.

Aria, luce e rumore mi travolsero come ondate che si frangevano su una riva. Una macchina che passava. Uccellini che cantavano. Passi e voci provenienti dalla strada. Così normali, così travolgenti.

Rimasi ferma lì, a inalare boccate d'aria fredda.

L'ultima volta che lo avevo fatto eravamo uscite nel buio e nella pioggia. Avevamo corso, ridendo, lungo la strada. Non avevamo idea di cosa ci attendesse.

Cosa ci attendeva, oggi?

«Non posso» dissi, facendo per voltarmi indietro.

«Sì, invece.» Eden bloccò la soglia. «Dai. Solo qualche altro passo. Fino in fondo alla strada?»

Scossi il capo, ansimando, chiedendomi se sarei riuscita a schivarla come un giocatore di rugby. Era una pazzia? Stavo forse attraversando il confine verso la follia più totale?

«Jess, ti prego.» Eden crollò, perdendo l'atteggiamento di poco prima. «Ti rivoglio indietro. Lo so che non puoi farci niente e che non puoi affrettare le cose, ma *ti prego*. Fa' solo il primo passo, così saprò che stai tornando da me, e allora aspetterò, non importa quanto tempo ci vorrà, te lo prometto... Jess, *ti prego*. Non ce la faccio a sopportarlo, visto che è stata tutta colpa mia.»

Rimasi tanto scioccata che mi bloccai. «Cosa? Non fare la stupida.» Non riuscivo nemmeno a capire cosa intendesse dire. Ma la supplica riuscì dove la fermezza aveva fallito. Eden aveva bisogno di me. Forse potevo farlo per lei, anche se non riuscivo a farlo per me stessa.

Il gatto mi svicolò tra le gambe, come se sapesse che avevo bisogno di qualcuno da seguire.

«Ok.» Inspirai. L'aria fredda sulle guance era pungente e implacabile. Feci un passo fuori dalla porta, nella nostra piccola strada di casette a schiera che proseguiva su per la collina, perpendicolare alla strada sulla sommità. Rimasi ferma, tremante, sul lastricato consunto fuori di casa. Mi sentivo nuda, esposta, un insetto con le ali strappate che si dimenava impazzito.

Non successe nulla.

Batuffolo rimase lì, il naso che vibrava nell'aria fredda, e poi sgattaiolò su per la strada con la coda che ondeggiava.

Eden mi offrì il braccio e io lo afferrai. Come due vecchie signore, arrancammo lentamente lungo la stradina. Guardai i nostri piedi, i miei anfibi, che non avevo più indossato da quella sera. Tenni la testa bassa e avanzai a fatica, contando i passi per mantenere il controllo. Le mie costole andavano a fuoco. Il sudore mi scivolava lungo la schiena. La testa mi doleva brutalmente... esplodeva come un allarme anti-incendio collegato al cervello. Alla fine raggiungemmo la cima della via.

Rimasi ferma là, ansante, sforzandomi di accettare che adesso era quella la mia vita. La vecchia Jess era sparita. Era rimasto uno spettro tremante di ragazza. Mi guardai attorno, aggrappandomi a Eden come se fosse la mia ancora di salvezza. C'era qualche bambino che giocava, più avanti. Un furgone bianco era parcheggiato parallelo dall'altro lato. Lunedì, ora del tè, niente di speciale.

Se avessimo svoltato a sinistra, in un minuto o due saremmo arrivate là, dove era successo tutto.

Là, sotto la pioggia, li vedevo avvicinarsi... le loro risate... dovevo correre. Dovevo scappare.

«No!» Con un gemito, lasciai il braccio di Eden. Il panico mi mise le ali. Incespicai, poi mi misi a correre. L'adrenalina crebbe dentro di me. Raggiunsi casa mia in pochi secondi, precipitandomi attraverso la porta d'ingresso, in corridoio, in cucina.

«Jess? Jess? Cos'è successo?»

Mi accasciai nell'angolo più lontano, contro il frigorifero. Strinsi le ginocchia al petto e mi accoccolai, ignorando il dolore mentre mi piegavo in avanti.

Eden si scapicollò dentro. «Mi dispiace! Scusami, Jess. Non eri pronta. Non avrei dovuto farti pressione.»

Seppellii la testa sulle ginocchia ed emisi un verso che non riconobbi. Una sfera di dolore. Eden e la mamma si chinarono, una su ogni lato, senza toccarmi, ma rimasero lì insieme a me. Superarono la crisi, insieme a me.

Eden aveva ragione, però. Non sarebbe mai stato più difficile di così. E quella folle corsa verso casa? Fu quello a darmi l'idea che dovevo essere veloce. Dovevo essere in condizione di scappare.

18

«Ecco qui l'intera storia, Liam Caffrey.» Mi asciugai il viso. Lacrime salate sulla mia cicatrice, di nuovo.

Mi aveva tenuto il polso per tutto il tempo. Anche quando i suoi occhi si erano riempiti di lacrime. Anche quando una lacrima gli era scivolata lungo la guancia e giù per il mento.

Mi lasciò andare, solo per un istante. Afferrò il davanti della sua maglietta rossa sformata e lo usò per asciugarsi il viso. «Sangue, sudore e lacrime, oggi, eh?» scherzò a voce bassa. «Oh, Jess.»

Lo guardai furibonda, non volevo la sua pietà.

«È passato» disse lui. «È finita.»

«No, le cicatrici non se ne andranno. Mai. Non completamente.»

«E allora? Non c'è nulla di male nelle cicatrici.» Liam mi prese di nuovo il polso e si chinò su di esso, più vicino, più in basso. I suoi capelli erano di un bianco dorato al chiaro di luna. Rimase in silenzio per un po'. «Ne abbiamo tutti.»

Mi sollevò il polso per portarselo alle labbra, e mi baciò, dolce e caldo, sulla pelle esposta. Nel punto in cui la vena galoppava. Dopo, ancora una volta, attese. Senza lasciarmi, mi guardò negli occhi.

Nessuno poteva vederci, solo l'enorme luna scintillante e l'albero carico di prugne e il gufo nascosto nel bosco. Sentivamo i bassi distanti e le voci provenienti dalla festa di Eden.

Fui io a fare la prima mossa. Con la mano gli toccai la guancia, dicendo di sì. Il suo viso. I suoi occhi da gatto.

Non riuscendo a sostenere il suo sguardo, serrai le palpebre, e allungai una mano verso di lui alla cieca. Gli sfiorai il petto, e sentii il caldo tamburellare del suo battito sempre più veloce. Gli accarezzai le braccia nude: erano così calde e solide. Le mie dita danzarono su, verso il collo, e con le nocche gli sfiorai gli zigomi. Un dito passò sulle sue labbra, e lui lo baciò.

Il suo respiro, caldo sull'orecchio, mi provocò brividi lungo la schiena. Quel respiro scosso, irregolare, sempre più rapido… solo per me.

Mosse le dita sul mio braccio, tracciando le linee dei miei tatuaggi, soffermandosi su ciascuno. Avevo un milione di terminazioni nervose di cui ignoravo l'esistenza, più delle stelle nel cielo. La mia pelle era viva e respirava di nuovo. Voleva essere toccata.

Lui cercò le mie cicatrici. Sentii le sue dita, ruvide ma delicatissime, che scivolavano lievemente sul mio viso dove la pelle era increspata. Carezzò l'onda di tessuto cicatriziale vicino all'orecchio.

Allora aprii gli occhi, per vedere se era tutto vero. I miei occhi nei suoi. I suoi nei miei. E l'aria tra noi, così fitta e densa, come la tensione prima di una tempesta, crepitò. La percepii, tra noi.

C'era ancora tempo. Potevo spezzare l'incantesimo. Potevo allontanarmi, senza fare troppi danni. Solo che la linea tra noi era già stata superata e lo sapevamo bene. Attese che fossi io a decidere.

Sostenni il suo sguardo mentre la superavo di nuovo. Gli sollevai la mano e baciai le nocche tagliate ed escoriate.

Lo baciai perché volevo farlo. Perché ne avevo bisogno. E quando lui ricambiò il bacio, ecco fatto. Tutto il resto sparì, c'erano solo la sua bocca sulla mia e le nostre mani che si muovevano, e il tempo che guizzava e fluiva attorno a noi così calmo e così veloce come il fiume che scorreva profondo sopra le rocce.

19

Ore 13.25

Una chiamata della mamma mi riscuote dai ricordi. Non so quanto sono rimasta sdraiata sotto ai faggi, a ripercorrere gli avvenimenti di sabato sera... Premo RIFIUTA, poi mi do una spolverata e scendo zoppicando dalla collina verso il paese, ignorando l'avviso del successivo messaggio in segreteria. Guardo l'accozzaglia di casette a schiera, il tetto a zig-zag di un magazzino, i negozi, le chiese, il cinema, il parco. Tutto a crogiolarsi nel sole del pomeriggio, tutto con una parvenza di incredibile normalità.

Vedo la sorella di Liam, Nicci, dall'altro lato del canale mentre prendo la scorciatoia lungo una scalinata di pietra. È seduta all'uscita anti-incendio del locale in cui lavora, a fumarsi una sigaretta. Il sole disegna delle striature sulla facciata dell'alto edificio di mattoni e lei tiene gli occhi chiusi per evitare di rimanere accecata. Ha i capelli raccolti... biondo fragola, proprio come quelli di Liam.

«Nicci!» urlo e agito la mano, e lei solleva la sigaretta in un pigro cenno di saluto.

Liam è stato fortunato con la sua famiglia. Era il piccolo di casa, con quella banda di fratelli maggiori che badavano a lui. Una volta ha detto a me e Eden: «I più grandi ormai hanno preso una brutta piega, così adesso non c'è nulla che io possa fare per scioccare la mamma». Mi piaceva il fatto che Sharon non fosse facilmente impressionabile. Ricordo il suo penetrante fischio dal fondo dell'ingresso della scuola alla fine delle elementari. Come avevano sobbalzato i genitori impettiti.

Poi vedo Liam.

Viene giù dal centro della strada, anche lui diretto da Nic. Mi fermo a guardarlo, ignorando il mio cuore.

Si è cambiato, si è messo jeans e maglietta blu, ma ancora non sembra lui. Di solito cammina tutto sciolto e dinoccolato, ma oggi è ingobbito, come se stesse portando qualcosa di pesante sulle spalle ampie. Vorrei gridare per chiamarlo, ma la mia bocca è carta vetrata.

Accelero, affrettandomi sul ponte e dietro l'angolo nel vicolo senza sbocco, con la nostra vecchia scuola che occupa quasi tutto un lato della strada. Gotica e vittoriana, le sue finestre sono stuccate con maestria, filtrano il cinguettio acuto dei bambini in un venerdì pomeriggio. Le persone attraversano la strada silenziose come rondini, dirette in picchiata all'ufficio postale con dei pacchi da spedire.

Liam mi vede e rallenta. «Ciao.» Qualcosa gli attraversa il viso, ma sembra scritto in una lingua straniera che non riesco a tradurre.

«Ciao. Hai bigiato?»

«Ovvio. È venuta la polizia.»

«Anche da me. Sono venuti a casa tua?»

«Sì.» Sospira e chiude gli occhi contro la luce, lasciando che siano le sue sopracciglia a dirmi la verità. Ha un aspetto terribile. Il viso è pallido, nonostante l'abbronzatura, e gli occhi sono cerchiati da ombre che somigliano di più a lividi. Le lentiggini sul naso e sugli zigomi risaltano sul suo pallore. La luce cattura la soffice peluria dorata sulle guance e sul labbro superiore.

Vederlo mi colpisce più di quanto mi aspettassi. Tra tutte le persone al mondo, di sicuro stiamo passando lo stesso inferno, ma questo non aiuta.

Ho voglia di abbracciarlo, ma c'è un campo di forza che ci allontana. È a disagio, tiene le mani in tasca, sposta il peso da una gamba all'altra.

Eden è là, a ridere di noi. «Dovreste vedervi» ci stuzzica. «Davvero, che coppia! Se c'è qualcosa da fare, fatelo! Non state lì a gingillarvi.»

Apre gli occhi, assurdamente azzurri sotto quelle ciglia folte, più scure dei capelli. È come se non tollerasse la mia vista, senza Eden. Si copre il viso con entrambe le mani e si strofina la faccia e la testa, facendo sollevare i capelli in piccoli ciuffi.

Non so proprio cosa dire adesso. Le parole si trasformano in grumi pesanti nella mia bocca.

Nicci si allontana dall'uscita anti-incendio per raggiungerci, i suoi tacchi che picchiettano sugli scalini di metallo, ed entrambi ci concentriamo su di lei con sollievo.

Lei controlla il telefono, si accende un'altra sigaretta e dice bruscamente: «Ho solo dieci minuti, quindi dobbiamo fare in fretta. Aggiornatemi. Siete andati a scuola come al solito, giusto?» ci sollecita.

«Certo. Era una giornata normale, finché...»

Mi chiedo chi gliel'abbia detto: Claire o uno di quei trogloditi amici di Josh?

«Poi me ne sono andato dopo il piacevole incontro con il professor Barwell e la Trent.»

«Il professor Barwell?» lo interrompe Nic. «Me lo ricordo. Era un tipo a posto. Stava dalla tua parte, ha ascoltato la tua versione?»

Liam fa spallucce. «Barwell è ok, ma la Trent si è fatta un'opinione su di me anni fa. Ha dato a intendere che sono il principale sospettato o roba così. Vabbe', tornando a noi, la polizia ha ascoltato la mia dichiarazione.

Meno male che mi hai visto rientrare, ieri sera, Nic, o mi avrebbero incastrato.»

«Andrà tutto bene. Sei innocente. E la troveremo. Com'è andata?»

Nicci sembra concentrata e pragmatica. La cosa mi tranquillizza, ma ha l'effetto contrario su Liam. Le sue labbra tremano e si irrigidiscono. Ha gli occhi pieni di lacrime.

«Ehi, vieni qui. Andrà tutto bene.» Nicci fa quello che io non riesco a fare: lo stringe tra le braccia proprio lì all'ombra della scala anti-incendio. Osservo le sue mani dalle lunghe unghie color melanzana, agili e capaci: una tiene lontana la sigaretta, mentre l'altra dà dei colpetti sulle spalle di Liam.

Lo lascia andare e gli passa una sigaretta. «Tieni.» La accende per lui ed entrambi si appoggiano al muro di mattoni.

«Com'è andata, allora?» Mi avvicino, allontanando il loro fumo con una mano. «Cosa ti hanno chiesto?»

«È stato orribile.» Liam mi guarda con gli occhi socchiusi, schermandosi il viso con la mano libera. «Pensavano che avessi fatto qualcosa a Eden.» Dà un tiro deciso alla sigaretta. «Sbirri del cazzo, saltano sempre alla conclusione peggiore. Lo sai perché, per Clarkson.»

«Cosa? Che c'entra Clarkson?» Mi mancano delle informazioni su questa storia.

Nicci impreca. «Mi dispiace, Liam.»

«Non è stata colpa tua! Ma di Clarkson. Nessuno fa una cosa del genere, soprattutto non a mia sorella.»

Nicci gli sorride e gli arruffa i capelli.

Unisco i puntini, chiedendomi se ho capito bene. «Ti ha fatto del male, Nic? Parli di Josh, l'ex di Eden?»

«Nah, non mi ha fatto del male, ma ci ha provato.»

«Nic lo ha respinto, così lui l'ha aspettata fuori dal locale, per farle vedere cosa si era persa. Non si è accorto che ero due passi dietro di lui.»

«Oh. È per *questo* che lo hai pestato.»

Lui mi guarda ed è tutto complicato.

La mia mente elabora in fretta, cercando di non saltare a conclusioni affrettate, ma qui c'è una nuova spiegazione possibile per quanto accaduto oggi: e se Josh avesse importunato Eden, magari per sfogare la propria gelosia? E tutta quella spacconaggine stamattina fosse stata solo una messinscena?

«La mamma ha fatto di nuovo una partaccia alla polizia oggi» sta dicendo Liam, con l'ombra di un sorriso che svanisce all'istante. «Come se quello che è successo con Josh Clarkson c'entrasse qualcosa con tutto questo. Come se avessi fatto del male a qualcuno. Come no!» Soffia fuori il fumo, esasperato, in una lunga voluta.

«Lo so.» Non riesco a immaginare cosa prova. La situazione è già abbastanza brutta senza che si pensi che possa aver fatto del male a Eden. Cioè, fisicamente. «Allora, vuoi raccontarmi di ieri sera? Cos'è successo?»

«Giuro, Jess, l'ho lasciata in cima alla strada. Non ha voluto che l'accompagnassi fino alla porta. I cani del vicino fanno sempre un gran chiasso. Non voleva svegliare tutti. Ma sono rimasto lì e l'ho osservata allontanarsi e lei mi ha salutato con la mano quando ha raggiunto l'ingresso. Gliel'ho detto a quelli. Ho detto tutto... che siamo andati al parco, poi dopo siamo venuti qui a bere qualcosa. Siamo rimasti fino alle undici e mezza. Non mi hanno creduto finché tu non mi hai fornito un alibi, Nic.»

Racconto loro quel che ha detto Claire, che ha sentito Eden rientrare a casa.

«Ok, ripetimi un po' la tempistica?» chiede Nic. «Sei rientrato a mezzanotte e mezza, quindi devi averla lasciata – quando? – tipo a mezzanotte?»

«Mezzanotte, poco dopo... giù di lì. L'ho lasciata. Sono tornato a casa. Mi sono fumato una sigaretta con te, sono crollato. Fine della storia. È così, Nic, te lo giuro!»

«Lo so, lo so» tenta di calmarlo lei.

«Ma lei com'era? Come stava?» sbotto. Cos'era cambiato tra il momento in cui l'avevo lasciata ai cancelli del parco e mezzanotte?

«Lo sai.» Liam scrolla le spalle, evitando i miei occhi. «Non le andava granché di parlare. Era un po' su di giri, forse. Non è andata male come sabato...»

Entrambi sussultiamo.

«Cioè, voleva fare un sacco di cose, continuare a muoversi. Dopo il parco, abbiamo bevuto qualche drink, giocato a biliardo e...» Si ferma. «Ok, forse abbiamo litigato.»

Litigato? Il mio cuore balbetta come un CD impallato.

«Va tutto bene» gli dice Nic, lanciandomi un'occhiata che mi spinge a chiedermi quanto ne sappia. «Lo hai detto alla polizia?»

«Una parte. Ho raccontato la verità. Sì, era un po' sconvolta; no, non aveva tendenze suicide. E non c'erano loschi figuri che ci seguivano nascosti nella penombra. Come facevo a sapere che sarebbe sparita? Non leggo mica il pensiero, cavolo.»

Io e Nic restiamo in silenzio, in attesa che passi quell'ondata di insofferenza. Ripenso alla lettura dei tarocchi. *Speranza nel futuro*, dicevano. Vorrei davvero che fosse così adesso. Non posso fare a meno di ricordare l'altra carta: il tristo mietitore.

«E allora che facciamo?» domanda lui. «Che cavolo facciamo adesso?»

«Dobbiamo usare i social network. Ho visto che funziona» dice Nic. «Posti la sua foto e i fatti, chiedi alla gente di condividere tutto. Dai, venite con me. Potete usare il wi-fi del locale per cominciare.» Schiaccia la sigaretta col tacco e la getta con un calcio nel canale di scolo.

La seguiamo attraverso le doppie porte rosse consumate e la scala serpeggiante. Il bar sul retro è deserto, se si esclude un tizio con la barba che legge un giornale e non alza lo sguardo quando entriamo. La luce del sole penetra attraverso le alte finestre e della musica folk si diffonde a basso volume dall'impianto stereo. Non l'ho mai visto così tranquillo.

«Il capo è di là in ufficio, per cui fate alla svelta, ok?» Nic va dietro il bancone e comincia a sistemare i bicchieri puliti.

Io e Liam scegliamo il tavolo più vicino. Tiriamo fuori i telefoni e ci sediamo uno di fronte all'altra. La tensione che c'è tra noi si potrebbe tagliare con una motosega.

Tic, tic, tic.

So che dovremmo sbrigarci, ma devo dire qualcosa. Dobbiamo superarlo. Di sicuro è come togliersi un cerotto: se fai in fretta, fa meno male. Voglio chiedergli perché hanno litigato. Invece, dico: «Hai raccontato a Eden di sabato?»

«No!» Il suo grido è tanto forte che Nic ci osserva sorpresa e il tintinnio dei bicchieri si ferma. L'uomo barbuto ci guarda infastidito da sopra il giornale.

«No! E tu?» sibila, protendendosi verso di me. Vedo il rossore crescente delle sue guance e so che riflette il mio.

«Certo che no.» Brucio sotto il suo sguardo. Per un lungo istante ci fissiamo. Poi mi costringo a dire la cosa giusta: «Senti, dimentichiamo ciò che è successo, ok? Buttiamoci tutto alle spalle». Non è quello che voglio dire. Non è quello che ho sognato di dire. La mia mente ha già disegnato una decina di scenari diversi per me e Liam, ma visto che nessuno includeva la sparizione di Eden, sono solo aria fritta e sogni a occhi aperti, e io li sgonfio con uno spillo come palloncini.

«Dobbiamo concentrarci per trovare Eden. D'accordo?»

Lei non sa niente! Non hanno litigato per questo. Quindi non è per causa nostra che se n'è andata!

«D'accordo» mormora lui, guardando Nic per vedere se sta ascoltando.

L'imbarazzo e la tensione sono indescrivibili.

«Ok» dico, imponendomi di darmi una calmata «facciamolo. Dunque, salverò la foto del suo profilo.» Scorro le APP sul mio telefono e parlo mentre lo faccio. «E la condivido scrivendo: "Scomparsa. Eden Holby. Vista per l'ultima volta intorno alla mezzanotte di giovedì, prime ore di venerdì". Che dici?» Controllo e lui annuisce. «Per favore, contattare la West Yorkshire Police...»

«Aspetta. Ho un numero. Me lo hanno dato i poliziotti.» Liam tira fuori un biglietto da visita sgualcito, come quello che ho ricevuto anch'io, e mi legge il numero ad alta voce.

«Ok. Ti sto taggando...» Il suo telefono emette un *bip* a mo' di conferma. «Fatto. Fanne uno tu.»

Mentre siamo concentrati su questo, Nic porta della Coca e dei pacchetti di patatine, e io mi rendo conto che muoio di fame. La colazione sembra accaduta una vita fa, e a un'altra persona.

Ci lavoriamo per un po', cliccando e inoltrando. Appena ho finito, guardo il mio telefono, il viso familiare di Eden che mi sorride. Quando è stata scattata la foto non sapeva che un giorno sarebbe stata servita a questo. Tremo, scossa da un brivido improvviso.

«Jess.» Liam mi riporta alla realtà. «Hai ragione, possiamo farcela. Se collaboriamo, riusciremo a trovarla, ok?»

Deglutisco a fatica, come per mandar giù i pensieri peggiori. «Ok. Giusto.» Ma il panico non mi abbandonerà. Oggi ho perso tempo. Non ho scoperto un solo dettaglio utile. E nel frattempo Eden potrebbe essere da qualche parte, ferita. Potrebbe essersi persa, potrebbe essere…

«Guarda cos'ho trovato» dico a Liam, cavando di tasca il piccolo lucchetto di metallo. «Credo che sia del suo diario. Qualcuno deve averlo forzato per aprirlo.»

«Immagino non si possa biasimare sua madre per averlo fatto. Ma potrebbe essere successo in qualsiasi momento. Potrebbe esser stata Iona, mesi fa. Non deve per forza significare qualcosa.»

«E se nel suo diario ci fosse qualcosa che dovremmo sapere? Potrebbe esserci utile per capire da dove cominciare, con chi parlare.»

«Jess! Basta. Intanto usciamo da qui. Concentriamoci sulle ricerche. Almeno ci terremo occupati.» Mi guarda con una strana espressione. «Partiamo dalla cascata. L'ultima volta che ci siamo stati ha detto che è il suo posto preferito.»

«Ok.» Era sulla mia lista, infatti.

«E poi c'è stasera. Quella festa per il plenilunio, nella valle. Possiamo andare avanti per poi concludere lì. Mi avevano chiesto di fare il DJ. Non ci penso nemmeno, ma dobbiamo andarci, per chiedere in giro.»

«Sì, ha senso» dico, cercando di non soffermarmi a pensare a come reagirà la mamma quando lo scoprirà. Avevamo sempre desiderato andare a una festa per il plenilunio, io e Eden, solo che non ci hanno mai dato il permesso: troppo tardi, troppo lontano.

Durante il plenilunio, alcuni irriducibili festaioli trascinavano un impianto completo sino a una radura nel bosco di faggi. Sistemavano piatti e casse tra le rovine di una vecchia fabbrica, e venivano a ballare centinaia di persone: di tutti i tipi, ci aveva detto Liam, dai raver più accaniti ai ragazzini, e tutte le altre variazioni tra i due estremi.

«Voleva davvero venirci stasera» sta dicendo Liam. «Doveva uscire di nascosto. Avevamo fatto dei progetti.»

«Ma dov'è?» sbotto, incapace di trattenermi ancora a lungo. «Liam, che cavolo sta succedendo?»

«Sai cosa penso?» ribatte lui lentamente. «Credo che qualcuno lo sappia. Dev'essere uscita di nuovo, dopo che l'ho lasciata. O ha incontrato Tyler, o si è imbattuta in qualcun altro.»

Resto seduta lì. A chiedermi cosa significhi e perché Eden non me l'abbia detto. Poi mi domando quanto avesse bevuto e in che stato fosse, senza di me lì a controllarla.

Una sera di luglio, Eden convinse me e Liam a restare fuori fino a tardi. Dovemmo lasciare il locale in fretta e furia perché per poco Eden non fece scoppiare una rissa. Io e Liam ci scusammo e la portammo via da lì. Raggiungemmo barcollando il ponticello sul canale, io e Liam trascinavamo Eden come due rimorchiatori.

«Non puoi andartene in giro a dire certe cose alla gente» le disse Liam.

«Sì, ma è la verità. Quella *era* fuori dalla sua portata. E tanto aveva già adocchiato quell'altro tizio.» Eden smozzicava le parole e ci volevamo tutti e due per tenerla in piedi.

«Sì, ma se lo fai incazzare e io vengo a difenderti, poi sono io a dovermela vedere con lui...» Liam sospirò e si passò la mano libera sul viso e tra i capelli, facendoli rizzare. Lo faceva sempre nei momenti di stress, avevo notato. Faceva caldo, e lui era ancora in calzoncini e maniche corte. «Non ci arrivi? Se scoppia una rissa, non sei la sola a farsi male. Ci sono anch'io. E Jess. Ti ricordi di noi?»

Eden mise il broncio per quella sgridata. Avevamo raggiunto l'altra sponda ormai, e percorrevamo lentamente il sentiero lungo il canale, accanto alle cancellate del parco. «Oh, già, scusa. Bisogna stare attenti a come comportarsi quando c'è la nostra preziosa Jess.»

«Cos'hai detto?» Mi voltai verso di lei, contrariata, lasciandole andare il braccio. Che si reggesse in piedi da sola, se aveva intenzione di insultarmi.

«Dico per dire, sono passati – quanti? – sei mesi ed è come se fosse ieri. Ti ci stai crogiolando, eh?»

«Eden...» Liam vide la mia faccia e cercò di farla tacere.

«Non mi sto crogiolando proprio per niente.» Eden non mi stava nemmeno guardando. Se ne stava lì, dondolando leggermente, nel suo miniabito di cotone verde. Il davanti della gonna era umido perché si era rovesciata addosso un drink. Il suo viso era pallido, gli occhi persi nel vuoto. «Non lascerò che questo mi fermi. Mia sorella non mi rovinerà l'estate...»

«Eden, sei ubriaca. Andiamo» disse Liam ad alta voce, per zittirla. «Muoviti.»

Ingoiai il mio dolore. Mi presi un lungo momento... respiri profondi come mi aveva insegnato la psicologa. Quando fui abbastanza calma per parlare di nuovo, andai sul pratico: «Andiamo tutti da me. Non puoi andare a casa in questo stato. Liam, ho bisogno che mi aiuti».

«Ce la faccio a camminare! Quante storie che fate, voi due! Mamme chiocce! Ah!» Eden si concentrò su quell'immagine. Cominciò a chiocciare e a starnazzare per il sentiero, ma se non altro aveva ripreso a muoversi. Per un po'. Si fermò dopo qualche passo e crollò contro le sbarre di metallo che costeggiavano il canale.

Io e Liam la raggiungemmo e la prendemmo ciascuno per un braccio, come una qualche bizzarra gara a sei gambe. Liam sostenne la maggior parte del suo peso. Le nostre braccia nude si incontrarono dietro la schiena di Eden: pelle calda. Cercai di non ritrarmi troppo bruscamente, mentre mi scostavo, con la scusa di liberare i miei braccialetti. Ci dirigemmo lentamente verso la scalinata di pietra che conduceva in strada. Eden alzò una mano e mi accarezzò i capelli mentre ripartivamo.

«Ah, Jess, i tuoi capelli sono così morbidi. Li hai sentiti, Liam? Si direbbe che tutte quelle tinture siano nocive, invece sono così morbidi...»

«Sì, come no! Grazie, Eden.»

«Così morbidi... Ma perché continui a tingerli? Vuoi proprio andartela a cercare, eh, Jess?»

«Che vuoi dire?» chiesi, preparandomi per la risposta che mi avrebbe dato in quello stato.

Lei inciampò e si aggrappò più forte al mio collo. «Be', perché ti vesti così, come la moglie di Dracula, se non vuoi che se la prendano con te? Non ti sto criticando! Ma è una domanda legittima.»

Mi fermai e lei sbatté di lato addosso a me. Dietro di lei, il canale era immobile e nero, e rifletteva i lampioni arancioni.

«Ma che cavolo...?» Questa non potevo mandarla giù come facevo di solito. Stavolta, ero cieca dalla rabbia. «Io sono così, Eden. Non possiamo somigliare tutte alla futura top model della nostra cittadina, e sinceramente non è che tu sia poi questo granché al momento.»

«Ehi, frena! Frena!» Liam cercò di mettersi fra noi, con aria stravolta. «Non intendeva dire quello, non è vero, Eden?»

«Sarà meglio per lei. Perché sembrava proprio che stesse dicendo che è stata colpa mia, quello che è successo. È *colpa mia* se ho un aspetto un tantino alternativo?» Indicai i miei vestiti, non così esagerati: jeans neri, canottiera nera lunga con una stampa rossa. «E non colpa loro, perché sono degli idioti trogloditi e aggressivi felici di pestare a sangue chiunque reputino diverso?»

«Scusa, Jess. Non dicevo sul serio» disse Eden. La sua ubriachezza era una maschera pallida, solo che non ero più sicura di chi vi si celasse dietro. La sua bocca era molle, i capelli le si arruffavano davanti al viso. Era un disastro. Era un disastro anche peggiore di me.

Non riuscii a restare arrabbiata. Era come prendere a

calci un bimbetto che è inciampato. Aspettai, in cerca di una battuta che rimettesse le cose a posto. «Bene, perché cominciava a sembrare che avessi scambiato il corpo con una vecchia bacchettona. Tipo la Trent.»

«Oh, Jess. Sei proprio contorta.» Grazie al cielo Liam colse la palla al balzo per cambiare argomento. «Quindi stai dicendo che per tutto questo tempo ho baciato la Trent? Bulldozer intrappolata nel corpo di Eden?»

Eden si fece ancora più pallida. Si portò una mano alla bocca. «Oh, no, sto per...» Girò su se stessa e si appoggiò alla ringhiera, vomitando nello scolmatore tra il canale e il fiume.

«Me ne occupo io. Tu aspetta in cima alla scala» dissi a Liam. Lei non avrebbe voluto farsi vedere da lui in questo stato.

Liam indietreggiò, mimando con le labbra: «Sei sicura?»

Annuii, tenendole i capelli lontani dal viso e massaggiandole la schiena finché non ebbe finito. Dopo rovistai nel mio zaino in cerca di una bottiglia d'acqua.

«Che schifo. Odio questa sensazione» gemette alla fine.

«Vieni, dammi le mani.» Vi gettai sopra l'acqua, perché potesse sciacquarsi il viso.

Lei sputò un'ultima volta, poi si voltò e si accasciò su se stessa, scivolando a terra e posando il viso pallido sulle ginocchia. «Sei buona con me, Jess.» Senza aprire gli occhi, allungò una mano umida. «Migliori amiche?»

«Sì, Eden, migliori amiche» ribattei, stringendo delicatamente le sue dita fredde.

Portammo Eden a casa mia e salimmo al piano di sopra senza svegliare la mamma. La mettemmo in quella che pensavamo fosse la posizione di sicurezza, con un catino vicino alla testa, e la coprimmo con un sacco a pelo. Ci sedemmo, da ciascun lato della sua testa, guardandola come due angeli custodi vagamente alticci. Anche se non c'era nulla che ti facesse riacquistare la sobrietà come vedere la tua migliore amica vomitare i drink di tutta la serata.

«Beveva così tanto, prima?» mi chiese Liam.

«No. Un po', alle feste, ma mai così» sussurrai. La stanza era semibuia… c'era solo il bagliore della lampada di vetro blu sulla mia scrivania. Guardai Liam, le lunghe gambe raccolte e le braccia che stringevano le ginocchia. C'era molto silenzio: solo noi tre, che respiravamo. I suoi occhi erano grandi e scuri, mi fissavano.

«Forse così riesce a non pensare a tutto il resto?»

«Già, su questo non c'è dubbio. Finché saremo con lei, starà bene.»

«Sarà meglio che prendi il mio numero» disse Liam, allungando le gambe per prendere il telefono. «Chiamami, in qualsiasi momento, ok? Se ha bisogno di noi, affrontiamo la cosa, eh? Non staremo qui a gingillarci.»

A suon di sussurri facemmo un patto per cooperare,

per parlarle chiaro, così saremmo stati sempre presenti per Eden.

Solo che nel frattempo, a un certo punto, dovevamo aver fallito.

20

Ore 14.02

Io e Liam raggiungiamo la fermata dell'autobus in silenzio. Il campo di forza che ci allontana si intensifica. Mi sento paranoica ed esposta, come se avessi perduto uno strato di pelle. Dobbiamo aspettare l'autobus e ogni secondo è un'agonia. Sono sicura che l'intera città ci sta guardando e giudicando. La gente passa, facendo le solite cose che si fanno il venerdì pomeriggio: un giro per i negozi, la banca, la biblioteca, la fila per i taxi. La guardo e la giudico anch'io. Come fanno ad andare avanti, mentre Eden è sparita?

Mi squilla il telefono. È la mamma, di nuovo. La ignoro.

Tic, tic, tic.

Liam si appoggia vicino a me alla sudicia pensilina di plastica ricoperta di graffiti, guardando il telefono e agitandosi sul posto fino a farmi venire voglia di urlargli contro. Prima ipotesi: è il fidanzato ansioso di Eden, spinto dal disperato bisogno di trovarla. Seconda ipotesi: è un ragazzo inquieto con trascorsi violenti. Qualcuno che ha qualcosa da nascondere.

A che pensavo, sabato, quando ho lasciato Eden da sola? Quando ho fatto una cosa che poteva ferirla? Perché non ho capito quanto fosse fragile? La lettura dei tarocchi di lunedì avrebbe dovuto essere un campanello d'allarme. Ma mi ha fregato martedì mattina a scuola, tutta frizzi e lazzi, ed ero stata felice di lasciarla fare, se questo significava che non sapeva nulla di me e Liam. L'avevo assecondata, per tutta la stramaledetta settimana.

Questo non è un semplice sbaglio. Questo potrebbe essere il peggior fallimento della mia vita. E così crollo, accusandomi in preda allo sconforto, precipitando in un oscuro pozzo senza speranza. Quando finalmente arriva l'autobus, alzo a malapena lo sguardo. Liam sale. Lo sento pagare per entrambi, quindi devo seguirlo.

Il bus è vuoto a parte una vecchia coppia e una donna con due bambini piccoli e un passeggino. Liam scivola nell'ultima fila e io mi siedo accanto a lui, pentendomene all'istante. Non posso stargli tanto vicino. La mia gamba tocca l'estremità dei suoi jeans e io mi ritraggo, ma sono troppo tesa per cambiare posto. L'autobus si dirige fuori dal paese. È una di quelle stradine caratteristiche che non hanno niente a che fare con il Ventunesimo secolo e l'autista deve fare manovre pericolose, scansando macchine parcheggiate, frenando di colpo e sfrecciando all'improvviso se c'è un'interruzione, passando a stento nelle strettoie dove ha il minimo margine di movimento.

Finisco addosso a Liam a ogni sbandata. Lo guardo di sottecchi. Sta fissando dritto davanti a sé, il braccio teso e rigido, aggrappato al sedile davanti. Evidentemente questa situazione è un tormento anche per lui.

Alla fine l'autobus lascia la cittadina e si dirige verso le brughiere, dove la strada è più larga. Ripercorro tutto ciò che ho scoperto finora, riesaminando i fatti raccolti. Ieri sera Eden è andata a casa, si è cambiata ed è uscita con Liam. Sono stati al parco e a bere qualcosa. La gente doveva averli visti lì. Intorno a mezzanotte, Liam l'ha riaccompagnata a casa. Claire l'ha sentita rientrare. E dopo è successo qualcosa. Stamattina era sparita. Fin qui, un bel niente. Che altro so?

Compongo una delle mie liste, solo che non è positiva ma negativa. È la lista peggiore del mondo, di tutti quelli che potrebbero aver fatto del male a Eden:

- Josh Clarkson
- Tyler
- Uno sconosciuto qualsiasi
- Liam Caffrey
- Eden Holby

Devo cominciare a escludere qualcuno per poi vedere chi rimane.

Liam ha un bel caratterino. La prova è qui davanti ai miei occhi: le sue nocche stanno guarendo ma sono ancora punteggiate di croste e vecchi lividi. Quando picchia, picchia duro. Ha ammesso di aver litigato con lei ieri sera. Potrebbe aver fatto del male a Eden e poi negare tutto con tanta facilità? Lo osservo e in questo preciso istante non è molto difficile da credere. So che è capace di mentire. E con quel cipiglio, sembra di nuovo furibondo. Riesco a vedere la tensione nei suoi avambracci, il profilo del suo bicipite contratto attraverso la maglietta. Se volesse, con quelle braccia potrebbe ridurre chiunque in fin di vita.

Liam avrebbe colpito Eden, se lei avesse preso di mira uno dei suoi punti deboli? Una volta ha picchiato Josh Clarkson perché aveva minacciato sua sorella Nicci.

Che cosa dice questo di Clarkson? Stava cercando un modo per rifarsi su Liam? Fin dove si spingerebbe per punire Eden di averlo lasciato?

E quel nuovo arrivato, Tyler? È stata Eden a decidere di stare con lui. È venuto a cercarla? Non so quasi niente di lui e questo mi fa uscire di testa.

Ricordo qualcosa.

«Liam! Liam!» Gli do un colpetto sul braccio, l'imbarazzo ormai dimenticato. «Cos'aveva Eden ai piedi?»

Mi guarda come se fossi impazzita. «Boh? Ho compilato la lista di quello che indossava per suo padre: jeans, maglietta, felpa col cappuccio...»

«Sì, lo so, ma che *scarpe* aveva?»

«Che c'entrano le scarpe?»

«È importante. Ho notato qualcosa a casa di Eden oggi.» Non voglio dargli delle alternative in caso decida di sceglierne una a caso per farmi stare zitta.

«Ma che ti prende, Jess? Certo che portava le scarpe... ma non è il genere di cosa che noto, le scarpe di una ragazza.»

Mi lascio sfuggire un verso di fastidio. «Oh, dai, piantala con queste stronzate. Pensaci e basta!»

«D'accordo, se dici che è importante. Probabilmente aveva i soliti sandali.»

«Colore?»

«Forse rosso?»

«Proprio quelli! Li indossava anche a scuola. Ma sono a casa sua. Quindi, o era a piedi nudi, o si è cambiata. Che scarpe può essersi messa?» Scorro la lista: aveva sandali, sabot, infradito, sneaker... perché si è cambiata le scarpe a mezzanotte? O forse era a piedi nudi quando è successo qualcosa? È doloroso pensarci.

Liam mi sta ignorando. Si è rifugiato da qualche parte in se stesso, fissa fuori dal finestrino.

Noto con un sussulto dove siamo, prenoto la fermata e salto in piedi. «È la nostra.»

Scendiamo e proseguiamo lungo la stradina laterale che conduce alla cascata. Sono così persa nei miei pensieri che mi limito ad andargli dietro.

Quando mi riprendo, Liam mi ha staccato di parecchio. Cammina veloce, e le sue spalle sono ancora accasciate sotto tutto quel peso invisibile. Presto diventa solo un minuscolo bastoncino d'uomo su una strada stretta in mezzo al nulla. Lo lascio andare.

Su ogni lato, la brughiera è vasta e digradante. Si riesce a vedere tutto da quassù. Si riesce a vedere dove i ghiacciai hanno scavato le valli e smussato le colline. I campi scendono giù come onde che si infrangono. Qui è altissimo, è tutto cielo, campi arati e brughiera solitaria, c'è solo quel fienile in rovina sulla collina opposta. È il genere di paesaggio che si ama o si odia. È maestoso oppure soffocante. Potrebbe farti uscire di testa... tutti quei chilometri di vuoto a ricordarti quanto sei insignificante.

Il sentiero gira attorno alla spalla della collina successiva e Liam scompare. Ricordo cos'è successo l'ultima volta che siamo stati qui.

Erano i primi d'agosto, il tempo era migliorato di nuovo. Stavo facendo il turno del pranzo alla tavola calda, avevo la maglietta tutta appiccicata alla schiena.

Liam entrò a prendere lo stipendio. «Ciao, Jess. Piuttosto tranquillo, no?»

«Grazie tante. Chiunque abbia un po' di sale in zucca è fuori.» Parlai sottovoce, ma gli unici clienti – una coppia in un tavolo in fondo – non ci stavano comunque ascoltando.

«È quello che voglio fare anch'io. Scusa. Ti manca solo un'ora, eh?»

«Sì, ma non è che il tempo stia volando. Dev mi sta facendo fare mille cose.» Indicai la fila di tazze di plastica sul bancone. «Devo dare un nome alla nuova gamma di smoothie. Poi disegnare tutto su questa lavagna.» Faccio un gesto verso di lui con un gesso arancione.

«Buona fortuna. Hai visto Eden ieri sera? Come stava?»

«Piuttosto silenziosa, ma tutto bene, credo.» Era questo che facevamo io e Liam: parlavamo quasi tutti i giorni, scambiandoci opinioni su di lei. Erano passati due mesi dalla morte di Iona e niente di quello che faceva Eden era prevedibile. «Aveva un cofanetto nuovo di una serie TV, l'abbiamo guardata un po'. La vedi più tardi?»

«Boh? Non mi ha ancora risposto.» Tirò fuori il telefono per ricontrollare. «Vuoi una mano con questi, allora?»

«Grazie, amico. Sono bloccata. Mi sembra tutto insulso. *Limone Letale*? Cioè, sul serio? Il problema è che sembrano veleni… mi sono bloccata su un tema thriller.»

Mi raggiunse dietro al bancone, occhieggiando le bevande.

«E una cosa tipo *Kiwi Killer*?» disse Liam, seguendo la mia logica.

«Tieni, che mi dici di questo?» Gliene passai uno. «Provalo. Potrebbe essere il tuo ultimo errore.» Lo dissi con la mia miglior voce da film.

Ne bevve un sorso.

«*Arancia Assassina*?» Lo dissi quando lui aveva appena deglutito.

Sputacchiò tutto, spruzzando il bancone di un vischioso liquido arancione acceso.

«Bravo, l'hai fatta grossa. Dev impazzirà. Questo contravviene decisamente alle sue norme sull'igiene.» Presi lo spray antibatterico da sotto il lavandino e glielo puntai addosso. «Fermo o sparo!»

Liam stava ancora tossendo, così lo battei sulla schiena, ridacchiando. «Ti avevo avvertito!»

«Che succede qui?» La voce di Eden giunse dalla porta aperta. «Vi divertite?»

Ci raddrizzammo, le risate svanirono.

Eden si avvicinò piano, guardando prima il mio viso e poi quello di Liam. «Pensavo che oggi non lavorassi, Liam.»

«*Infatti, sono venuto soltanto per incassare...*»

«*Infatti, mi stava soltanto aiutando con...*»

Parlammo all'unisono e poi ci zittimmo. Mi sembrava di essere una bambina sorpresa a rubare i biscotti.

Seguì un silenzio imbarazzante.

«Vabbe', comunque, adesso siamo tutti qui» disse allegramente. «*Insieme.*» Capivo che lo diceva in tono forzato. «Guardate che bella giornata. Allora, che cosa abbiamo intenzione di fare?» chiese infine.

«*Ehm*, io devo ancora finire di lavorare» risposi, asciugando il bancone.

«Dai, usciamo da qui. Dobbiamo sfruttare al massimo questa estate. Lo sai, prima che si abbatta su di noi.»

«Cosa, di preciso? L'insostenibile insensatezza degli esami l'anno prossimo?» Le sorrisi per dissipare l'imbarazzo, felice di vederla sorridere a sua volta. Mi appoggiai al piano di lavoro accanto alla cassa. «Allora, che programmi avevi?»

«Andremo alla cascata. La prima volta di quest'estate? Ho portato gli asciugamani, e un bikini in più, dai!» Sapeva come tentarmi.

«Ci sto» disse Liam, facendo il giro del bancone per raggiungerla. «Ma puoi tenerti il tuo bikini, grazie. Ho i calzoncini. E ci sono degli avanzi, ha detto Dev. Possiamo fare un picnic.»

Dev era categorico con le date di scadenza e spesso ricevevamo roba scaduta da un giorno da portarci a casa. «Sembra un banchetto di tutto rispetto.»

«Sììì! Vedi, era destino. E indovina che cos'ho?» sussurrò Eden, con gli occhi che brillavano, indicando il proprio zaino.

«Scimmie magiche che ci porteranno là in volo?»

«Champagne! Ne ho fregate due bottiglie.»

«Sì, perché i tuoi hanno una cantina vera. Cavoli...» Liam alzò gli occhi al cielo, ma la strinse in un rapido abbraccio.

«Allora andiamo» disse Eden.

«A Jess manca un'ora per finire il turno. Perché non la aiutiamo qui?» suggerì Liam.

Eden parve non averlo sentito. «Andiamo al parco mentre aspettiamo.» Si stava già dirigendo verso la porta.

L'ora successiva passò molto lentamente. Finii di battezzare gli smoothie con delle lettere allegre stile festa di compleanno e cercai di non domandarmi cosa stessero facendo Eden e Liam.

Alla fine del mio turno, nel tardo pomeriggio, prendemmo l'autobus per la collina. L'aria era così densa e dorata che sembrava miele caldo sulla mia pelle nuda e tatuata. Ci affrettammo lungo lo stretto sentiero di roccia, strizzati tra due campi verdi, scostando il cerfoglio selvatico che pendeva sulle nostre facce.

La mia eccitazione crebbe con il rumore delle cascate. Venivo lì da tutta la vita: simboleggiava il meglio delle vacanze estive. Quando arrivammo, c'era rimasta solo qualche famiglia, che si preparava ad andarsene. Presto il posto fu tutto per noi: il bacino d'acqua e le scroscianti cascate bianche. C'era un cerchio di perfetto cielo azzurro tra gli alti argini, contornato dalle foglie verdi di sicomori e betulle allineati, con muschio e felci sui livelli più bassi.

Fu come se un incantesimo fosse sceso su di noi. Forse era la luce: il calore dorato e sciropposo, con semi e fiori che fluttuavano nella foschia.

Eden aveva un plaid. «Ecco: noi sappiamo come fare le cose con stile. Asciugamano per te, Jess!» Me lo lanciò insieme al bikini. Riuscii a infilarlo da sotto il vestito.

Eden era favolosa con il bikini bianco, che faceva risaltare la sua abbronzatura dorata, e io cercai di non badare al mio pallore. Liam si spogliò e rimase in calzoncini. Distolsi lo sguardo.

«Liam, va' a mettere questa bottiglia nell'acqua, per dopo. Dovrà essere bella ghiacciata.»

Quando lui tornò, Eden ci guardò con un'espressione seria. «Vorrei... proporre un brindisi. So che non è stato facile per voi due sopportarmi, quest'estate...»

«Dai, non dire così» mi intromisi.

«Non interrompermi! È già abbastanza difficile.» I suoi occhi erano sgranati e lucidi, e io compresi che questo era importante per lei. «Volevo soltanto dirvi grazie. E che siete i migliori. Salute!» Sollevò la bottiglia e fece saltare il tappo prima che potessimo ribattere, schizzandoci leggermente con la schiuma.

«Salute!» Mi protesi e la baciai sulla guancia, che sapeva di crema solare e sale. I nostri occhiali da sole cozzarono. «E prego» sussurrai. «Che altro potevamo fare?» Poi mi passò la pesante bottiglia, il sole che scintillava riflesso dalla sua stagnola dorata.

Dopo, ci sdraiammo tutti al sole reggendoci sui gomiti. La luce creò dei corpuscoli che danzavano sulle mie palpebre chiuse. Lo champagne pervase il mio corpo di calore. La parte migliore dell'incantesimo era Eden e il suo buonumore. Era la vecchia se stessa, come era stata prima della morte di Iona. Buffa, ma non crudele. Prima non era mai crudele.

«Potrebbe essere meglio di così? Starmene qui con le mie due persone preferite» disse Eden, sdraiandosi con gli occhi chiusi, le dita che trovavano quelle di Liam sulla coperta.

Liam era irrequieto. Lo champagne aveva sciolto la sua parlantina. Non riusciva a stare fermo e a smettere di parlare, cambiava incessantemente argomento. «Ehi, hai sentito Dev che blaterava del nuovo menù stamattina?» mi chiese. «Quel tipo crede di essere a *Masterchef*.» Poi ci fece ridere con le sue imitazioni fantastiche di tutti gli altri membri dello staff del locale. Prese in giro anche i turisti che si aspettavano di trovare Londra dovunque andassero. «No, non abbiamo il cappuccino col latte di soia. Intero o scremato? Ehi, chi ha fame?»

Mangiammo il cibo con le mani direttamente dal contenitore di plastica: torte salate e involtini alle olive, feta e peperoni. C'era mezza cheesecake alle fragole... in scadenza, aveva detto Dev, ma a me sembrava buona. Mi cadde in grembo e dovetti pulirmi le esili cosce bianche.

Eden si leccava le dita, appiccicose e sudate, sempre elegante come un gatto.

«È tutta vostra. Ho bisogno di fare una nuotata» dissi loro.

Liam mi guardò quando mi alzai in piedi. I suoi occhi erano interrogativi. Per un secondo, pensai che sarebbe venuto con me. Ma poi Eden allungò una mano e prese la sua, e lui si sistemò di nuovo sulla coperta.

Me la presi comoda, cercando il punto giusto. Dovevi conoscere bene il posto, sapere da dove saltare. Bastava un errore e ti rompevi una caviglia sulle rocce che sporgevano da sotto l'acqua scura. Controllai che non ci fossero dei cardi, posando i piedi nudi con cautela nell'erba alta sulla cengia. Guardai la polla in basso. L'acqua sembrava Coca Cola, raggiungeva un'oleosa oscurità in profondità. Feci un bel respiro e saltai – un accenno di eccitazione, mentre mi lanciavo in aria – poi lo shock del freddo, i piedi che scricchiolavano sulla ghiaia e il limo. Mi spinsi in su verso la superficie, sputando fuori l'acqua, avvolta da quel gelido, erboso, umido odore. Scossi la testa, che ronzava per il freddo, e mi tuffai di nuovo sott'acqua.

Dopo qualche bracciata alzai lo sguardo verso l'alta sponda, verso i loro lunghi corpi intrecciati sulla coperta. Liam era sdraiato addosso a Eden, le teneva il viso tra le mani. Distolsi lo sguardo, reprimendo un'improvvisa ondata di un qualcosa di pungente e amaro che montava dentro di me.

Nuotai a dorso, guardando insù. Un aereo fendeva l'azzurro, lasciando una scia vaporosa. Un uccello fischiettò note discendenti, e le pecore belarono nell'alta brughiera. Feci il morto, lasciando che i capelli si arricciassero intorno a me. Con le orecchie sott'acqua lasciai che il basso ribollire della cascata bandisse ogni altro pensiero.

Di sicuro quello si avvicinava un pochino alla felicità? Non era abbastanza? Era passato parecchio tempo dalla felicità vera. Avevo mantenuto la mia promessa. Quella era l'estate di Eden. Sarei sempre stata presente per lei. Sarebbe sopravvissuta: oggi ne era la prova.

Continuai ad andare alla deriva, persa tra me e me. Non meritavamo un po' di cose belle? Finalmente, avevo ricominciato a dipingere. Mi stavo allenando per una gara di corsa su lunga distanza. Certo, la scuola sarebbe ricominciata tra un mese, ma non volevo pensarci troppo, anche se il tempo correva. Forse le cose erano finalmente tornate alla normalità, qualunque essa fosse. Ma avevo l'impressione che ci fosse ancora una nube ad oscurare la mia felicità. Non vedevo un bel sole splendente. Cosa mancava? Cosa mi aspettavo? Magari era così che andava, adesso. Magari era il meglio in cui potessi sperare.

Quando sentii troppo freddo, uscii a fatica dall'acqua, graffiandomi uno stinco su uno spuntone di roccia, coi denti che battevano. Esagerai la cosa, dando loro un avvertimento che mi stavo avvicinando: «*Brrr*, che freddo!» Mi massaggiai per scaldarmi, saltando sul posto, e alla fine tornai sull'asciugamano.

Adesso erano seduti. Avevo sentito la gente usare l'espressione "stare stretti stretti" ma questa era la prima volta che la vedevo messa in pratica. Erano talmente vicini che sembrava fossero diventati una cosa sola. Lui aveva il braccio ancorato attorno a lei e Eden sembrava più piccola, bloccata sotto la sua ascella. Aveva pianto... l'unico segno era un leggero rossore nei suoi occhi, e il loro azzurro sembrava più verde.

Eden che piangeva?

«Ti senti bene?» Cercai di non badare al fatto che si stesse sfogando con Liam, non con me. L'avevo vista in lacrime solo una volta dopo la morte di Iona, e quello non era stato un buon momento. Ma se adesso stava piangendo, forse si sentiva meglio, si stava liberando di un peso.

«Piangere sulla spalla di Liam Caffrey, chi lo avrebbe mai detto?» Il suo sorriso era ampio e tremante.

Lui la baciò in cima alla testa, dolcemente. «Stai bene, Eden. Starai bene.» Ma quando mi guardò lessi un po' meno certezza nei suoi occhi.

21

Ore 15.30

Che differenza può fare un mese.

Mi affretto dietro a Liam, lungo il sentiero angusto. Felci e ortiche spuntano dappertutto, nascondendo il terreno, e io scivolo e le maledico, quando mi pungo. Tutto diventa scuro. Le nuvole sono più dense adesso, si raccolgono fitte e basse. Non riesco a vedere Liam.

Nel campo alla mia destra c'è una contadina su un quad, che agita una mano e grida qualcosa. Spegne il motore e urla: «E portate la vostra robaccia con voi stavolta!»

Fuggo dalla sua furia, ma quando mi avvicino alla cascata capisco cosa intende dire. Il campo verde e gli argini muschiosi sono invasi da lattine di birra vuote, involucri di cioccolata e barbecue usa e getta. Frammenti di plastica sono intrecciati ai rovi.

Fisso la cascata. Vedo qualcosa di pallido, che vortica lentamente nella fragorosa acqua bianca.

Il cuore mi si rigira nel petto come un pancake.

Non è un cadavere.

È una busta di plastica.

Non è la maglietta di Eden.

Non è Eden.

Resto lì, a percorrere il fiume con lo sguardo, controllando ogni riva, finché non ne ho la certezza. Non può essere Eden. La mia mente non accetterà la possibilità che lei sia morta, né ora né mai. Chiuso. Fine. Niente. La mia migliore amica è troppo viva. È troppo tutto. Non può semplicemente scomparire. Cosa succede a tutta la sua Eden-ità? Che cavolo succede a me, senza di lei?

Fisso le ombre frondose, in cerca di un fantasma.

«*Eden? Te ne sei andata? Non lasciarmi. Ho bisogno di te.*» Lo sussurro e le mie parole vengono frustate nell'aria tumultuosa sopra le cascate. Immagino la mia preghiera correre a precipizio lungo la corrente, superare i campi e attraversare i boschi per arrivare in città, sotto i ponti, oltre la scuola e la ferrovia… prego che raggiunga Eden, ovunque si trovi.

Quando riesco di nuovo a muovermi, picchio l'alluce su qualcosa di duro. C'è una placca di metallo piantata nel terreno, incisa a lettere scure. Innesca un ricordo, uno che avevo dimenticato.

* * *

È successo anni fa, il nostro progetto di classe in seconda media. Eravamo entusiaste di essere fuori dalla scuola, l'intera classe radunata su questa riva, ammassati gli uni agli altri. Alcuni ragazzi facevano gli scemi, dondolandosi ai rami e fingendo di stare per cadere in acqua.

«Passatevi la foto, classe. Forza: è ora di concentrarsi!» ci urlò Barwell per farci calmare.

Osservai la foto. In bianco e nero, mostrava sei giovani seduti proprio qui, tra questi cespugli di mirtilli, con l'espressione solenne e l'abito della festa, reali e comuni quanto me, poco prima che partissero per il fronte per poi morire in guerra.

«Allora, state a sentire» disse Barwell. «Conoscete il programma. Leggeremo la poesia di Ted Hughes adesso: ognuno di voi ha una strofa.»

E si rivelò piuttosto efficace. Era diverso leggerla qui con la pagina agitata dalla brezza. Mentre leggevo i miei versi, guardai il luogo che descrivevano. Tutti si zittirono, per ascoltare i compagni e declamare a turno la propria strofa:

«*... Conosco*
quella sponda di mirtilli, quel grosso albero, quel muro nero,
che sono ancora lì, immutati. Da dove siedono
si sente cadere l'acqua di sette ruscelli
giù nel gorgo fragoroso e per tutta la frondosa
vallata correre un rumorio d'aria.

Qui effigiate, le loro espressioni sono ancora in ascolto
e la valle ha ancora il medesimo suono
benché le loro facce siano sotto terra da quarant'anni.»

A Eden toccò quest'ultima parte, il cuore della poesia. I versi successivi erano più difficili, descrivevano la guerra e le morti di quei giovani, gli stessi ragazzi della foto, col vestito della festa e le scarpe lucidate e quegli stupidi cappelli di paglia con i nastri attorno. E sapevamo, perché avevamo osservato bene la foto, quanto fosse diverso ogni ragazzo, ma tutti erano pieni di vita e spavalderia mentre se ne stavano seduti lì.

Qui. Dove eravamo noi.

Dopo la poesia rimanemmo in silenzio. Il rumore della cascata era molto forte. Si sentiva il vento tra gli alberi.

«Ben fatto» ci disse Barwell. «Adesso le vostre parole, per favore. Che cosa sta dicendo, il nostro Ted?»

Charlotte alzò una mano. Sembrava strano… con il fiume scintillante, e non un'aula dietro di lei. «È proprio qui. Cioè, ci ha azzeccato, è proprio questo posto con gli alberi e l'acqua e tutto il resto.»

Billy prese la parola, senza aspettare il permesso. «Nah, parla dei soldati più di tutto il resto, no, prof? Quelli nella foto, proprio prima che venissero uccisi.»

Qualcuno imitò il rumore di un'esplosione ma Billy lo liquidò. «Zitto, idiota.»

Eden parlò subito dopo, a voce alta e chiara. «E parla di come non si riesca a immaginare di essere morti, quando sei proprio qui, vivissimo. Quei soldati... erano vivi come siamo noi adesso. Ma adesso non ci sono più. E anche il poeta non c'è più.»

Barwell stava per intervenire, ma lei non aveva finito.

«E anche noi saremo tutti morti un giorno. E non si può ignorarlo. È questo che dice, vero, prof?»

«Esatto. Ottima osservazione, Eden Holby» disse Barwell con voce sommessa. E rimanemmo tutti lì, a lasciare che quel pensiero penetrasse in noi, ad ascoltare il rumore dell'acqua che scorreva incessantemente a valle.

«Non è qui.» Liam è dietro di me e per poco non scivolo in acqua.

«Fammi cadere, già che ci sei» sbotto.

«Pensavo volessi saperlo.» Mi fissa, privo di espressione. «Ho controllato su e giù lungo il fiume. Niente.»

«Ok» sospiro, dicendo a me stessa che questo negativo può ancora essere un positivo. Possiamo spuntare qualcosa dalla nostra lista. Siamo un passo più vicini a trovarla. «E adesso dove andiamo?» penso a voce alta. «Suppongo che possiamo anche approfittare della nostra posizione, continuare la ricerca seguendo la corrente.» Conosco bene queste colline per via di tutti gli itinerari che ha studiato per noi l'allenatore. «Se lo facciamo per l'intera valle, proseguiamo per i pendii e poi possiamo risalire la collina sino alla casa del poeta. È lì che siamo andate per quel laboratorio di scrittura.»

«E allora?» Liam sta guardando dietro di me, su per il sentiero da cui siamo venuti, come se stesse controllando che non arrivi nessuno.

Vengo attraversata da un brivido. Per la prima volta, mi chiedo se ha pianificato tutto in questo modo. Se era questa la sua idea. Mi ha portato qui da sola per un motivo? Si è comportato in modo strano anche quando gli ho raccontato del diario di Eden. Lei aveva scritto qualcosa che avrebbe potuto incriminarlo?

Rendo il mio tono di voce più brusco e più deciso di quanto non mi senta in realtà. «Sono successe delle cose là. Vale la pena di fare un tentativo.»

«Ok.»

«Hai un'idea migliore?» lo sfido, facendo buon viso a cattivo gioco.

Lui scuote la testa.

«Be', questo è il mio piano, comunque.» Tutt'a un tratto ho una sensazione completamente diversa con lui. È come quando cambia il tempo. Una nuvola che copre il sole. Non siamo una buona squadra in questo momento. Anzi, mi si rizzano i peletti sulla nuca, e reagisco come un cavallo imbizzarrito, allontanandomi.

«Perché non ci separiamo?» dico, facendo un passo

indietro. «Copriremo una distanza maggiore in questo modo.» Mi allontano ancora. «Scegli un altro percorso. Prendi un altro sentiero, ok?» Mi dirigo verso il ponticello di pietra. L'acqua scorre sotto di me, placida, densa e scura come melassa, confluendo verso le cascate.

Liam resta sull'altra sponda, a guardarmi. Il suo viso è in ombra e io non riesco a decifrare la sua espressione.

Mi volto e proseguo lungo il sentiero accidentato ricoperto di fili d'erba sul versante estremo della valle. Il cuore mi batte forte adesso, per lo sforzo e per qualcos'altro. Mi guardo alle spalle.

Anche Liam si muove in fretta, percorrendo la collina per raggiungermi.

Va bene, posso correre più in fretta di lui sulla distanza. Tutto quello che mi serve è un certo vantaggio. Quindi mi sforzo al massimo, incespicando sull'erba consunta.

Dietro di me, Liam accelera.

22

«Jess, aspetta!»

Non mi fermo, anzi proseguo a testa bassa e allungo il passo. Raggiungo la cima del pendio, e mi lancio giù lungo il sentiero principale. È allora che inciampo e faccio un capitombolo. Atterro sul terriccio seccato dal sole.

«Non mi hai sentito, Jess? Ti ho detto di aspettarmi!» Liam è qui. Mi mette una mano sotto il gomito e fa per aiutarmi ad alzarmi.

«Che stai facendo?» Mi scuoto di dosso il suo braccio con più forza del necessario. Oggi il suo tocco è tossico. Mi brucia. Anche le ginocchia e i palmi delle mani vanno a fuoco, pelle bianca escoriata. Il sangue impiega un istante di più a fuoriuscire. Mi tremano le gambe per l'ondata di adrenalina.

«Io?» Sembra furioso. «Sei tu quella che ha cominciato a darsela a gambe come un coniglio spaventato!»

«Ascolta, non abbiamo tempo per star qui a litigare. Dobbiamo percorrere una certa distanza. Dobbiamo cercare con molta attenzione.» Mi spazzolo i vestiti – ci sono dei piccoli proiettili di escrementi di pecora attaccati ai miei leggings – e mi volto, pronta per riprendere a correre. «Stiamo perdendo tempo!»

«Oh, ed è colpa mia?» Liam è fermo in un vecchio accesso tra due muri a secco, solo che non c'è un cancello, solo cardini di metallo arrugginito che reggono l'aria sottile. Dietro di lui il sentiero polveroso digrada in lontananza, sino a dove le colline curvano in una scura V di alberi con l'orizzonte di un verde più pallido.

Non rispondo. Non voglio più stare con lui. Non riesco a pensare razionalmente quando gli sono vicina. Fa deragliare i miei pensieri, come un magnete: attraente, repellente.

«È questo che pensi, vero?» Prende il mio silenzio per un assenso. «Credi che sia stato io, proprio come tutti gli altri!» Ha il sole negli occhi, e il suo viso è tutto aggrottato.

Un interruttore scatta dentro di me, e io perdo il controllo. «Be', sei l'ultimo ad averla vista, dimmelo tu! Dev'essere successo qualcosa!»

Adesso siamo l'uno di fronte all'altra.

«Sì, Sherlock» ribatte lui. «È successo qualcosa... dove sei stata per tutta l'estate? Sai bene che con quella ragazza può succedere di tutto. Sai com'è fatta Eden. Su e giù come un cavolo di yo-yo. Non è esattamente stabile, la tua amica.»

«Oh, così adesso è solo *mia* amica, eh? Guarda che fretta hai di sbarazzarti di lei!» E all'improvviso lo odio perché è capace di scrollarsela di dosso così. La conosce da dieci minuti in confronto a me. È la mia migliore amica, per la vita. Indipendentemente da quanto durerà. «Non osare parlare di Eden in questo modo!» Gli sto urlando in faccia, così vicino che vedo uno zampillo della mia saliva atterrargli sulla guancia.

«Oh, siamo a questo punto, eh? Solo perché è scomparsa, all'improvviso è perfetta? Tu e io sappiamo che non è vero.»

«Chiudi quella bocca» strillo.

«E se è morta, facciamone una santa, come hanno fatto con quella psicopatica di sua sorella?»

Gli do uno schiaffo.

Lui mi afferra la mano e mi solleva verso di lui. «È questa la tua vera natura, Jess Mayfield?» La sua bocca si contorce con un ghigno acido. «Be'? Quindi la violenza è sbagliata solo quando è rivolta verso di te? Quando puoi giocare a fare la vittima?»

Sussulto e cerco di divincolarmi.

«Ma tu puoi attaccare ogni volta che ti pare?»

Il cuore mi martella nel petto. Il cielo bianco vortica

sopra di noi. Il viso di Liam incombe sul mio, come in una versione da incubo di sabato sera. I suoi occhi azzurri socchiusi, che irradiano dolore.

«E se lo avessi fatto io a te, e tu fossi corsa dalla polizia? Che ne pensi, Jess? Pensi che otterrei un po' di comprensione? Voi ragazze! Tutto il vostro blaterare di diritti e parità. Non sai un accidente. La parità dev'essere reciproca e tu non mi stai trattando alla pari.»

Mi sento smarrita. La mia vista si dissolve in un turbine di puntini d'argento. Le sue parole mi raggiungono come da lontano attraverso l'oceano di panico.

«Io non uso la violenza... Clarkson è stato un caso isolato, dovevo fermarlo. Ma tu invece la usi, a quanto pare. Meno male che l'ho scoperto subito, prima di farmi coinvolgere di più. Pensavo che fossi tu quella normale, Jess.»

Mi lascia la mano di colpo e io cado all'indietro sull'erba all'estremità del sentiero. Mi massaggio il polso, caldo e dolente dove l'ha tenuto stretto, e ascolto i suoi passi che si allontanano.

La cosa peggiore è che ha ragione su Eden, e sembra che abbia ragione anche su di me.

23

Ore 16.16

Scendo a valle correndo a passo lento sullo stesso sentiero che ha preso Liam, superando il parcheggio silenzioso del National Trust. Mi sono pulita le escoriazioni con il vestito. Forse è per quello che ricevo strane occhiate dai pochi che portano a spasso il cane. Sto cercando di non pensare a quel che ha detto Liam. Procedo senza pensare, correndo a precipizio.

Arrivo al cancello della tenuta del National Trust. C'è un'auto 4x4 della polizia parcheggiata dove di solito si ferma il furgoncino dei gelati, altri due agenti con i giubbotti rifrangenti che aspettano sul ciglio della strada. Fanno un cenno a un auto in arrivo e un giovane agente si china per parlare con il conducente.

Mi costringo a muovermi, su piedi che mi sembrano

macigni. Più vicino, più vicino, allungo il collo per sentire cosa dice.

«Mi scusi, signore, mi chiedo se... *ragazzina scomparsa*... quindici anni, bionda... l'ultima volta è stata vista...» Mostra all'uomo una foto.

Scorgo la foto del profilo Facebook di Eden.

«Ha notato... insolito... ieri sera... stamattina?»

Il conducente è un uomo calvo, di mezza età, con una giacca di tweed e due spaniel neri sistemati sul sedile del passeggero. «No. Non ho visto niente.» Preme un pulsante per chiudere il finestrino e si allontana prima ancora che le domande siano finite.

«Grazie per il suo tempo, signore» conclude in tono sarcastico l'agente mentre la macchina accelera svoltando l'angolo.

Eden conta tanto poco per chi non la conosce? È solo un fastidio? Un ritardo nelle solite abitudini, come un ingorgo stradale? O forse quell'uomo sta scappando perché sa qualcosa? Prima ipotesi: è uno schizzato, ha rapito Eden e la tiene legata nel suo fienile. Seconda ipotesi: è un tizio qualunque, che ha fretta di tornare a casa.

«Sì?» mi fa il poliziotto quando vede che mi avvicino. Non percepisco gentilezza, solo gli strascichi della sua frustrazione.

«Che succede? Avete saputo qualcosa? Sono una sua amica. Ho parlato con la polizia stamattina. Le sue colleghe...» Provo a ricordare il nome di una delle due donne con cui ho parlato.

«Niente di cui preoccuparsi, stiamo semplicemente seguendo le varie piste» parla con un tono che non ammette repliche.

«Piste? Quali piste? Qualcuno l'ha vista?» La speranza spiega le ali nel mio petto.

Il giovane agente mi guarda dall'alto in basso. I suoi occhi sono nocciola. Riesco a vedere un graffio nel filo di barba nera sulla guancia dove dev'essersi tagliato radendosi. Non è molto più grande di me, ma mi tratta come una bambina. «Stiamo raccogliendo informazioni come parte di un'indagine più vasta.» Ecco che tira fuori i paroloni ufficiali, parole come cancelli chiusi che non mi lasciano entrare.

«D'accordo, ma avete scoperto qualcosa?» Ho la voce stridula.

Mi volta le spalle mentre si avvicina un'altra macchina.

«Ehi! Sto parlando con lei. Quali piste?»

L'agente donna mi dà un buffetto sul braccio. «Ascolta, tesoro, lo so che è dura, ma devi permetterci di fare il nostro lavoro. Stiamo facendo tutto il possibile.»

Mi giro e la affronto. Ha un viso più aperto: pelle scura, rughe d'espressione agli angoli degli occhi che mi guardano davvero. Dice: «Sei amica sua? Hai qualcosa di nuovo da dirci?»

Scuoto la testa e mi guardo le scarpe impolverate.

«Allora non dovresti tornare a casa? Vuoi che chiami qualcuno per te?»

Un altro no con la testa, e mento: «È tutto ok. Abito proprio laggiù». Indico con un gesto vago il versante meridionale della collina, dove pochi cottage sono raccolti sulla riva opposta del fiume.

«Va bene, tesoro. Tieni d'occhio i nostri social media, la radio e la TV locali. Lo sentirai quando la troveremo. Fino ad allora, sta' attenta, ok?» Il suo sopracciglio è inarcato per la preoccupazione.

Mi allontano con la schiena dritta e la testa alta, cercando di sembrare determinata. Sento il suo sguardo addosso, ma non mi volto.

Quando so che l'agente non può più vedermi, comincio a correre, dandomi il giusto ritmo. Non so quanti chilometri siano rimasti in questa maratona. Evitando sassi e radici, salgo sulla collina, attraverso i boschi e raggiungo la valle successiva, lungo la via scoscesa sino al centro per gli scrittori dove siamo venuti per quel laboratorio. Il sole spunta di nuovo: pesanti barre ambra, inclinate attraverso gli alberi. Enormi faggi, come giganti a guardia dei cancelli d'ingresso della casa del poeta. Oh, quante cose hanno visto: nel corso di centinaia d'anni, in tutte le condizioni climatiche.

«*Avete visto Eden? Dov'è andata?*» chiedo agli alberi, mentre li supero. So che non dovrei trovarmi qui. Il personale sarà occupato con un altro gruppo. È la casa di qualcun altro per questa settimana, non la mia. Ma non posso fare a meno di sentire – per via di quello che è successo qui – che un po' mi apparterrà per sempre.

Dopo il funerale di Iona, non vidi Eden per settimane. Silenzio radio. Mi chiesi cosa stesse succedendo a casa loro, dove erano rimasti in tre quando prima erano stati quattro. Un arto mancante.

Qualcuno decise che un laboratorio di scrittura sarebbe stato il modo migliore per "riportare Eden nel contesto scolastico senza lo stress del programma quotidiano". E quando qualcuno si ritirò, fui la prima a cui Barwell offrì il posto rimasto libero, per permettermi di stare insieme a Eden. Io e tutti i migliori del corso d'inglese. Liam non venne a trovarla. Arrivammo là un lunedì dopo la scuola a bordo di un pulmino che puzzava di sudore, appena una manciata di chilometri su per la collina e giù per una dritta viuzza scoscesa: fu come scivolare in un altro mondo.

Sedetti accanto a Eden durante il tragitto. Non parlò granché. Avevo un po' di soggezione, ero arrugginita come amica. «Ti va un po' di Diet Coke?»; «Ho comprato un blocco nuovo e ne ho portato uno di scorta, se lo vuoi.» Tutto quello che dicevo mi sembrava stupido, artificioso, irrilevante. Cosa si poteva dire a una ragazza che aveva appena perso la sorella?

Il pulmino ci lasciò accanto a edifici di pietra scura che appartenevano a un altro secolo. Nella pioggia battente, il posto sembrava perfetto per il poeta che una volta aveva vissuto lì. Bellissimo, ma in un certo qual modo minaccioso.

Mi precipitai fuori da quel forno di minibus. Dopo quanto accaduto l'anno precedente, odiavo la pioggia. Mi ricordava *quel giorno*, ma l'odore era diverso, più fresco. Seguii Josh, Imogen e gli altri nei giardini: c'era un proscenio di prati ben curati che davano su un panorama mozzafiato. La valle tagliava un profondo cuneo tra le colline alberate, con la città defilata in modo discreto quasi dietro l'angolo. L'unico rumore presente era il fluire del fiume in lontananza.

«Sono il re del mondo!» gridò Josh sotto la pioggia, con le braccia per aria, sporgendosi dalla ringhiera. La sua combriccola rise, ma ero d'accordo con lui per una volta. Era come se avessimo attraversato un portale che conduceva in un regno magico.

«Salve, sono Rose. Benvenuti.» Una donna sorridente con i capelli viola aprì la porta d'ingresso, che era più spessa del mio braccio. «Entrate, toglietevi dalla pioggia e lasciate qui i vostri bagagli.» Era vicina ai trenta, con il volto ovale, un sorriso gentile e gli occhi più azzurri che avessi mai visto. Indossava una maglietta nera sgangherata, una gonna di pizzo ed enormi scarponi chiodati che erano persino più grossi dei miei.

Mi piacque subito. Ancor di più quando vidi il vassoio con tè e torta che aveva sistemato accanto a un caminetto acceso.

Rose ci contò e ci servì il dolce mentre ci spiegava le regole per la settimana. Dopo, ci mostrò le nostre stanze. Io e Eden dovemmo percorrere una scalinata tutta nostra – come le principesse delle favole chiuse in una torre – che conduceva a due piccole soffitte al secondo piano.

«Chi di voi è Jess Mayfield?» Rose lesse il mio nome da un pezzo di carta stropicciato. «Tu alloggi qui.»

Guardai attraverso la soglia e mi si riempì il cuore. Era una stanzetta quadrata, che ospitava solo un letto singolo coperto da una trapunta arancione, un piccolo tavolo con una lampada di bronzo, una vecchia scrivania e una sedia. Il soffitto si curvava in basso sotto le gronde, sorretto da travi scure, sino a un'ampia finestra al centro del muro esterno. La vista sembrava un dipinto: pioggia argentea che picchiettava sull'intera valle, i campi scoscesi e i boschi con i loro milioni di sfumature di verde. Riuscivo persino a sentire il fiume.

«E tu devi essere Eden. Di qua.» Aprì l'altra porta: una stanza più piccola senza finestre, solo lucernai su cui la pioggia tamburellava sonoramente. «Non c'è la stessa vista, ma è confortevole, no?»

Guardai il viso di Eden. «Non potrebbe portare il suo materasso qui e dividere la stanza con me?» domandai.

«Certo, però fatemelo sapere» rispose Rose, sorrise e se ne andò.

«Che ne pensi, Eden?» le chiesi mentre Rose scendeva le scale. «Vuoi dividere la stanza con me o stare da sola? Per me va bene comunque.» Esibii un tono allegro, cercando di nascondere la mia preoccupazione. Si era rifugiata in se stessa, da qualche parte, nel profondo, e non sapevo come fare per seguirla.

Eden fece spallucce. «Prendo questa. Non sono di certo venuta qui per la vista.» Entrò nella stanza e si sdraiò sul letto senza chiudere la porta. Si infilò gli auricolari e fissò la pioggia che tamburellava sul vetro.

Aspettai un lungo istante, ma non riuscii a pensare a qualcosa da dire. Andai a disfare i bagagli, prendendo possesso della mia stanza. Mi piaceva tutto lì dentro. Mi interrogai su tutte le altre persone che avevano dormito lì prima di me. Era come se potessi quasi vedere le loro ombre, o sentire le tracce che si erano lasciati dietro come polvere.

Riuscivo a sentire i nostri compagni che urlavano e correvano per il corridoio di sotto. Qualcuno bussò alla mia porta.

Barwell attese, ben attento a non oltrepassare la soglia. «Tutto ok, Jess?»

«Prof.» Annuii. «Più che ok, guardi un po' qui.»

«Buon per te. Io sono nel fienile vicino ai ragazzi. Rose

è in fondo al corridoio, se hai bisogno di lei. Come sta Eden?» aggiunse in un sussurro tonante.

«Come c'era da aspettarsi» gli risposi.

Crollò impercettibilmente. «La cena è pronta tra dieci minuti. Vedi se riesci a convincerla a scendere.»

Tutti tranne Eden passarono quei dieci minuti urlando e inseguendosi attraverso le enormi sale riecheggianti, scoprendo una biblioteca piena di scaffali, diversi pianoforti, stanze dai soffitti altissimi e una tavola da pranzo che poteva ospitare tranquillamente una ventina di persone.

Anche Barwell sembrava diverso qui. Si era messo jeans e maglietta invece del solito completo giacca e cravatta.

A cena, Charlotte gli chiese spudoratamente: «Qui possiamo chiamarla Neil, prof?»

«No, col cavolo che potete. Resto sempre il vostro insegnante, e sono qui *in loco parentis*. Sai cosa significa?»

«Nah.»

«Solo per questa settimana, sarò mamma e papà in un'unica persona: un super-papà» ringhiò con fare scherzoso. «Quindi sarà meglio che facciate come dico!», ma ammiccò con gli occhi mentre si portava alla bocca la sua tazza di tè. «Comunque, non faccio lezione oggi. La parola agli scrittori.» Indicò i nuovi arrivati, che si servivano patate al forno e fagioli, proprio accanto a noi.

C'era un autore per bambini alto e con la voce pacata

che si chiamava Tom. Aveva la barba grigia, una gobba e un senso dell'umorismo pungente, e ben presto divenne come lo zio preferito di tutti. Aveva una fila di lividi su tutta la fronte: gli stipiti erano molto bassi qui.

E c'era una poetessa che si chiamava Aisha, che avrà avuto a dir tanto cinque anni più di noi, ma aveva già pubblicato ed era talmente sicura di sé che faceva luce. Parlava con facilità di rima e metrica, gettando parole magiche nell'aria come palline di un giocoliere.

Subito dopo cena, Aisha tenne il primo seminario della settimana. «Ok, qui si parte subito, gente. Pochi convenevoli, sotto a lavorare. Niente voti. Tutti dovranno partecipare. Sono le mie regole, chiaro? Mettetevi a coppie per il mio gioco a estrazione. Prendete un bigliettino da questo sacchetto e descrivetevi l'un l'altro usando solo il suggerimento che pescherete.»

Eden sembrava assente, per quanto lo si potesse essere in una stanza con venti persone, tutte schiacciate attorno al fuoco su quattro divani diversi.

Presi un bigliettino e glielo lessi ad alta voce. «*Cibo o bevanda*. Mi sembra facile. Vuoi cominciare tu?»

Mi guardò sbattendo le palpebre, pallida e distante.

«Dai, cosa direbbe Josh?» sussurrai, guardando nella direzione in cui si trovava Josh, che stava dicendo al suo amico Danny che no, non era una Porsche, non era così figo.

«Direbbe che sono caffè» disse infine lei, a voce bassa, roca. «Pensa che sono forte, scura, che do assuefazione e roba così.»

«Nah, tu saresti tè, non caffè» dissi, sollevata nel sentirla parlare.

«Cioè, lattiginosa e banale? Grazie tante, eh!» Non sorrise, ma non mancava molto, dovevo soltanto insistere.

«Eden Holby, quante tazze di tè bevo ogni singolo giorno della mia vita?» Alzai la tazza ai miei piedi per sottolineare il concetto.

«Dieci? Quindici?»

«Esatto. Non criticare il mio intruglio, Eden. Adoro il tè. Il tè spacca. Ma se preferisci puoi essere una qualità sofisticata: Lady Grey?»

«Ok, quello mi va a genio, grazie.» Le sue labbra finalmente si curvarono in un breve, tremulo sorriso.

Mi diedi mentalmente il cinque da sola. «E io allora cosa sono? Scegli bene! Sto pensando allo champagne… o almeno alla cioccolata calda…»

«Ah, facile. Tu sei un bicchier d'acqua, Jess.»

«Cioè? Incolore, insipida e ordinaria?» scherzai, mantenendo il tono affettuoso e allegro.

«No, una cosa senza la quale non posso sopravvivere a lungo.»

Alzai lo sguardo. Aveva gli occhi lucidi. Mi protesi e la abbracciai forte, seppellendo il viso tra i suoi capelli che profumavano di mela. Udii le conversazioni attorno a noi zittirsi, sentii il peso degli sguardi su di noi. Non mi importava. Sarei stata la sua barriera di protezione. Sarei rimasta tra Eden e il mondo intero.

24

Il mattino dopo, attorno al tavolo da pranzo illuminato dalla tenue luce mattutina, Aisha ci lesse una poesia di Ted Hughes.

«*Questa casa è stata in mare aperto tutta notte,*
i boschi schiantavano nel buio, i colli rimbombavano,
i venti fugavano i campi come bestiame sotto la finestra
neri cavalieri ondeggianti nell'accecante pioggia
finché non spuntò il giorno…»

Parlava proprio di quella casa, ed era stata scritta dal poeta che aveva vissuto lì, quello che ci fissava da una foto sulla parete con uno sguardo sorpreso, spiritato.

«Che ne pensate?» domandò Aisha.

Silenzio.

«Sentite, questa è la vostra regione. Stiamo parlando di questo posto!»

Penso che lo abbia detto a mo' d'ispirazione. Non funzionò. Quelle parole decise, agili, mi lasciavano interdetta. Era stato lì per primo. Aveva già detto tutto. Lo aveva detto troppo bene. E se non lo aveva fatto lui, allora era stata la sua splendida prima moglie che si era uccisa. Tra tutti e due, avevano trattato ogni sfumatura possibile della valle.

Tentai di dire qualcosa. «Sì, ma… prof?»

«Jess, giusto? Ve l'ho detto, datemi del tu, non sono la vostra insegnante e non siamo a scuola.»

«D'accordo, Aisha. Non è che abbiano lasciato molto posto per noi, no? Se parliamo delle brughiere, ci sono Cathy e Heathcliff.» Indicai il ritratto di Ted Hughes. «Se parliamo di questa casa, o di questo clima, stiamo copiando lui. Se parliamo della depressione e via dicendo» ignorai tutte le facce che si voltarono verso Eden in quel momento, come un branco di pesci a bocca aperta «allora Sylvia è arrivata per prima. Tutto è già stato detto.»

Aisha sospirò. «Ok. Chi altro la pensa così?»

Si alzò qualche mano.

«Sapete una cosa? Alcune persone dicono che al mondo esistono soltanto sette storie. Sette! Tutte le altre sono variazioni di queste sette. Ma se adesso vi chiedessi di scrivermi una storia sulla peggiore esperienza della vostra vita, otterrei sedici storie diverse. E nessuna sarebbe noiosa. Dico bene?»

Borbottii d'assenso.

«Potranno anche esistere solo sette storie, ma c'è un miliardo di modi per raccontarle. Quindi – grazie, Jess – ecco il compito di oggi. Voglio che scriviate una breve versione romanzata di qualcosa di molto bello o molto brutto che vi è capitato. Ricordate, ho detto breve… una pagina o due. E deve essere romanzata… niente gente vera! Ok?»

Lo feci anch'io. Quando Eden si addormentò dopo pranzo, presi una sedia e mi sedetti accanto a lei. Mentre riposava, tirai fuori il mio blocco da disegno. Non intendevo farlo, ma avevo appena ricominciato a disegnare come si deve, per la prima volta da novembre. E venne tutto fuori di colpo, come se fosse già lì e io fossi solo la stampante, che sputava pagina dopo pagina.

Più tardi quella sera ricopiai tutto, e andai a cercare Aisha. «Prof? Cioè, Aisha. Ecco il mio compito.» Glielo consegnai come se potesse mordermi se lo avessi tenuto troppo a lungo.

«Grazie, Jess.» Non lo guardò subito e di questo fui contenta. «Ci vediamo domani, dopo pranzo. Per discuterne.»

Il giorno dopo, mi sorprese quanto fossi nervosa. Per tutta la mattina, ogni volta che ricordavo l'appuntamento, qualcosa si contorceva dentro di me. Alla fine, dopo aver mangiato mezza scodella di zuppa e aver rigirato l'insalata nel piatto per un po', giunse il momento.

Il mio nome era il primo sulla lista appesa con una puntina alla porta della biblioteca. *14.30 Jess Mayfield.* Bussai sul legno verniciato di bianco. Si vedevano i segni delle pennellate, i punti in cui erano rimaste delle perline di pittura.

«Entra pure, Jess.»

Lo feci. Un'enorme biblioteca privata di una casa elegante, come si vedeva nei film, con un tappeto rosso scuro. Le pareti erano piene di libri, tranne quella composta prevalentemente da finestre, e un'altra su cui campeggiava un enorme camino in pietra con una grande piastra. Lì dentro odorava di vecchio, ma era piacevole: tipo legno e lucido, carta e cenere. Aisha era seduta a un lungo tavolo, ma dava la schiena alla finestra, per cui era difficile vedere la sua espressione. C'era una spessa colonna di luce solare con corpuscoli dorati che fluttuavano dappertutto come polvere di fata.

Mi sedetti e armeggiai in cerca di carta e penna, in caso dovessi prendere qualche appunto. Notai che aveva i miei fogli davanti a sé e mi si seccò la gola.

«Jess? Allora, questo è basato sulla mia sfida, giusto? Questa storia racconta qualcosa che è accaduto davvero?»

Annuii. Non riuscivo a guardarla in quel momento, così mi concentrai sulle mie mani, che stavano tremando. Posai la penna, stendendo le dita sulla scrivania per fermare i tremori.

«Questo intendevo dire.» La voce di Aisha cambiò, così non potei fare a meno di azzardare una rapida occhiata. Sbatteva le palpebre rapidamente. Si schiarì la voce. «È questo il modo in cui si esprime l'inesprimibile. È questo il modo in cui si parla persino quando altri sono venuti prima di noi e hanno raccontato le loro storie in modo tanto incisivo. È così, Jess. Con le tue parole. A modo tuo. Nessun altro al mondo avrebbe potuto creare questo. Lo capisci? Questo intendevo dire.»

Dentro di me, la distensione accelerò. Udii il tonfo della neve che cadeva, il gocciolio dei ghiacciai, più veloce, più veloce, più veloce e lo scorrere dell'acqua che si scioglieva.

«Non ci sono molte parole» mormorai.

«D'accordo. Ma sono quelle giuste.»

Cercai di spiegarle. «Non ero più riuscita a disegnare, da quando…»

«Ma di sicuro ci riesci adesso. Ed è questo che devi fare. Quando sarà il momento di decidere cosa farai dopo, cerca di ricordare quel che ho detto. Hai un vero talento. Per l'arte, certo… questo lo saprai già. Ma anche per questo: parole e immagini su una pagina che sono uniche e potenti. Non ho altre indicazioni da darti. È perfetto così com'è. La forma, il contenuto. Quello che hai taciuto. Quello che hai espresso. Mi hai fatto piangere, e ti assicuro che non succede spesso.»

Allora si alzò, e io la imitai. Girò attorno alla scrivania e si fermò con una mano sulla maniglia, pronta ad aprirla per me. Mantenne una certa distanza tra noi, ma ora che era in piena luce, vidi perfettamente il bagliore accecante del suo sorriso e lo sguardo di quegli occhi da tigre, e fu meglio di un abbraccio. «Ti auguro tutta la fortuna del mondo, ragazza coraggiosa.»

Uscii. Non sapevo cosa fare. Volevo tenere quella sensazione tutta per me ancora per un po' prima di parlare con qualcuno. Uscii e vagai per la casa in preda allo stupore. Camminai come una sonnambula attraverso i giardini sottostanti. C'era una panchina lì, che dava su tutta la valle. Non vidi nessuno. Mi sedetti con la mia borsa e i miei fogli stretti al petto e sentii il caldo sole pomeridiano sul viso. Osservai i conigli che saltellavano e gironzolavano per i campi scoscesi. Una mandria di mucche bianche, che ruminava. L'aria era piena di movimento, l'agitarsi del fiume e degli alberi, che ondeggiavano verdi, ma io sedevo completamente immobile, sorridendo.

25

L'ultima sera si tenne il gran finale. L'occasione per dar prova del nostro talento. Ci radunammo nel fienile riconvertito. Alti riflettori indirizzati verso di noi creavano un cerchio di luce che ci faceva da palcoscenico. Sedemmo su soffici divani, non spaparanzati come le prime sere, ma vigili e in preda quasi a un'eccitazione nervosa. Per tutto il giorno la gente si era data da fare, provando battute, rimaneggiando poesie… si sarebbe detto che fosse una gran cosa, un vero *poetry slam*. Magari lo era. Magari era un inizio.

Io ero a metà e il nome di Eden veniva per ultimo nell'ordine scritto a mano e appuntato su una lavagna bianca. Il professor Barwell era seduto sul bordo di una sedia per non perdersi neanche una parola. Rose aveva portato una macchina fotografica. Tom e Aisha erano raggianti e orgogliosi. Ci incoraggiarono, con parole tipo: *dovete essere fieri di voi stessi… trasformati… voce interiore… siete scrittori adesso.*

Uno per uno, dovevamo alzarci in piedi e condividere il nostro lavoro. Rossi come peperoni, balbettanti o spavaldi. Imogen inzuppò tre fazzoletti leggendo una poesia sul nonno che non c'era più. Charlotte lesse un sonetto sui disordini alimentari di un'amica. Danny scrisse un racconto spassoso in cui si perdeva in un videogame. E Josh ammiccava eloquentemente da sotto la frangia floscia mentre leggeva un haiku, inducendo tutti a fissare Eden.

Lei si guardò le mani serrate per tutto il tempo, sciogliendole solo al momento di applaudire gli altri.

Finalmente arrivò il mio turno. Mi feci avanti, sotto la luce dei riflettori. Avevo curato moltissimo il trucco quella sera. Avevo modellato i capelli con il gel, messo una sciarpa attorno alla cicatrice, con qualche treccina rossa lasciata libera. Avevo indossato il mio vestito preferito, quello nero di pizzo e velluto, e i vecchi anfibi. Presi posto sulle assi di legno lucido. Guardai il pubblico. Il mio corpo stava dando il meglio di sé: palmi sudati, gola secca, gambe che tremavano. Ignorai tutto. Quella sera, comandavo io. Sapevo di non poter leggere il fumetto che avevo disegnato per Aisha, così andai sul sicuro. Non era granché come poesia, ma riassumeva la nostra settimana. Mi schiarii la voce e cominciai:

Ho chiuso con le Brontë, basta con Heathcliff.
E anche con Plath e Hughes.

Mettermi nei panni dei defunti poeti
È una cosa che non mi riesce più.
Anch'io voglio parlare di un falco
– con la neve, la pioggia o il sole –
voglio percorrere di nuovo queste colline
conquistarle con le mie parole.
Voglio essere gotica, far qualcosa di tempestoso,
dar fuoco alla mia soffitta, perdermi nella brughiera.
Ma le loro parole sono venute prima:
come può la mia voce risultare altrettanto vera?
Parlerò perché devo.
Ed è questa la lingua che userò
perché questa è la mia terra
ed è qui che correrò.

Non ero preparata allo scroscio d'applausi che seguì, i piedi che pestavano per terra e le grida. Ogni tremore svanì. Il mio gelo si fece estate sotto il sorriso raggiante di Aisha. Sorrisi anch'io, feci un inchino e tornai al mio posto, abbandonandomi a quelle ondate di euforia.

«Grande, Jess!» sussurrò Eden, dandomi una stretta al braccio.

Quando fu il suo turno, si alzò a fatica. Raggiunse la ribalta con passo malfermo, stritolando il suo pezzo di carta. Indossava una camicia rossa a scacchi, aperta su una canottiera nera aderente. La sua gonna di denim era microscopica, ma aveva ammorbidito il look con leggings e anfibi. I suoi capelli sembravano unti, non era da lei. Socchiuse gli occhi per il bagliore delle luci, e cominciò.

Era la cosa migliore che chiunque avesse scritto per tutta la settimana: si capiva dalle espressioni sorprese sui volti degli adulti. La voce di Eden era fragile e pungente, si prendeva gioco del suo stesso dolore. E forse stava incanalando la voce della poetessa americana, quella che era seppellita qui, bloccata per l'eternità in questo piccolo villaggio sghembo in cima a una collina sferzata dalla pioggia.

L'entusiasmo generale sparì. Imo ricominciò a piangere.

Eden chiuse con un gesto enfatico, imitando Aisha. Mise via il foglio e sputò fuori ogni parola rivolta verso di noi, in caso non avessimo colto quel che voleva dire:

...perseguitata da un'impronta di rossetto.
Cerchi vendetta, sì.
Usi la lama sottile
del senso di colpa, per trascinarmi
a capofitto dietro di te...

Si interruppe, a bocca aperta, a metà verso.

Il suo viso parve allungarsi, finché non ricordò quel famoso dipinto, quell'orribile grido. Solo che non produsse alcun suono. Invece rimase lì immobile per un lungo istante, e poi corse via dalla sala, i suoi passi pesanti che rimbombavano sui gradini di legno.

Mi alzai all'istante.

Udii Barwell gridare: «Allora, voi! Rimanete qui con

Tom e Aisha... ok?» Passi tamburellarono dietro di me.

Fuori era tutto immobile e silenzioso, non c'era traccia di Eden. Corsi verso la casa. «Io vado di sopra, prof. Lei controlli di sotto.» Setacciai la stanza di Eden, poi la mia. Feci una rapida perlustrazione del primo piano, spalancando ogni porta. I bagni. Niente. «Eden! *Eden!*» Mi fiondai di sotto. Tre gradini alla volta. Andai quasi a sbattere contro Barwell ed entrambi ci precipitammo all'esterno attraverso la porta posteriore.

C'era Rose fuori, sul prato, a percorrere con lo sguardo l'intera valle. Era quasi buio e la pioggia era cessata. Il cielo era di un azzurro incupito, con una sbavatura più pallida all'orizzonte.

Rose chiuse le mani a coppa attorno alla bocca e gridò: «Eden!» così forte che la sua voce ritornò verso di noi in una debole eco beffarda.

Barwell cominciò a perdere il controllo. «No, no, no. Non Eden. Non adesso. Merda, merda, merda.»

«Neil?» Rose era quella più pragmatica. «Datti una calmata. Riflettiamo. Perché sei così spaventato?»

«Tu non capisci, Rose. Sua sorella è stata uccisa il mese scorso. Se le succede qualcosa... perché ho pensato che fosse una buona idea? Al diavolo tutto.»

Rose ignorò il suo panico. «Se prendiamo la macchina, possiamo raggiungerla in due minuti. Dove potrebbe essere andata, Jess? A casa?»

«No.» Ne ero sicura. Mi appoggiai alla balaustra e guardai giù per tutta la valle, i campi scoscesi che conducevano sino al fiume, ai boschi circostanti. «*Shhh!* Lo sentite? Cos'è stato?»

«Solo i gufi» disse Rose. «Andiamo, non ci resta molto tempo. Hai provato a chiamarla sul cellulare, Jess?»

«Certo.»

«Non ci credo. Non può essere.» Barwell continuava ad andare su e giù dietro di noi. «Che cosa dirò ai suoi genitori? E alla preside?»

La paura di Barwell era contagiosa. Il mio cuore stava accelerando, mi girava la testa, che ancora lottava tra l'euforia di poco prima e l'incomprensibile emozione che provavo in quel momento. Eden ci aveva piantato in asso, d'accordo, ma ancora non capivo il significato di quel gesto. Continuai a cercare, sondando l'oscurità, le dense ombre scure sotto gli alberi.

«Separiamoci» stava dicendo Rose «io prendo la macchina e vado al villaggio… Tom e Aisha resteranno qui…»

Allora la vidi. In fondo alla collina, che si muoveva veloce, i capelli chiari ancora visibili, un debole scintillio nell'oscurità. «Laggiù!»

«Jess ha ragione, eccola là. Vicino al fiume. Cazzo.» Barwell era già partito, gridando senza voltarsi: «Rose, resta qui. Ho il telefono. Ti chiamo se ho bisogno d'aiuto. Ha passato un brutto periodo, questa ragazza. Bisogna andarci cauti».

«Tieni, prendi la mia torcia.» Rose me la passò. «Chiamatemi, ok?» ci gridò dietro. «O vi raggiungerò tra dieci minuti.»

Ci precipitammo giù per la collina, guidati dal sottile raggio della torcia. Il percorso scosceso era pieno di solchi. Sentii Barwell cadere una volta, ma continuammo a procedere. Pregavo che Eden non scomparisse nel bosco, altrimenti non l'avremmo più ritrovata.

Il sentiero finì con un'ultima biforcazione, divenendo piatto e acciottolato come se conducesse a un piccolo ponte ricurvo. Con tutta la pioggia dell'ultima settimana, il fiume era gonfio e impetuoso, assordante come un tuono. Eden era seduta sul parapetto sottile, con i piedi che penzolavano a dieci metri d'altezza. Sotto di lei, riuscivo a distinguere solo un torrente schiumoso che si gettava nell'oscurità sottostante.

«Il ponte, no» sussurrò Barwell. «Che intenzioni ha?»

Mi irrigidii. Strattonai il professore per la felpa per fermarlo. Se l'avessimo colta alla sprovvista, avrebbe rischiato di cadere. «Eden!» la chiamai, il suono si dissolse nel fragore delle cascate.

«Eden, sono il professor Barwell. Sono venuto a prenderti, ok?» La sua voce era forte e profonda. «Torneremo su in casa, e parleremo, d'accordo?»

Ci avvicinammo di soppiatto. Passo, pausa, passo: come gatti che seguono una preda.

Senza voltarsi, cominciò a parlare: «Perché proprio a me?» Riuscivo a malapena a sentirla. Andammo più vicino.

«Perché tutte le cose peggiori accadono per colpa mia?» Alzò la voce adesso. «Porto sfortuna, e ne ho avuto abbastanza. Di ferire le persone. Se si trattava di una prova, sapete una cosa? Lo ammetto: ho fallito!»

«No!» gridai. «Non hai fallito! Mi hai salvata. Fermati.» Guardai giù dal ponte, ma c'era solo fragorosa oscurità.

«Eden!» gridò Barwell. «Eden, vieni via da lì. Ci siamo noi, possiamo metterci seduti a parlare, ok?»

«Ho fallito!» gridò nell'aria umida, piena di rumore. «Non ce la faccio. Ho incasinato tutto. Di nuovo.»

«Non hai incasinato tutto. Vieni» gridai, terrorizzata. Mi voltai verso Barwell e sibilai: «Che facciamo?»

«Fa' piano» mi rispose a mezza bocca. «Non spaventarla.» Il raggio della torcia sussultò. «Eden, ti prego, voltati, vieni via da quel ponte, dai!» La sua voce esprimeva tutta la sua tensione adesso.

«Perché?» disse Eden, senza voltarsi, con voce calma.

«Vieni qui, possiamo parlare.» Barwell sembrava paralizzato. Si trasformò in una statua con una torcia in mano, cinque passi indietro.

«Parlare? Sono stufa di parlare. Sono stufa anche di bere… non serve a niente.»

Fu allora che capii che era ubriaca. Perché non ci avevo pensato? I sonnellini pomeridiani, l'intontimento mattutino... Mi accorsi di tutto con rinnovato dolore.

Provai un'amara ondata di irritazione, insieme alla paura. Non dovevamo essere lì. Potevamo starcene sedute nel fienile, sotto il caldo bagliore dei riflettori, ad applaudire i nostri compagni. «Al diavolo. È solo incavolata. Non ha istinti suicidi.» Diventai insofferente. «Adesso la convinciamo a scendere e la riportiamo su per la collina. Andrà tutto bene, d'accordo, prof?» Una parte di me era pronta a fare qualunque cosa fosse necessaria per rimediare a quel casino e aiutare Eden; l'altra era seccata e impaziente. Perché doveva fare così? Questa doveva essere una bella settimana. Una pausa, in un posto meraviglioso. Io mi stavo riprendendo, lei si stava riprendendo. Era andato tutto bene, finora. E adesso rischiava di perdere l'equilibrio e finire nel fiume prima che riuscissi a raggiungerla, quindi dovevo prenderla sul serio. Continuai a muovermi, reprimendo l'impulso di gridarle contro. *Prima donna, scendi da quel cacchio di ponte.*

«Sono stufa di tirare avanti.» Farfugliava leggermente.

Sì, anch'io sono stufa, ma così va la vita. C'ero quasi. Lentamente, allungai una mano e le toccai la spalla, poi la cinsi delicatamente con il braccio, facendola voltare pian piano verso di me, pregando di reggere il suo peso. «Dai. Scendi. Possiamo benissimo parlare quaggiù, ok?»

Adesso era passiva, si lasciò guidare. «Sono stufa di aspettare che le cose migliorino. Stufa di tutti quanti che fingono. Stufa della *compassione*. Stufa dei miei genitori» borbottò continuando la sua lista. «Stufa anche della mia testa. Non c'è niente di buono qui dentro, niente.»

«Ehi, va tutto bene.» La tenevo. «Vieni qui.» Non era così che facevamo di solito, ma stavolta dovevo prendere io il controllo della situazione. L'avrei guidata io, e lei avrebbe fatto meglio a seguirmi, cavolo, almeno per un po'.

Le strattonai la gamba sinistra, riportandola da questo lato del ponte, poi l'altra, in modo che fosse di nuovo rivolta all'interno.

Non mi guardava. Aveva i capelli sciolti, che le coprivano il viso. Si piegò in avanti, molle come una bambola di pezza, e si accasciò sul terreno ghiaioso.

«Sono io, Eden. Non mi importa di com'è la tua testa. Sistemeremo tutto.» Scivolai giù accanto a lei, appoggiandomi alla pietra del ponte, sostenendola perché restasse seduta. «Tu e io, ce la facciamo sempre.»

«È troppo tardi ormai. 'Sta cosa è più grande di me.»

«Stammi a sentire, Eden Holby» farfugliai, come se le mie parole potessero smorzare il suo dolore e il mio risentimento. Lo dovevo a lei, così dissi la cosa giusta e ignorai i miei capricci interiori. «Purtroppo è dura, e so che non sono stata presente. Scusami. Devi permettermi di aiutarti, ok?»

«Hai passato un periodo estremamente difficile» si inserì Barwell con la tiritera ufficiale, non osando ancora avvicinarsi, come se fossimo fatte di porcellana. O dinamite. «Ma le cose non andranno sempre così male.»

«Eden, ti stavo dando spazio.» Le dissi la verità: «Poi ho cercato di aiutarti. Mi dispiace se non è stato sufficiente». Avevo le lacrime agli occhi, lacrime per lei e per me, che mi offuscavano la vista. «Cioè, so che non è sufficiente.» Mi ero messa in testa di salvarla. Mi ero innamorata di quell'idea per tutta la settimana, adesso lo capivo. Chi credevo di essere, il suo cavaliere dalla scintillante armatura? *Non preoccuparti, Eden! Sarà pure morta tua sorella, ma hai ancora me!* Non avrei nemmeno partecipato a quel laboratorio se Barwell non mi avesse chiesto di starle dietro. Non si trattava di me. Si trattava di Eden.

Le mie dita si strinsero attorno al suo polso, la sua pelle calda, e alla fine questo gesto parve riscuoterla.

«No, Jess. Tu sei stata fantastica. Non è quello. Scusa.» Guardò il professor Barwell. «Scusi, prof. Non sarei dovuta scappare. Non volevo rovinare tutto. È solo che... che...»

L'uomo si accovacciò, osservandola, mentre lei rimaneva senza parole. Osò avvicinarsi solo in quel momento.

Il viso di Eden si contorse in una smorfia orribile e lei emise un lamento acuto, di puro dolore. Sentii la puzza d'alcol del suo respiro: doveva aver bevuto tutto il giorno nella sua stanza. Cominciò a singhiozzare e a dondolare, tenendosi il petto.

«*Shhh.* Va tutto bene, andrà tutto bene.» La afferrai, stringendola a me. Il mio risentimento evaporò, sostituito dal senso di colpa.

Lei sogghignò, un profondo grugnito carico di muco che si trasformò in una tosse strozzata. «Be', questo dimostra quello che già sapete. È tutta colpa mia. Iona è morta per colpa mia.» Venne tutto fuori in una confessione scandita dai singhiozzi. «Abbiamo litigato quella sera. Mamma e papà hanno cercato di fermarci. Ero triste e me la sono presa con lei. Volevo che stesse male quanto me. Ho detto delle cose orribili. Quando è salita in macchina, era fuori di sé. Stava piangendo.»

«M-ma il rapporto della polizia diceva che non è stata colpa sua» balbettai.

«Infatti!» si intromise Barwell. «L'altra macchina stava accelerando. È sbucata da dietro la curva. Non c'è stato nulla che lei potesse…»

«Ha mai provato a guidare mentre piangeva? Probabilmente dovrebbe esserci una legge che lo vieta.» Rise e sfoggiò una stupida voce seriosa: «Non si guida sotto l'effetto di alcol, droghe o lacrime accecanti».

«Eden Holby, stammi a sentire» le dissi. «Tua sorella è morta in un orribile incidente. Non è colpa tua.»

«Invece sì, Jess. È tutta colpa mia. E anche la tua aggressione è stata colpa mia. Ti ho costretta a uscire sotto la pioggia. Ho fatto scappare Iona quella sera. Sono maledetta, e tutto questo deve finire.»

«Il guidatore – quello che ha ucciso Iona – ha pagato con la vita. Non pensare di dover pagare anche tu. È già abbastanza difficile senza incolpare te stessa.» La voce di Barwell era profonda e gentile, ma intralciata dalle lacrime. «Devi ascoltarmi: datti un po' di tregua. Nessuno pensa che sia colpa tua.»

«I miei genitori sì.» Alzò la testa brevemente. Il mascara le era colato attorno agli occhi e le sue guance erano viscide e umide alla luce della torcia. «Se non fosse stato per me e per le cose che ho detto, Iona non sarebbe salita in macchina, non avrebbe svoltato quell'angolo proprio in quel momento.»

«Posso assicurarti che non è vero. Ti vogliono bene. Sono preoccupati per te.» Barwell finalmente venne a sedersi accanto a noi sul terreno umido. «Pensa a loro per un secondo. Se adesso fossi caduta di sotto e io avessi dovuto chiamarli per informarli che c'era stato un incidente, questo li avrebbe annientati. Avrebbero perso tutto. Riesci a immaginarlo?»

«Sì» rispose lei, battendo i denti. «Ci riesco alla perfezione.»

Vidi Barwell incassare, come fosse stato uno schiaffo. Imprecò sottovoce. «Mi dispiace Eden. So che non posso immaginare cosa stai passando. Ma ti prego, continua ad andare avanti. Non sarà sempre così difficile.»

«Lo supereremo» le dissi io. Posai la testa sulla sua spalla e attesi. «E io sono qui per te. Per qualunque cosa. Andrà meglio, te lo prometto.»

Ci fu una lunga pausa, ma percepii che qualcosa era cambiato.

Quando parlò di nuovo, parve più calma, più sobria e fu quasi peggio. «Andrà meglio?» chiese con voce roca. «Quando? Spero proprio che sia presto, perché non sono sicura di quanto resisterò.»

26

Ore 17.30

Scuoto la testa per scacciare quei ricordi. Attraverso il cancello del centro per scrittori, con la sensazione di essere un'intrusa. Entro nel cortile murato e mi fermo di colpo, come se avessi esaurito il carburante. La pietra scura della casa del poeta mormora di vita. C'è del vapore che esce da uno sfiatatoio in cucina. Sento voci e risate. Qualcuno sta suonando il piano. Sto per allontanarmi quando si apre la porta e vedo una figura familiare che esce con un vassoio carico di tazze.

«Rose!»

Si volta. «Jess? Ti chiami Jess, vero?»

Per un istante sono sorpresa che si ricordi di me. Poi comprendo: non succede tutte le settimane che una dei suoi ospiti scappi verso il fiume nel bel mezzo di una lezione durante la serata di chiusura. Ma mi sbaglio, non è l'unica ragione per cui lo ricorda.

«Mi dispiace tantissimo. Ho visto l'allerta online, per Eden. Senti, va' ad aspettarmi in giardino, lì potremo parlare. Vado solo a portare questo tè.»

Entro nel giardino deserto e mi voltò verso la valle. Il sole è basso e dorato, e avvolto dalle nuvole come da morbide sciarpe. Si riesce a vedere la prima sfumatura d'arancio sulle colline alberate. Presto arriverà l'autunno. Dietro di me, la facciata della casa è coperta da un traliccio di foglie rosso vivo, come schizzi di sangue al calar del sole.

«Tieni.» Rose mi raggiunge e mi porge una tazza di tè. «Mi dispiace, Jess. Che giornata orribile dev'essere per te.»

«Grazie.» Bevo un sorso. Ha un sapore strano e farinoso – latte di soia, forse? – ma è caldo e confortante. «Così hai visto quello che abbiamo postato in Rete?»

«Sì, l'ho anche diffuso.» Si volta a guardarmi. «La troveranno.» I suoi occhi azzurri sono calmi e decisi.

«L'ho cercata tutto il giorno. Scusa, non so nemmeno perché sono venuta, tranne che sto ripercorrendo i nostri passi, da quest'estate in poi, e ho pensato... So che non dovrei essere qui.»

«Va tutto bene. Mi conosci. Vale la pena chiedere. Ma non abbiamo visto Eden da queste parti. Sennò avrei chiamato la polizia.»

D'un tratto sono molto stanca. Rose è gentilissima, ma mi fa soltanto venire voglia di piangere. «Posso sedermi?» Mi ritiro confusamente verso la panchina a ridosso della facciata della casa. Piego la testa indietro contro la pietra e chiudo gli occhi per nascondere le lacrime.

«Da quant'è che non mangi?»

Scuoto la testa, perché non mi ricordo.

«Resta qui, ti porto qualcosa.»

Cerco di controllarmi mentre lei è via, lasciando che il sole mi riscaldi, sorseggiando il mio tè. Presto farà buio, e allora diventerà più difficile. Immagino di cercare Eden di notte, sotto la pioggia. Non smetterò mai di chiedermi dove sia.

La voce di Rose mi riscuote da quella visione tetra. «Ecco, Jess.» Mi porge un piatto stracolmo di cibo.

«Oh. Io... io... cioè, grazie.»

«Tranquilla, sono solo avanzi. Ti senti un po' meglio?»

Annuisco.

«Senti, devo andare. Dentro hanno bisogno di me. C'è la loro esibizione del venerdì sera... ricordi? Resta pure, mangia e lascia lì il piatto quando hai finito. Lavoro sino alle undici, ma sono qui, se hai bisogno d'aiuto più tardi, ok?»

Le sono incredibilmente grata, ma è sparita prima che possa trovare le parole per esprimerlo. Il piatto è ricolmo di una specie di bignè al formaggio, patate e insalata con fagioli e peperoni. Mangio tutto alla svelta, lieta che non ci sia nessuno a guardarmi, e dopo mi lecco le dita. Entro per usare il bagno in fondo al fienile, e poi esco dai cancelli e ripercorro il sentiero battuto verso il fiume.

Mi fermo lì, a guardare oltre il ponte, rivivendo quell'ultima sera. Il fiume è mansueto oggi – un gattino e non un leone – ma le rocce hanno un aspetto peggiore, scoperte. Sono lisce e nere, sguainate e aguzze come denti. Se Eden fosse caduta, allora, l'avrebbero accolta.

I resti del sole filtrano attraverso le foglie, di un bronzo profondo. Raggiunge le splendide fronde, creando un'aureola, poi un arcobaleno attraverso la gola.

Il telefono mi vibra in tasca. È la mamma. Non posso continuare a ignorarla. E poi c'è una possibilità che adesso abbia buone notizie. Clicco su RISPONDI. «Ciao mamma» dico. «Qualche novità?»

«Oh, mio Dio, finalmente! Non hai sentito le mie chiamate? Ti ho lasciato cinque messaggi, Jess! Cinque! Che diavolo ti passa per la mente?»

A essere sincera, ho smesso di contare dopo il terzo. Tengo il telefono un tantino lontano dall'orecchio.

«Dove sei? Stai bene? Mi ha chiamato la scuola. Che cosa avrei dovuto dire, che *nemmeno io* sapevo dove fosse finita *mia* figlia?»

È livida. Vento forza dieci. «Mamma, è tutto ok. Te l'ho detto, devo cercare Eden. E sto bene, so badare a me stessa, sul serio. Sto percorrendo la gola, vicino al ponte. Stavo andando verso la sua vecchia casa, vicino a...»

«Cosa ci fai laggiù? Non puoi andartene in giro per le colline...»

«Si è saputo nulla?» la interrompo, ignorandola.

Sospira e sento la rabbia fluire via mentre si prepara a dirmi qualcosa. «Non ci sono notizie ufficiali, solo che...»

Riesco a percepire lo sforzo che sta facendo per controllare la voce. Il mio cuore palpita, sembra una falena contro una fiamma, attirata da ciò che la condurrà alla morte. «Dimmi!»

«Lo hanno detto al telegiornale, locale e nazionale. C'è un furgone della TV in paese. Poveri Claire e Simon. È già abbastanza brutto senza dover stare sotto i riflettori...»

«Cosa? Cosa dicono?»

«Oh, amore. Mi dispiace. Non so nemmeno se è vero. Cioè, come farebbero a saperlo... a meno che la polizia non lo abbia lasciato trapelare o il telefono di qualcuno fosse sotto controllo. Di questi tempi, potrebbe succedere qualunque cosa...»

«Mamma!» sbotto. «Di che si tratta?»

«Si tratta del messaggio, quello che Eden ha mandato stamattina. Credono che fosse una specie di...»

«Sì?» Finalmente! La verità sul messaggio. Era ora.

«Una specie di biglietto d'addio, le scuse ai genitori...»

La voce della mamma si spezza e riesco a sentire che sta lottando per trattenere le lacrime. «E anche quello che ha scritto sul suo diario…»

«No. Non è possibile. Non lo farebbe mai. Non è così, mamma. Lo so.» Mi aggrappo a quel che sto dicendo, sperando che sia vero, negando qualunque altra possibilità. Ma ho ancora il lucchetto di quel diario in tasca, pronto a dissentire.

«Lo so, Jess, lo so. Ma forse dovremmo prepararci a…»

«No! Non mi arrendo. Come puoi dire una cosa simile?»

«Jess, te lo giuro. Non mi sto arrendendo.» La sua voce è più forte adesso, su un terreno più sicuro. «Stanno organizzando delle squadre di ricerca, insieme alla polizia. Stanno coordinando i volontari in municipio. Sto per andare là adesso. Ti va di raggiungermi?»

Esito. Una parte di me vuole andare, per far parte di qualcosa più grande di me, per smetterla di prendere decisioni da sola. Per stare vicina alla mamma, per permetterle di proteggermi.

Guardo la valle, il fiume che sbocca nella cascata e i sentieri ombrosi. Vedo qualcuno, a monte, in jeans e maglietta blu.

Liam. Che viene a cercarmi.

«Ti raggiungo più tardi, ok? Prima c'è una cosa che devo fare. Terrò il telefono acceso.»

«Jess? No! Non riagganciare. *Jess!*»

Chiudo la chiamata. Affronterò le conseguenze più tardi. Ci sarà un conto salato da pagare, e lo pagherò volentieri, una volta trovata Eden. Tutto il resto può aspettare.

C'è qualcos'altro che mi preoccupa. La mamma è arrabbiata, certo, ma non è preoccupata per me, non come lo era stamattina. Non crede che qualcuno possa fare altro male a Eden. Non teme più che ci sia un pazzo in giro che perseguita le ragazzine. Crede che sia stata Eden a fare tutto. Crede che Eden sia morta.

Non è morta. No! Ma ricordo il suo viso quando ha visto i tarocchi, come se fosse maledetta. Come se questo fosse il suo destino, la sua punizione o qualcosa di simile. E se l'avesse fatta avverare, solo per il fatto di averci creduto? Come la chiamano, una profezia autoavverante?

Resto lì, scossa dal freddo, in attesa che Liam mi raggiunga. Il sole è sparito dietro la collina. Mi aggrappo alla pietra gelida del ponte, a guardare l'acqua che si allontana da me, portandosi via le mie speranze.

Lui si avvicina. Sembra di nuovo in sé. Parte del peso è sparito dalle sue spalle. Il suo viso si è addolcito. «Mi dispiace per prima...» Poi mi guarda in viso. «Che c'è, Jess? Cos'hanno detto?»

E non riesco a trattenermi. Non ce la faccio più. Le lacrime arrivano calde e rapide.

«Non ho... non posso... non so dove sia. Credono che Eden si sia uccisa. Che il suo ultimo SMS fosse un addio.»

Mi allontano da lui, sperando di allontanarmi anche da tutto il resto, ma è la verità e non ci riesco. Attraverso le lacrime, gli dico: «Liam, l'abbiamo delusa. Non posso dirle che mi dispiace. Non riesco a trovarla e non so cosa fare...» Non aggiungo altro. I singhiozzi giungono da qualche parte, nel profondo. Mi fanno tremare le spalle e il torace. Fanno male. Mi piegano e mi sgualciscono come un pezzo di carta.

Liam mi prende la mano. Mi tiene stretta, tutta accartocciata e in lacrime tra le sue braccia. Mi stringe forte e ci accasciamo insieme. Cadiamo sul terreno polveroso, proprio lì sul fiume. Sento le sue mani sui capelli, sulla schiena, sul viso. E non mi sembra sbagliato. Mi sembra giusto. Mi sembra di essere a casa. È come se fosse l'unica cosa che mi è rimasta.

Parte Terza

27

Ore 18.25

Ci separiamo nel nostro abbraccio devastato. Sono esausta a forza di piangere. Striscio per andare ad appoggiarmi al ponte. Restiamo seduti lì, nell'incombere del tramonto, con la canzone senza fine del fiume che riempie il silenzio tra noi. Le mie gambe giacciono accanto alle sue e questo mi placa di nuovo.

Alla fine comincio a raccontare a Liam di quel venerdì sera al centro per scrittori. Di me, di Barwell, di Eden, proprio qui sul ponte. «Se non fossimo arrivati io e Barwell, chissà? Era proprio messa male. Incazzata, tormentata dal senso di colpa. Si accusava dell'incidente di Iona e della mia aggressione.»

«Ma siete arrivati voi. Ed è stata bene, per un po'. Le siamo stati accanto, no?» Sembrava che avesse bisogno di convincersi. «Anche quando ci respingeva.»

«Avrei dovuto essere in grado di aiutarla, come lei ha aiutato me» dico, ancora tra le lacrime, accaldata e colpevole. «Ma se non fosse così? Se non le fossimo stati abbastanza vicini? Come faccio a convivere con me stessa, se…» Non riesco a dirlo. Non riesco a pronunciare la frase "è morta", non vorrei rendesse tutto questo reale. «E dopo quello che abbiamo fatto…»

«Lo so» mormora Liam. «Provo le stesse cose. È come se…» Impreca. «In teoria ero il suo ragazzo. Gran bel lavoro che ho fatto.»

«Non è colpa tua.» È molto più facile dirlo a qualcun altro. «Ci siamo dentro insieme. È come… quando gli scalatori si legano l'uno all'altro con una fune.» Immagino noi tre: io, Eden e Liam, legati insieme su una parete rocciosa ghiacciata, con la tormenta che soffia attorno a noi.

«Cosa… se cade lei, cadiamo tutti? Bel colpo, Jess.»

«No! Lei cade e noi la tiriamo su… non è questo lo scopo della fune? Spero solo di essere forte abbastanza, perché altrimenti andremo tutti giù.» E da qualche parte, nel profondo, so che è vero. Abbiamo bisogno di salvare Eden, perché le vogliamo bene. Ma anche perché salvarla è l'unica cosa che salverà noi.

Lui non replica.

«Scusami per lo schiaffo. Per la cronaca: di solito non mi comporto così. E non credo che sia giusto…»

«Jess, è tutto a posto. Lo so. Non è esattamente una giornata normale.» Si volta a guardarmi nell'affievolirsi della luce e mi rivolge quello che sembra un rapido sorriso. «Che casino.»

Mi chiedo come sarebbe – stare insieme io e lui – se non fosse successo questo pasticcio. Ma non è che esistano versioni pure e perfette di noi, isolate in un laboratorio da qualche parte. Non posso separare quel che provo per lui da quel che provo per Eden o da quel che lui prova per Eden. È tutto legato. Legatissimo, intricatissimo. Non so come sciogliere i nodi senza fare del male a qualcuno.

«Dobbiamo continuare a cercarla. Adesso dove andiamo?» Controlla il telefono: il display illumina la semioscurità. «Presto comincerà la festa. A breve farà buio. Che ne dici se andiamo là, a controllare... e poi torniamo in paese e ci uniamo alle squadre di ricerca ufficiali?»

Scrollo le spalle. «Stavo andando a perlustrare anche il fiume vicino alla sua vecchia casa. Adoravano quel posto. Era il preferito di Iona... Ma sì, il tempo sta per scadere. Atteniamoci al tuo piano.» È il migliore che abbiamo – è persino diviso in tre parti – e mando un SMS alla mamma, per farglielo sapere.

Ripercorriamo la valle e seguiamo sentieri ben tracciati sotto gli alberi. Non siamo i soli. Ben presto il bosco ormai scuro si riempie di ombre, raggi di luce e risate, gente che porta coperte, borse che tintinnano di bottiglie. In qualunque altra sera, sarebbe perfetto.

Controllo di nuovo il telefono. So che più tempo passa, meno possibilità abbiamo di ritrovarla.

Eden? Eden? Riesci a sentirmi? Torna indietro. Torna da noi. Dai tuoi genitori. Da Liam. O da Tyler. Da me. A nessuno importerà dove sei stata o cos'hai fatto. Quello che conta è che tu stia bene.

Camminiamo uno davanti all'altra e ci viene più facile parlare in questo modo. «Jess, riguardo a sabato scorso...» comincia lui, senza voltarsi.

Dritto all'argomento incriminato. «Uh-uh?» riesco a mormorare sovrastando il martellare del mio cuore.

«So che il tempismo è tutto sbagliato, me ne rendo conto. E so cosa sembra, che non sono affidabile...»

Questo vale anche per me, ma lui non sembra farci caso.

«Ma non è così. Cioè, sei sempre stata lì, ma è come se finora non ti avessi visto. Non come si deve. E sì, ero lusingato quando Eden mi ha chiesto di uscire. Cioè, Eden Holby, chi non lo sarebbe?»

La luna piena si è alzata sopra la collina. Paffuta e gialla. Luna piena di settembre. La luna del cacciatore. La valle si trasforma nella magica semioscurità frondosa. Mi affretto dietro a Liam per non perdere una parola.

«Ed è andata bene per un po'. Ci siamo divertiti. Ma avevo già deciso di troncare a maggio. Perché non ci capiamo, non proprio. Lei se ne approfitta sempre. Non mi sta mai a sentire. Non lo ammetterebbe in un milione di anni, ma nel profondo crede che io non sia come lei, che non sia alla sua altezza.»

«No, non è vero» gli dico. «È tutto nella tua testa.»

«Anche se fosse! Le cose proprio non vanno, ti pare?»

«Volevi davvero troncare?»

Si ferma. Restiamo immobili nel bel mezzo di un boschetto di faggi, alti e imponenti, che sembra quasi una chiesa o un luogo altrettanto solenne.

«Sì, il giorno della parata, a maggio. Solo che poi è scoppiato tutto quel casino, quindi non ho potuto. E poi è arrivato giugno e, be', il resto lo sai. Dopo la morte di Iona, è come se mi fossi bloccato. E non sono uno stronzo totale, volevo prendermi cura di Eden. Ma ho cominciato a vederti. A vederti davvero, Jess. Questa è stata l'unica cosa positiva, quest'estate: avvicinarmi a te. Non ti pare?»

«Oh, bene. Sono contenta che il peggiore incubo della mia migliore amica ti sia stato utile! Cavoli, dovrei sentirmi lusingata? Ma ti senti?»

La brezza arruffa le foglie e io sento un gufo fare "cucù", fortissimo, dev'essere sull'albero lì accanto.

«Piantala, Jess. Sto solo cercando di essere sincero. Possiamo almeno continuare a esserlo?» sospira lui.

So di non essere stata sincera, né con lui né con Eden, per tutta l'estate. Incontro lo sguardo di Liam. Anche accigliato – le sue sopracciglia scure mi dicono che fa sul serio – è bello da togliere il fiato. Il modo in cui mi guarda nella luce argentea provoca qualcosa nel mio corpo che percepisco sino alla punta dei piedi, come una scossa elettrica che mi attraversa tutta.

Le felci tremano e io scorgo del movimento, sopra di noi il gufo si lancia in volo, ad ali spiegate, e fluttua per la valle come uno spettro, lasciandoci.

«Allora, cos'è successo il giorno della parata?» chiedo. Non è la domanda più incalzante secondo me, ma lo farà continuare a parlare di Eden – e non di noi – mentre attraversiamo la valle.

28

«Non te lo ha raccontato? Della lite tra lei e Iona?»

«Certo. Cioè, so che è stata tosta» dico. Le ultime settimane prima della morte di Iona erano state le peggiori per i loro battibecchi, questo sapevo. «Tutta la scuola lo sapeva. Eden non sopportava di essere l'oggetto di tutte quelle chiacchiere.»

«Quello è stato il peggio cui ho assistito, il giorno della parata...» Ricomincia a camminare, ma più lentamente adesso, aspettando che io tenga il passo sul sentiero stretto.

«Raccontami tutto» dico. Ero da mio padre, così mi ero persa la parata per la prima volta dopo anni. «Dimmi perché è cominciata.» Magari qualche particolare del suo racconto potrà tornarci utile.

«Sai quanto era emozionata, no? Si era esercitata sui suoi trampoli per settimane.»

«Lo so. E aveva uno dei costumi più belli. Era arcicontenta di essere una fenice che risorge, e non un pinguino o qualcosa di stupido.»

La parata aveva luogo ogni anno: come preludio all'arrivo dell'estate, come l'ora solare. Gli organizzatori la ideavano dal punto di vista artistico e ti facevano vedere cosa fare. Creavano sculture imponenti – il clou della manifestazione – misteriose, splendide, indimenticabili opere d'arte grosse come case. Con poca spesa, potevi partecipare e creare il tuo costume: magia che sbocciava da plastica riciclata, vernice e carta scintillante.

«È stata grande» prosegue Liam. «Aveva smesso di piovere giusto in tempo. Il suo gruppo guidava la parata. Le strade erano affollate, c'erano tamburi, bande, il solito. Era diventata davvero brava con i trampoli, e ballava al ritmo della musica. Era fantastica.»

Ohi. *Cos'è, adesso sono gelosa del fatto che il suo ragazzo la trovi fantastica? Ripigliati, Jess.*

«Era raggiante, rideva, procedeva a lunghi passi. Finché Iona non l'ha vista, proprio prima del parco. Iona e Katie erano sedute sul muretto, a bere. Io camminavo accanto a Eden. Non ero mascherato, ma lei mi aveva dato una delle sue fiamme e io la agitavo tenendo il tempo insieme a lei.»

Cammino lentamente e aspetto che lui continui.

«Insomma, Iona ha visto Eden che arrivava. Dal momento che era la più alta, la più sgargiante, quella più visibile. Ha cominciato a insultarla, a ridere di lei, a dire che sembrava una gallina cicciona, non una fenice. E lì per lì è rimasto tutto sotto controllo. Eden si è limitata a guardarla, e ha proseguito. Adorava quei trampoli. Non aveva intenzione di darle corda.»

«E a Iona non è andata giù» tiro a indovinare.

«Esatto. Come facevi a saperlo? Avrei dovuto prevederlo.»

«Cos'ha fatto?»

«Iona le ha fatto lo sgambetto, no? È saltata giù dal muretto, le è corsa incontro e ha dato un calcio ai trampoli. Eden ha fatto un volo… È finita faccia a terra. Proprio in mezzo alla strada, davanti a tutti.»

«Sì, me lo ha detto. Mi sorprende che non si sia rotta qualcosa.»

«Era un po' ammaccata, non troppo: credo che le abbiano insegnato anche come cadere, con quei cosi. Ma quando si è rialzata, si è lanciata contro Iona, senza che nessuno la fermasse. Sembrava uno scontro tra cani, in mezzo alla folla. Iona le ha detto: "Nessuno mi costringerebbe a mascherarmi a quel modo", e Eden le ha risposto: "Tu non c'entri niente qui. Nessuno ti vuole, non è il posto tuo".

«Iona ha cercato di spingerla, dicendo che Eden era solo gelosa, ma io ho visto che Eden aveva colpito nel segno.

«E ha continuato a stuzzicarla. Ha detto a Iona: "Piantala di fingere di non saperlo. È questa la vera barzelletta. Lo sai che tu qui non c'entri niente". Ho cercato di allontanarla da Iona, e non avevo idea di che cosa stesse parlando.

«E l'espressione di Iona è cambiata. Ho capito che qualcosa proprio non andava. Iona ha tentato di nasconderlo, dicendo a Eden che sparava una marea di stronzate, ma Eden continuava a darle addosso ed è allora che Iona si è incazzata come una iena.

«Ha colpito Eden dritto in faccia. Il naso di Eden ha cominciato a sanguinare e lei si è messa a graffiare Iona ed erano ricoperte di sangue e tutti lì a guardare e una bambina ha cominciato a piangere. Era il caos totale. Ed è stato allora che Eden ha detto...»

«Cosa?» chiedo lentamente, in attesa della bomba.

«Eden ha detto: "Tu non hai il mio stesso sangue. Lo vedi questo? Non è come il tuo. Non sei mia sorella. Non sei niente e tu lo sai".

«E credo che lei sapesse di essersi spinta troppo oltre, perché mi ha permesso di portarla nel cortile della scuola, e io l'ho fatta sedere e le ho tamponato il naso, e lei era bianca come un lenzuolo, e c'era sangue dappertutto, era schizzato su tutti e due.»

«Ma cosa stava dicendo?» Devo capire bene. Ci fermiamo di nuovo, nel bosco illuminato dalla luna. Sembra che tutto abbia rallentato. Il rumore del fiume mi riempie la mente, impedendomi di pensare come si deve. «Che Iona non aveva il suo stesso sangue? Che vuol dire?» Non riesco ad afferrare il senso di quelle parole.

«Boh, ho pensato che fossero le loro solite scenate sfuggite di mano. Che rinnegava Iona perché era stata così stronza con lei, credo. Io sono rimasto con Eden, ho cercato di calmarla. Siamo andati a sederci in riva al fiume. Era sconvolta, però. Quindi, capisci, non ce l'ho fatta a rompere con lei, in quel momento. Non ho potuto aggiungere anche questo dolore.»

Smetto di ascoltare, mentre cerco di mettere insieme tutti i pezzi.

Iona non ha lo stesso sangue di Eden.

Eden che trova i tre passaporti, a maggio. E alcuni documenti.

Che cosa ha provocato quel cambiamento in Iona, così all'improvviso?

Di colpo, ogni pezzo va al suo posto, e trovo lo schema che ho cercato tanto a lungo.

Tiro Liam per un braccio. «Ascolta. Potrebbe voler dire questo: e se Iona fosse stata adottata? E Eden no? Può capitare.»

Ho letto un articolo su una rivista, durante una delle interminabili attese fuori dallo studio dell'ennesimo medico, su una coppia che era ricorsa alla fecondazione in vitro, ma niente da fare. Poi, dopo aver adottato il primo figlio, la donna è rimasta incinta in modo naturale. Come se essere già una mamma avesse fatto scattare una specie di interruttore nel suo corpo. E se fosse successo lo stesso anche a Claire?

Continuo: «E se Iona lo avesse scoperto, e fosse per questo che aveva cominciato a dare addosso a Eden, tutt'a un tratto? Perché una volta andavano d'accordo, e poi è cambiato tutto. Per via di quella bomba. Iona è stata adottata, mentre Eden è una figlia naturale».

«Spiega la faccenda del sangue...»

«Dev'essere una cosa di questa importanza. Iona non era una stronza, prima. Ma come si convive con una cosa del genere? Dev'essere stato per questo che hanno litigato, la notte in cui Iona è morta.»

«Forse.»

Sono colpita dall'ingiustizia di tutto ciò. «A tutti capita di sbroccare qualche volta. Ogni famiglia è incasinata a modo suo: io e la mamma, la nostra piccola famigliola a due ruote. Tu e il tuo pulmino carico di parenti. Procedi per alti e bassi, fai del tuo meglio, sperando che capiscano quanto gli vuoi bene.»

«Sì, mi sembra plausibile.» Liam si ferma vicino a una scaletta. Sale per primo, percorre tre gradini di pietra incassati nel muro, e poi si ferma in cima. «Ci siamo quasi. Guarda!»

Proprio oltre il prossimo crinale, più in alto, c'è una

luce che scorre tra gli alberi, che scompare e riappare. La silhouette di Liam si staglia in controluce: rossa, poi blu, poi gialla, pulsando a tempo con un battito che ancora non riusciamo a sentire.

«Te la senti, Jess? Ci sarà parecchia gente. Vuoi un po' più di tempo?» mi chiede.

«Non ne abbiamo, ricordi? Dai, guidami tu.»

L'ultima parte è la più pericolosa. Il sentiero penetra fra le rovine delle vecchie fabbriche. C'è un camino solitario che spunta dal sottobosco. Supero muri sgretolati e lastre di pietra mezze bruciate.

Devo concentrarmi. È una specie di sollievo tornare a qualcosa di tanto impellente, fisico e reale. Devo guardare in basso, per non inciampare, ma questo non ferma i pensieri e le immagini che affollano la mia mente.

Se Iona fosse stata adottata, Eden glielo avrebbe rinfacciato?

Iona che piange, addolorata, si mette al volante e...

Se questa ipotesi ossessiona me, come dev'essere stato per Eden, per tutta l'estate?

Il sentiero si fa accidentato, ampio circa un metro, affiancato da un alto muro di pietra.

«Hai una torcia, Jess? Fa' attenzione.»

«Sono venuta qui a correre un centinaio di volte.» Ma accendo la luce dello smartphone, tanto per andare sul sicuro. Alla nostra sinistra c'è uno strapiombo, di alcuni metri, che arriva sino al fiume. A destra ci sono delle pozze basse, fetide, coperte di alghe verde lime ed erbacce alte. «Vado prima io?» Fingo di essere coraggiosa, ma ricordo che da piccola avevo bisogno di essere presa in braccio per superare questa sezione scheletrica del sentiero. «Penso sempre a quanto è strano che la gente una volta qui ci lavorasse. Quando tutto questo era nuovo e moderno.»

«Mi piace la rapidità con cui sono ricresciuti gli alberi. Un centinaio d'anni fa, qui doveva esserci un gran viavai. Guarda adesso.»

«Già, ti dà da pensare. Se ci fermassimo adesso, quanto in fretta ci ricoprirebbe tutto. Come quel film, dopo che tutti muoiono?»

«Sì, e scommetto che quando hanno chiuso le fabbriche, dev'essere sembrata la fine del mondo.» Liam capisce quel che intendo dire. «E adesso c'è una festa in mezzo alle rovine.»

«Un giorno non ci saremo più, e altri ragazzi verranno qui a camminare.» Mi fermo. Tutto mi tocca profondamente, stasera.

Ed eccoci arrivati. Sento il battito pulsante, che riecheggia sul versante della collina. Sento voci distanti, moltissime, e vedo raggi di luce come decine di lucciole nell'oscurità.

29

Ore 20.05

Raggiungiamo la radura in mezzo al bosco. È uno spazio a forma di conca, contornato da alti alberi, stipato di persone. La musica non è ancora aumentata: è lenta e pastosa con una profonda nota bassa che sento nel petto. Vedo il DJ in piedi, in fondo – come se questo fosse un teatro e quello il palco – con un generatore e il proiettore che manda in alto un arcobaleno di luci. La gente brulica in gruppi, seduta in cerchio, a fumare, in attesa.

Vedo Charlotte e Imogen, che distribuiscono volantini. Non hanno ancora perso le speranze, e provo un'ondata d'affetto per loro.

«Come minimo alcune di queste persone Eden non la conoscono nemmeno» dico, scorrendo la folla. Riconosco qualche faccia, compagni di scuola. «Quindi va' tu a informarli, scopri cosa sanno.» So qual è il mio compito e questo mi aiuta a tenere a bada il panico. Ce la posso fare, sarà come al lavoro: non si tratta di me, ma del compito in sé. Cerco di dividere la folla in gruppetti gestibili. Posso affrontare due o tre persone alla volta.

Lascio Liam e vado incontro a Charlotte e Imogen. «Ciao. Come sta andando? Posso vedere il vostro volantino?»

«Ciao, Jess.» Charlotte mi saluta con un sussurro roco, come se anche lei avesse pianto da poco. «Che incubo. Hai visto il telegiornale?»

Scuoto la testa. «Sono rimasta fuori a cercarla per tutto il giorno. Niente. La polizia è venuta anche a casa vostra? Cos'hanno detto?»

«Non molto. Perlopiù hanno fatto domande.» Anche Charlotte sembra stufa marcia. Tutta la sua vivacità è bell'e sparita. «Hanno detto che stanno vagliando tutte le linee di indagine, qualunque cosa significhi.»

«Si sta facendo tardi, eh?» Imo sembra diversa. Stamattina era tutta scena, ma adesso se ne rende conto. Sta tremando. Finalmente ha tolto la maschera. «Pensi davvero che stia bene?» Mi si aggrappa al braccio come un naufrago ai soccorsi. Sono certa che è la prima volta che mi tocca, e non ci faccio nemmeno caso. «Jess, dimmi la verità.»

«La mamma mi ha detto del suo SMS. Che sembrava un addio. Non deve essere per forza così. Liam crede che possa aver incontrato qualcuno.»

«Chi?»

In risposta, guardo attraverso la folla e il mio sguardo si posa su un viso che riconosco: Tyler. È con alcuni amici che ho visto lo scorso week-end. Devo parlare con lui.

«Non lo sappiamo. Stiamo solo tirando a indovinare, tutto qui. Posso vedere il volantino?»

Me ne dà uno e io lo tengo sollevato, puntandovi sopra la torcia. È la stessa roba che abbiamo scritto sui vari social network, solo che chissà perché sembra più reale, tenerlo in mano. Il viso di Eden, in bianco e nero, sorridente, bellissimo. Capelli biondi, denti bianchi. Dà l'impressione che lei appartenga già al passato.

Ma davvero Iona non era sua sorella? Ho visto giusto? Ho sempre pensato che si somigliassero. Ma forse vedevo solo quel che mi aspettavo di vedere.

«Posso averne qualcuno?» chiedo. «Vi darò una mano a distribuirli.»

«Grazie, Jess.» Mi passa un fascio di fogli, con un rapido sorriso di gratitudine.

«Ciao» dice Imo.

La loro gentilezza è agghiacciante. Mi fa imbestialire che ci sia voluto questo casino perché mi accettassero.

Mi volto e comincio a farmi strada ai margini della folla, tenendo gli occhi su Tyler mentre gli giro intorno. «Tyler! Ciao.»

«Jess» fa lui. Sono sorpresa che si ricordi il mio nome.

«Qualche novità?» Mi picchietta delicatamente sul braccio a mo' di saluto.

Faccio un passo indietro, scrutandolo, rammentando che è il numero due sulla mia lista dei sospettati. «Nessuna novità, ma mia madre ha detto che stanno organizzando delle squadre di ricerca in paese.»

«Sì, sto andando lì per dare una mano.»

Sul serio, proprio come volevo fare io? O è quello che dice un colpevole per depistare le indagini? Sono troppo esausta per giocare alla poliziotta, fare la domanda giusta e scoprire cosa intende dalla risposta. «Hai parlato con Eden, dopo sabato scorso?»

«Certo.» Adesso sembra sorpreso. «Non te l'ha detto? Ci siamo visti martedì sera. Tardi. Dovevamo vederci anche ieri sera, ma è successo qualcosa. Non ha risposto...»

«Ieri sera?» Se fosse colpevole, di certo non lo avrebbe ammesso. Prima ipotesi: è un estraneo che programma incontri segreti con Eden a tarda sera. Seconda ipotesi: è gentile e preoccupato, si rende disponibile per una ragazza che conosce da poco.

«Pensavo ti avesse raccontato tutto» sta dicendo Tyler. «Ha detto che eravate molto legate.»

È assurdo, ma mi sento tradita. Che altro gli ha detto Eden di me? «Lo siamo.» Cerco di non sembrare sulla difensiva. O lo eravamo. Ho l'impressione, dopo ogni nuovo fatto che scopro, che Eden si stia allontanando sempre più da me. È sul ponte di una nave, diretta in mare aperto, ma mi ha lasciato a terra.

«Starà bene, Jess. Non è colpa di nessuno» mi dice Tyler con dolcezza, protendendosi verso di me. «Viene da un periodo tosto: l'incidente di sua sorella, proprio dopo la scoperta dei documenti dell'adozione, e tutto quanto...»

Rimango a bocca aperta. Non avevo capito quanto tutto questo fosse reale finora. «Te lo ha raccontato?» Non ho intenzione di ammettere che mi ha raccontato solo parte della storia e che ho dovuto intuire il resto.

«Sì, sabato scorso. Non abbiamo dormito granché...» Vede la mia faccia. «Nah, non in quel senso. Non *solo* in quel senso, almeno. Cioè, abbiamo parlato. Parlato sul serio. Si potrebbe dire che ci siamo capiti al volo.»

Quello innesca uno sciocco miscuglio di gelosia e sollievo, e per poco non scoppio a ridere, ma c'è qualcosa nei suoi occhi che mi trattiene. I suoi enormi occhi castani sono seri e preoccupati. Credo che stia dicendo la verità.

«Ok, bene. Sono contenta che vi siate piaciuti subito. Davvero.» E sono contenta, in fondo in fondo, nonostante la preoccupazione, perché anche io e Liam ci siamo capiti al volo, e forse, solo forse, c'è un modo per uscire da questo casino, se troviamo Eden sana e salva. Quel *se* si sta sgretolando, di minuto in minuto.

«Ha lottato contro qualche demone, ma ne verrà fuori, non è vero, Jess?»

Non posso dire: *Conosco Eden meglio di te e persino la mia fede sta vacillando*. Non voglio privarlo della sua speranza. Invece, prendo il suo numero e lo abbraccio goffamente con il fascio di volantini in mano. «Continueremo a cercarla. Non ci arrenderemo. Ci vediamo dopo in municipio, ok?»

Ma non appena lascio Tyler, mi assale di nuovo il panico. Non mi aiutano la musica dolceamara e la vista di due ragazze di scuola che piangono su un volantino accartocciato, il viso di Eden tutto stropicciato di traverso. Poi mi viene un pensiero orribile.

Se Eden morisse, noi saremmo i primi a piangere per lei? Io, Liam, Imogen, Charlotte, adesso anche Tyler. Siamo i migliori amici di Eden. Saremmo in prima fila al funerale? Ci alzeremmo per spiegare quanto fosse importante per noi? Scriverei una poesia in grado di commuovere i presenti?

Cerco di immaginare un mondo senza Eden, ma è impossibile. È come immaginarlo senza il sole.

Il dolore al petto sembra come una bomba sul punto di esplodere. È questo? È questo che dovrò affrontare? La vita senza Eden.

Tic, tic, tic.

Non posso andare avanti. Fa troppo male. Non voglio procedere verso quel futuro, senza di lei. Stringo le braccia al petto per contenere la bomba a orologeria, come se potessi schiacciarla e impedirle di distruggermi.

È allora che succede.

Il mio telefono vibra e lo tiro fuori dalla tasca, credendo che sia la mamma.

È Eden.

Il suo cellulare, non il numero di casa.

Eden.

30

Ore 20.35

Eden! Le mie dita sono intontite, gonfie, maldestre. Per poco non mi casca di mano il telefono. Per poco non premo RIFIUTA in preda al panico.

«Eden? Eden, sei tu?»

Non riesco a sentire nulla.

«Eden? Eden?» Scivolo giù dal pendio, i volantini che mi vorticano attorno ai piedi come neve. Mi premo una mano sull'altro orecchio per bloccare la musica. «Dove ti trovi? Cos'è successo? Ci sei? *Eden?*»

Silenzio.

«Stai bene? Eden, stai bene?» Non so nemmeno cosa sto dicendo. Ancora non riesco a sentirla. Un aereo vibra in alto sopra di me. Lo sento, in stereo, proprio come i bassi lenti della canzone.

Sento come se delle dita gelide mi stringessero il cuore. E se fosse ferita? E se stesse cercando di parlare, ma non ci riuscisse? Potrebbe essere caduta. Potrebbe essersi rotta qualcosa.

«Eden? Eden, dimmi che stai bene!» Credo di riuscire a sentire qualcuno che respira. Che ascolta. «Eden?» Mi premo più forte il telefono contro l'orecchio, ma riesco a sentire soltanto quel cavolo di aereo e la musica, in lontananza.

E se si fosse fatta del male di proposito e non volesse restare sola mentre esala l'ultimo respiro?

«Eden, se riesci a sentirmi, tieni duro, ok? Dimmi soltanto dove ti trovi. Andrà tutto bene. Lascia che ti aiuti!»

Silenzio. Un silenzio più profondo stavolta. Non riesco a sentire quel respiro adesso, né l'aereo, né la musica.

«*Eden!*» urlo.

Un terribile pensiero si insinua e attecchisce nel mio cervello. E se non fosse Eden? E se fosse prigioniera di qualcuno?

«Ok, ascoltami bene.» Cerco di sembrare coraggiosa, ma è una delle cose più difficili che abbia mai fatto. Il telefono traballa contro la mia guancia perché le dita mi tremano fortissimo. «Se riesci a sentirmi… se c'è qualcun altro, cerca di stare calma. Dimmi dove sei…»

Cade la linea. Chiunque mi abbia chiamato ha appena riattaccato.

«No, no, no. Non puoi farmi questo. No!»

La richiamo. Segreteria telefonica. Richiama. Richiama.

Resto seduta lì, in preda allo shock. La mia mente è un caos, un mazzo di carte scivolato a terra. Quale tra tutte sceglierò per prima? Devo dirlo a Liam.

Per prima cosa, chiamo la mamma.

«Mamma? Sì, sono io. No, non cominciare. Basta! Ascoltami!» Le parole fuoriescono da me, un fiume in piena che lei non può trattenere. «Mi ha appena chiamato Eden, o qualcuno che ha il suo telefono. Non sono riuscita a sentire niente. Niente! Proprio un secondo fa. Devi chiamare Claire.» Trovo la forza di dare ordini: «Avverti la polizia. Svelta. Devo lasciarti. In caso richiami. Sbrigati, mamma, ti prego!»

Chiudo la chiamata, stringendo il telefono, come se fosse la cosa più preziosa del mondo.

Le mie gambe sembrano erba masticata. Mi alzo e scendo dalla collina barcollando.

Tic, tic, tic.

L'orologio ha accelerato. Conto alla rovescia.

Dai, Jess, rifletti! Cosa sta succedendo davvero? Cosa farebbe Eden? Cosa l'ha spinta oltre il baratro? Eden ha perso la sorella. La sua unica sorella, qualunque siano i loro trascorsi.

E allora ci arrivo. Adesso conosco l'intera storia, so dove si trova Eden. So dov'è andata.

31

Ore 20.45

Mi metto a correre, in cerca di Liam. Non posso farcela da sola. Ho bisogno di lui. Se Eden non è da sola, o se è ferita, ci vorrà ben altro a parte me... Mi faccio strada a spintoni tra i corpi, incurante.

La musica adesso risuona più forte, e mi rendo conto che ho ragione: lei è qui vicino. Quando parlavamo, ho sentito il basso della musica e l'aereo che passava sopra le nostre teste, allo stesso tempo per telefono *e* proprio qui. Il rumore dell'aereo può coprire interi chilometri, ma non la musica. Deve essere vicino. So che ho ragione.

Tic, tic, tic.

Questa è la fine della corsa. L'adrenalina mi mette le ali. Procedo, gridando: «Liam? Dov'è Liam Caffrey?»

La gente mi fissa, espressioni vuote come maschere, divise in due, luce e ombra.

Barcollo tra la folla. «Liam?» La mia voce diventa acuta e disperata. Ho bisogno di lui più di quanto voglia ammetterlo. «Liam!»

D'un tratto c'è spazio. C'è Liam. E c'è Josh Clarkson. Il mio cuore sprofonda.

Davanti alla postazione del DJ, affiancato da due enormi altoparlanti, c'è uno spazio vuoto dove si dovrebbe ballare. La gente si raccoglie attorno a Liam e Josh in un cerchio nervoso.

«Liam!» grido. «Liam! Mi ha chiamato! Eden mi ha chiamato!» Ma non mi ascolta. Josh è proprio di fronte a lui.

«Avanti, testa di cazzo, cosa le hai fatto?» Josh schernisce Liam, ad alta voce bofonchiando.

«Vai al diavolo, Clarkson, non l'ho toccata. Non lo farei mai.»

Josh sta spintonando Liam sul petto e gli gira attorno. Instabile, in punta di piedi, come se pensasse di essere in *Fight Club* o qualcosa del genere.

Le stupide luci colorate danno a tutti noi l'impressione di essere in prima fila al circo.

Josh tiene ancora nella mano sinistra una lattina, sidro che gocciola, mentre colpisce con il pugno destro. I suoi capelli da frontman di una boy band gli ricadono in ciocche lisce sul viso tirato, sembra un cane ringhioso.

«Liam! Smettila. Ascoltami... devo dirti una cosa!» La mia voce suona debole e strozzata. Cerco di avvicinarmi, ma il mio corpo la pensa diversamente. Col cavolo che si avvicinerà a una rissa. Le mie gambe stanno tremando così tanto che non posso fidarmi di loro in questo momento. È ridicolo. È come se fossi bloccata in un vecchio scenario. Ho bisogno di superarlo. Lo farò, per il bene di Eden.

«Non è quello che ho sentito dire, stronzo.» *Pugno*. Josh è troppo incazzato per nascondere la propria gelosia. Getta la lattina dietro di sé.

«E allora?» La mascella di Liam sporge tesa. «Non è una tua proprietà. È lei a scegliere con chi vuole stare.»

«Liam!» Ci riprovo, ma non riesce a sentirmi con Josh che lo blocca. Non riesco a muovermi. Mi guardo attorno in cerca d'aiuto, scorrendo le facce, illuminate di verde, blu e giallo.

Ecco Tyler. Incontra il mio sguardo, vede in che stato sono. Comincia a spingere attraverso la folla. Ma prima di riuscire a parlare...

«Era la *mia* ragazza prima. Bastardo!» Josh grida e si lancia addosso a Liam. Lo afferra per la maglietta e lo sbatte contro l'altoparlante alle loro spalle. Carica il pugno indietro e sferra un colpo. Liam si abbassa e la forza dell'impatto fa inclinare l'altoparlante all'indietro, trascinandoli entrambi con sé.

La musica si interrompe.

L'altoparlante colpisce il suolo e loro cadono, ruzzolando a terra. La gente si sparpaglia, togliendosi dalla loro traiettoria, ma poi ritorna in cerca di una visuale migliore, come se tutto questo fosse un'esibizione sportiva.

Sto cercando di calmarmi, le mani sulle cosce, inspiro a fondo. Non posso farne a meno. Affondo lentamente, lasciando che la gente mi superi per vedere. *Forza, Jess, questa volta non ce l'hanno con te.* Riesco ad alzarmi. Faccio un passo traballante verso di loro. Ce la posso fare. Per il bene di Eden. Ce la posso fare. Mantengo il controllo. Mi avvicino.

Vedo Josh che urla in faccia a Liam, agitando il pugno ancora e ancora. Liam si contorce di lato. Salta in piedi, furioso adesso. Persino con questa luce, riesco a vedere la sua guancia che si gonfia sempre più rossa attorno a un bagliore bianco. I capelli ritti sulla testa.

Si affrontano, come due cani da combattimento. Girandosi attorno. Liam è pronto, con i pugni sollevati, sulla difensiva. È più alto e più forte di Josh.

«Ah, sì? Pensi di essere abbastanza figo? Ripensaci, Caffrey» strilla Josh. «So tutto di te. Come sei fatto. Rifiuto umano.»

Tutti guardano Liam. Lui non risponde. Vedo la tensione sulla sua mascella.

«Avanti, vuoi colpirmi ancora?» urla Josh. «Posso incassare. Varrà la pena di vederti in manette. Seconda aggressione, con la tua fedina penale? Getteranno via le chiavi. Fallo! Fallo, cazzo!»

Mi spingo in avanti, supero Tyler, entro nel cerchio, in piena rissa, per Eden. «Liam! No. Basta. Vieni con me!»

Adesso mi sente, bene. Tutti mi sentono nel silenzio denso di shock.

«Vieni, Eden mi ha chiamato. Ha bisogno di noi. *Subito!*»

Tyler gira su se stesso, come magnetizzato dalle notizie. Non mi importa di lui. Guardo Liam. Deve ascoltarmi, dopo quello che mi è costato avvicinarmi.

Liam mi fissa, e io credo che sia con me. Credo che mi seguirà. Josh gli sputa in faccia.

È allora che Liam cede. Lo vedo afferrare la maglietta di Josh e strattonarlo, col pugno alzato.

Ci rinuncio. Giro sui tacchi. Lo farò da sola, se proprio devo.

32

Ore 21.06

Chiamo Eden. «Sto arrivando, Eden. Aspettami, ti prego. Sto arrivando. Resisti.» Mi allontano di corsa dalla radura, incespicando e aggrappandomi ai tronchi d'albero. La mia bocca ha un sapore acido ed è secca per la paura.

Prendo la via più rapida – su per la collina fino al vecchio sentiero per i cavalli da soma, proprio sopra la linea di confine degli alberi, dove enormi massi sono piantati nel terreno – una strada vecchia di secoli. I miei piedi sfiorano le pietre lisce per via delle intemperie, come schiene di balena che spuntano dall'erba corta.

Accelero. Sono quasi allo stremo delle forze, ma come alla fine di una corsa, il mio corpo trova altre risorse. Cambia marcia, sorprendendomi.

Eden voleva ciò che non poteva avere: sistemare le cose con sua sorella. Questo è impossibile, allora qual è l'unica alternativa? Il luogo in cui sono state più felici. Sono sicura che Eden è andata là. Ecco dove si trova, proprio adesso. È lì che sto andando. Quando si tratta di lei, mi fido del mio sesto senso. Mi fido di tutti gli anni che abbiamo passato insieme.

Se mi sbaglio questa volta, non so davvero più che cosa fare.

Sto andando nel posto che Iona adorava, in cima a questa valle, vicino alla loro vecchia casa... quella della vecchia foto nel loro corridoio, dove sono entrambe felici. Sto andando verso il fiume, il posto preferito di Iona, solo a due campi dalla loro vecchia casa. Sto andando in quel posto, al cerchio scavato nella valle, come un palmo messo a coppa, così che il sole resta intrappolato là, dove il fiume affluisce in una dolce pozza rotonda, profonda quel tanto per nuotarvi dentro. Sto andando in quel posto, dove abbiamo passato ore a esplorare la riva, facendo dighe, scalando rocce, sfiorando sassi, lanciando bastoni al collie irrequieto del fattore. Sto andando là, dove Iona ci portava per lunghi pomeriggi estivi, dove mangiavamo mirtilli finché le nostre bocche non diventavano viola, dove restavamo per tutto il giorno finché non eravamo cotte di sole o zuppe da morire.

Era il paradiso per Iona.

È tutto ciò che Eden ha perduto.

È il luogo in cui andrebbe per sentirsi più vicina a sua sorella.

O per raggiungerla.

Mi affretto sulle ultime rocce larghe, volteggio sulla scaletta e ci sono quasi, scendendo in quel posto, verso il fiume. La luna è sufficiente adesso. Il sentiero grigio pallido brilla al suo chiarore. Un sentiero fantasma, che mi invita.

«Fa' che sia lì. Ti prego. Fa' che sia viva!» sussurro al ritmo dei miei piedi che si affrettano. Prego la luna, il bosco, l'orizzonte sbiancato.

Dev'essere un'ombra, una nuvola sulla luna, come un occhiolino. La luce cambia. Giuro che il mondo sta ascoltando. L'aria notturna è viva attorno a me.

«Farò qualunque cosa! Fa' che sia viva.»

Il mondo attende. *Non è abbastanza.*

Cosa posso darti in cambio?

«Fammi arrivare in tempo. Se è viva, rinuncerò a Liam.»

È ciò che desidero di più, a parte questo, quindi dev'essere sufficiente. Sento il mio sacrificio lacerarsi, staccandosi da me, doloroso e reale.

«Lo farò, te lo giuro. Farò la cosa giusta, rinuncerò a lui. Tu fa' che Eden sia viva!»

La mia preghiera riecheggia nella notte. Me la figuro, un fragile desiderio leggero come una piuma. Vola via, cambiando il tessuto di spazio e tempo. Non posso riportare indietro i morti, ma posso restaurare questo equilibrio. Posso rinunciare al mio primo amore, per lei.

I miei piedi cambiano ritmo quando raggiungo la discesa: passi di staccato, fuori tempo. Scorgo il fiume attraverso gli alberi.

Devo stare attenta. Rallento. Metto il silenziatore ai piedi.

Scelgo la via sulle ultime pietre, e poi schizzo sul piccolo ponte: non più di due vaste pietre posate proprio sopra il fiume. Mi nascondo all'ombra di un albero sottile, cercando l'ampio palmo della valle illuminato dalla luna.

Traguardo? O fallimento?

Resto lì, ogni nervo teso, pronta a correre o a lottare o a urlare in cerca d'aiuto. Lascio il ponte e attraverso l'erba in punta di piedi, controllando da sinistra a destra, da sinistra a destra. Gli occhi si sforzano nell'oscurità. Non vedo nulla muoversi nelle ombre blu scure. Non c'è nessuno qui. Mi sbagliavo. Ho fallito.

Mi volto, pronta a ululare alla luna.

È allora che la vedo.

Eden è lì. Sdraiata sulla grande roccia. I capelli sciolti, oro dorato al chiaro di luna, come una principessa delle favole. Una mano pende fiaccamente in basso.

Cado in ginocchio.

33

Ore 21.32

Sono uno spettro. Sono pallida e incorporea. Sono priva di sostanza. Non ho idea di come eliminare lo spazio tra noi.

Sono arrivata troppo tardi. La tocco? Non oso farlo.

In un modo o nell'altro, mi arrampico per raggiungerla.

Se c'è qualcun altro qui, ho smesso di preoccuparmene. Ho trovato Eden. Non conta nient'altro.

La sua pelle è candida e perfetta. Ha gli occhi chiusi.

Non riesco a capire se respira.

Non so nemmeno se respiro io.

Qualcosa fruscia sotto il mio gomito. È un blister di pillole. Non più grande di una mano, eppure è stato in grado di fare questo? Lo sollevo alla luce tremante del telefono, leggo lo strano nome del farmaco, cercando di capire quante capsule ovali sono state estratte dalle file di stagnola. Le conto, esitante, e trovo sei piccoli alloggiamenti di plastica accartocciata vuoti. Sei? Sono sufficienti per morire?

«Non lasciarmi. No!»

Non riesco a credere di aver fatto tutta questa strada, per poi arrivare tardi.

Non riesco a credere che sia morta.

«Eden, Eden, no...» Le mie lacrime cadono sul suo viso.

Le mie lacrime.

Non un bacio.

È questo che la risveglia.

«Jess. Sei venuta.»

La sua pelle è calda. I suoi capelli sono caldi. È reale e viva e calda.

Mi accascio sulla roccia vicino a lei. La tengo stretta, così forte che riesco persino a sentire il suo cuore, che pulsa la verità.

La bomba dentro di me si scioglie, invece di esplodere. Sono un fiume. Sono un'inondazione. Sto piangendo e singhiozzando. Dev'essere isteria, ma felice. Balbetto e singhiozzo. Sono lacrime e moccio. Sono pura gratitudine. Non mi lamenterò mai più di nulla.

Eden è viva.

«Ma certo che sono venuta. Ringrazio il cielo che tu mi abbia chiamato.» Tiro su col naso e mi strofino la faccia.

«Ma perché non mi hai detto una parola? E se non avessi capito niente?»

Lei non risponde. E poi capisco: saranno le pillole?

Mi viene in mente un pensiero orribile, questo potrebbe essere un sollievo fasullo. È viva adesso, certo, ma cos'ha fatto? «È per questo che non hai parlato? Perché non volevi che ti trovassi? Hai preso queste?» Mi giro sulla roccia, puntellandomi sul gomito. «Dimmelo. Eden, che cos'hai fatto?» Sento odore di whisky, è il puzzo stantio sulla sua felpa. Le agito le pillole davanti alla faccia. «Cos'è questa roba? Quante ne hai prese? Quando le hai prese?»

«Non le ho prese. Stavo per farlo, ieri sera, ma poi...» Eden sembra strana. Farfuglia, i suoi occhi non vogliono concentrarsi su di me.

«E allora perché sono qui?» Deve averle prese. Le ha prese e mi sta mentendo, così le pillole avranno modo di fare effetto. «Ne mancano alcune. Oh, mio Dio, Eden... che cos'hai fatto?»

«Volevo gettarle via, ok?» Non sembra lei. Sta tremando. È cinerea e scossa, borbotta: «Sono della mamma. È lei che le prendeva, dopo che Iona... Non avevo intenzione di prenderle. Be', sì, volevo farlo, ma...»

«Che vuoi dire, che volevi prenderle?»

«Non sapevo cosa fare... volevo dirtelo, parlarne con te.»

«Le hai prese?»

«No. Ho cambiato idea. Ma non sapevo come tornare a casa...» Sta sussurrando così piano che riesco a sentirla a malapena.

Adesso sono davvero spaventata.

Chiamo il 999 perché non riesco a credere che mi abbia detto la verità, non se ha già deciso di morire. La tengo stretta con la mano libera, per il cappuccio, come se fosse un bimbetto scalmanato, così non può scappare, anche se riesco a percepire che tutta la sua grinta è svanita.

«Di che prestazione ha bisogno?» mi chiede una voce d'uomo.

«*Che prestazione?* Oh, un'ambulanza! Presto. E la polizia deve essere informata che...» Gli fornisco la nostra posizione, il nome di Eden. Gli dico che si tratta della ragazza scomparsa, che è viva, ma non so cos'abbia preso. Scandisco il nome delle pillole, consapevole di averle appena dato della bugiarda.

Dopo, Eden non parla. Sembra tutto molto tranquillo, e rimaniamo sedute lì, curve l'una accanto all'altra, con il fiume che si allontana gorgogliando come sempre, anche se il mondo sta per finire. Tiro fuori la felpa dallo zaino e cerco di coprirla.

Avvolgerle la stoffa attorno mi dà una parvenza di normalità, come se stessimo facendo un pigiama party o qualcosa del genere, cercando di stare comode mentre parliamo per tutta la notte. Ma forse lei sta morendo e questa potrebbe essere la nostra ultima occasione per dirci tutto. Al chiaro di luna, il nostro mondo è diventato misterioso e surreale.

«Mi dispiace, Eden.» Le metto un braccio attorno alla spalla e cerco di tenerla stretta a me, per scaldarla. «So tutto di Iona. Quello che stavi per raccontarmi, che è stata adottata. Ma non puoi incolparti di quello che è successo. E non c'è alcun motivo per fare *questo*!»

«Come fai a saperlo, Jess?» Si ritrae, biascicando ancora.

Riesco a vedere i suoi occhi, ha le palpebre pesanti, fatica a tenerle aperte. Una nuova spirale di dolore comincia a minare il mio cuore. «No, Eden. Non ti addormentare. Resta con me!» La schiaffeggio delicatamente sulla guancia.

«Lasciami stare. Che ne sai delle mie ragioni?» È indietreggiata, mi guarda con gli occhi socchiusi. «È il mio turno di essere quella incasinata che soffre. Hai avuto la tua occasione!»

«Be', non ti azzardare ad arrenderti! Io non mi sono arresa, no?»

«È il mio turno. Le mie regole. E decido io quando il gioco è finito...»

«Oh, adesso stiamo facendo un gioco? Di che si tratta: chi soffre di più?» Sono proprio furiosa con lei, anche se sta morendo. «Va bene, d'accordo. Hai vinto tu. La morte di una sorella batte la cara vecchia aggressione provocata dall'odio, a mani basse!»

Ha gli occhi chiusi, si accoccola in una palla.

Le scuoto un braccio, cercando di svegliarla. «È a questo che stavi giocando oggi?» le chiedo, con voce rotta dalle lacrime. «Volevi vincere a questo gioco, *Soffro così tanto, mi ucciderò? Guarda sono morta, quindi ho vinto io*! E la cosa assurda è che avresti messo nei casini noi rimasti indietro, così non ci saremmo mai perdonati per il resto della vita. Senza neanche la possibilità di replicare.»

Non so chi stia parlando. Non sembro io. Sembro più forte di come mi sento. Sono cambiata così tanto oggi? «Ero sempre disponibile per te quest'estate. Proprio come tu lo sei stata per me. È questo che facciamo. Ti voglio bene, cavolo. Sono felice che tu sia viva. Il pensiero che tu fossi morta oggi mi ha quasi ucciso.»

Non so dire se mi stia ascoltando. Ciondola in avanti adesso, tutta tesa e tremante, con i capelli che le pendono sul viso, così non riesco a vederlo.

«Il fatto è che se ti uccidi, Eden Holby, sai che succede? Mi porti con te. Cos'è la mia vita senza di te? Pensaci.»

«Non ci avevo pensato. Tu e Liam, stareste bene insieme. Lo so che ti piace. So cos'è successo alla festa.» Volta la testa lentamente per affrontarmi, pallida nell'oscurità lattea, gli occhi come enormi pozze scure. «Non stavo soffrendo abbastanza?»

Le sue parole sono coltellate.

«Mi dispiace» sussurro, tutta la mia litigiosità è sparita. «È succ...»

«Non ti azzardare a dirmi che è successo e basta. Stronzate. È sempre una questione di scelta. Sapevo che alla fine avrebbe scelto te. *La piccola Jess*. L'uccellino con l'ala spezzata...»

Il coltello penetra più a fondo.

Prendo un bel respiro. «Ok. Sì, ho incasinato tutto, mi sono innamorata di Liam. Se ti fa sentire meglio, è successo tempo fa, ma non ho mai detto niente. Non ho mai fatto niente! L'ho seppellito, ok? È stato solo quella sera. Era talmente triste quando te ne sei andata con Tyler...»

«Quindi è colpa mia. Come al solito.»

«No. Ascoltami, per una volta. Non stai mai a sentire nessuno.» Forse dovrei essere più gentile, in caso avesse preso le pillole e stesse per morire, ma d'un tratto la cosa più importante è la sincerità. Anche se abbiamo poco tempo. *Soprattutto* se abbiamo poco tempo. Credo che anche lei preferisca così. Quasi sorride, un lieve tremolio, e per una volta chiude il becco.

«Sì, voglio bene a Liam, ma voglio più bene a te» le dico. «Liam lo sa. Anche lui ti vuole bene. Ti abbiamo cercata dappertutto, Eden. Abbiamo camminato per chilometri.» Mi accascio in avanti, e all'improvviso sono sconvolta. Sono completamente esausta. Non ho più energie. Voglio andare a dormire, e mi appoggio a lei.

«Anch'io ti voglio bene. Sul serio. È che mi sono bloccata.» Adesso sembra più forte, più normale. Magari è solo stanca, e non in overdose? Manca da casa da un giorno e una notte. Quando avrà mangiato o dormito l'ultima volta? Non c'è da meravigliarsi che non riesca a star sveglia. Forse dice la verità.

Un barlume, poi un piccolo sprazzo di speranza comincia a divampare dentro di me. Sento il suo braccio che si fa strada per cingermi le spalle.

Ci abbracciamo, come si deve, alla fine. Come centinaia di volte prima d'ora. Come mai prima d'ora. Riesco a sentire la sua pelle, le sue scapole sotto la punta delle dita, e persino dopo tutto quello che è successo, i suoi capelli hanno un profumo buonissimo, fresco e alla mela, proprio come lei.

Ci aggrappiamo l'una all'altra.

«Dove sei stata, Eden?» Non riesco a trattenermi, mi scappa di bocca, tra i suoi capelli.

Lei fa un bel respiro. «Liam mi ha accompagnato a casa, dopo che abbiamo litigato. Abbiamo rotto, alla fine. E sì, lo so, che cosa potevo aspettarmi dopo quello che avevo fatto sabato?»

Non reagisco. Mi limito ad ascoltare.

«Volevo bere qualcosa, per poi sgattaiolare fuori per

vedere Tyler. L'ho fatto anche martedì sera. Gli ho detto che l'avrei rivisto. Ma non potevo. Era come sbattere contro un muro. Ero stanca di soffrire. Stanca di sentirmi triste e in colpa. Volevo dormire, per sempre. Così ho preso le pillole della mamma, una bottiglia di whisky di papà. Sono uscita e mi sono messa a camminare.»

I suoi stivali erano spariti... ecco cos'avevo quasi notato a casa sua.

«Ho camminato e camminato, per tutta la notte. Sono arrivata vicino a Stoodley Pike, poco prima del sorgere del sole. Mi sembrava il posto giusto. Solitario, ma sapevo che il giorno dopo sarebbe passato qualcuno e avrebbe trovato... me. Ho mandato un messaggino alla mamma, per chiederle scusa.»

Cazzo. Mi trattengo. Non la interromperò.

«Stavo per farlo. Le avrei mandate giù col whisky. Ho bevuto un po', prima, per farmi coraggio. Pensavo che mi sarei semplicemente addormentata. Mi sembrava un buon modo per andarmene. Ma mi sono rovesciata addosso tutto il whisky, mi tremavano le mani per il freddo o che so io... Non sono mai stata capace di mandar giù le pillole senza bere.»

Sembra più che normale adesso, sognante, come se mi stesse raccontando una favola della buonanotte.

«Si è fatto giorno. Le nuvole erano una meraviglia, Jess, tutte pallide e perlacee. Sembrava un po' come il paradiso. Mi ha fatto pensare a Iona. A quanto desiderava vivere, se solo avesse potuto. Se avesse avuto una scelta, non sarebbe morta. C'erano tante cose che voleva fare.

«Quindi non ce l'ho fatta. Non potevo gettare via tutto, in caso ci fosse una speranza alla fine. Ho pensato a mamma e papà, che mi trovavano. Ho pensato a te. Non potevo farlo, Jess, non potevo.»

Adesso crolla, il suo bel viso tutto chiazzato e sussultante e pieno di moccio.

Siedo in silenzio, paziente. Devo essere la sua roccia. Quando si calma un po', le offro la manica della felpa e lei vi si asciuga le guance. «E allora che cos'hai fatto?»

«Sono rimasta sdraiata lì, a congelarmi. Poi sono salita sopra la torre e mi sono seduta a guardare mentre faceva giorno. Quando è sorto il sole, sono riuscita a vedere tutte le colline e i boschi e le fattorie e le case, per tutta la valle. Era bellissimo, Jess...» Resta in silenzio per un po'. Poi prova di nuovo: «Era come se mi fosse stata data un'occasione. Un nuovo giorno. Avevo bisogno di pensare. Non volevo ritornare nella stessa merda...»

«Dove sei stata? Ho cercato dappertutto...»

«Ho camminato. Per la brughiera. Ho camminato. Pensato. Cercato di rispondere a tutte le mie domande. Poi sono andata alla nostra vecchia casa. Ho visto i nuovi proprietari. Bambine piccole che tornavano da scuola: due bambine sul nostro tappeto elastico. Come me e

Iona. Com'eravamo una volta.» Piange più forte per un po'. «Io e Iona, prima, eravamo felici, vero?»

Le stringo il braccio. «Sì, lo eravate davvero.» Eden e Iona, che correvano libere per i campi, che andavano a piedi alla scuola del villaggio, ancora amiche. Era stato quando avevano cambiato casa che tutto era cambiato.

«Non mi sto illudendo? Cioè, quelle cose sono proprio reali, giusto?» Soffoca i singhiozzi. «Adesso Iona è morta, si può vedere tutta la sua vita. E va bene ricordare gli avvenimenti passati... le cose belle.»

«Certo che sì, Eden» le dico. «È quello che ho fatto anch'io. Scommetto che lo hanno fatto tutti.»

«Comunque, è quello a cui ho pensato, oggi. E volevo di più. Volevo tornare indietro alle cose belle, capito? Per questo sono venuta qui.»

Annuisco. Lo so.

«Ma lei non c'è. Non tornerà più. Devo farmene una ragione. Mi mancherà. Le vorrò bene per sempre. Questa è la cosa più difficile da fare.» Si interrompe e io percepisco che fa un respiro profondo.

«Jess, devi sapere cos'ho fatto, quella sera. La sera in cui è morta...»

«È tutto ok.» Capisco quanto questo la faccia star male. «Non devi dirmelo per forza...»

«Jess, lascia che ti racconti il peggio. E potrai giudicare da sola. Ma devo tirar tutto fuori, ok?»

«Ok» le rispondo, stringendola un pochino più forte.

«Dopo che abbiamo litigato alla parata, è stata guerra fredda. Sapeva che io lo sapevo, la faccenda dell'adozione, ma non ne parlavamo. Continuavamo a litigare.»

«Be', ti ci era voluto già tanto per...» dico dolcemente, ma lei mi zittisce, e capisco che ha solo bisogno di parlare.

«È iniziata a cena. Lei mi sfotteva, e allora le ho risposto male. Papà si è incavolato, ha detto che voleva solo che mangiassimo come una famiglia normale.

«Così ho detto che non lo eravamo. Che non saremmo mai stati una famiglia normale. Papà ha cominciato a urlarmi di chiedere scusa. Sia come sia, sono esplosa. Gli ho detto che erano tutti dei bugiardi.»

Faccio una smorfia. «Cazzo.»

«Ho scatenato un casino. Già. Iona faceva finta di niente. Ha riso di me, con quella faccia da *guarda un po' chi è nei guai adesso*, tanto per cambiare. Sapeva sempre come colpire i miei nervi scoperti. Mi sono incazzata. Ho preso il bicchiere e gliel'ho tirato addosso. È finito contro il muro, pezzi di vetro che volavano ovunque. Il braccio di Iona ha cominciato a sanguinare. Papà è uscito di testa. Mi ha detto di andarmene.»

La sento irrigidirsi, sempre più tesa tra le mie braccia.

«Allora ho detto che era Iona a doversene andare, non io, visto che era lei quella che non c'entrava niente con noi. Non dicevo sul serio. Volevo solo ferirla come aveva fatto lei con me. Jess, le ho dato della cagna randagia. Le ho chiesto se l'avevano presa al canile.»

È come se leggesse un copione, come punizione, ma va avanti, con voce cupa.

«Ho detto che non c'era da meravigliarsi che fosse una tale stronza, che probabilmente la sua vera mamma era qualche troia tossica e psicopatica. È stato allora che la mamma mi ha dato uno schiaffo.»

«Tua madre?» Sono scioccata.

«Sì, per la prima volta in vita mia. Non ha mai picchiato nessuna delle due. Mai.»

«Che cos'hai fatto?»

«Sono corsa di sopra. Ho sentito Iona che sbatteva la porta di casa e andava via con la macchina della mamma. Mamma e papà avevano bevuto un po', visto che era venerdì sera, per cui non potevano andarle dietro. Ho cercato di chiedere scusa. Papà ha detto che avevo fatto già abbastanza danni per una serata sola.

«L'attesa è stata la cosa peggiore. Credo di essermi appisolata sul divano. Albeggiava quando ha chiamato la polizia... Mamma che urlava. Papà che piangeva. Non avevo mai visto mio padre piangere in vita mia.»

Non riesco a parlare. I miei occhi sono pieni di lacrime mentre la tengo stretta.

«Mi dispiace.» Anche lei sta crollando adesso. Sento i suoi singhiozzi, il suo torace sconquassato. «È che faceva talmente male, non riuscivo ad andare avanti. Non sono così forte. Non ce la faccio...»

Si ritrae, e vedo la sua bocca spalancarsi in un'enorme "O" di puro panico, e per una volta Eden Holby è spaventosa come il dolore che la scuote, come un terrier che afferra un coniglio.

«Sì che ce la fai. Ce la farai. E noi saremo lì accanto a te.» Non la lascio andare. La tengo stretta mentre lei butta tutto fuori e io piango insieme a lei, più a lungo di quanto creda possibile, finché non ne possiamo più.

Siamo sconvolte dalle lacrime, due relitti su quella stupida roccia.

«Mi sembrava l'unica cosa giusta da fare. Iona è morta ed è stata tutta colpa mia e non posso rimediare. Non posso riportarla indietro e non posso chiederle scusa. I miei genitori sono distrutti e non posso farci niente. Posso solo mostrare il mio dolore, quanto sono dispiaciuta.»

«Come, portandogli via l'unica cosa che gli è rimasta?» Non riesco a credere che possa essere tanto stupida.

«Sì, ok, ma alla fine ci sono arrivata. Ecco perché sono ancora qui. E anche per te. E Tyler. E per lui.»

Quando sollevo la testa dalla sua spalla, c'è qualcuno con una maglietta sbiadita che percorre la riva destra, più in fretta, più in fretta, più fretta...

Liam è troppo impaziente per attraversare il ponte. Si getta in acqua all'altezza dello sbarramento. «Eden?

Eden! Sei tu?» urla con una voce che non ho mai sentito prima.

E lei scivola via, ruzzolando giù dalla roccia. Va da lui.

Eden e Liam si incontrano nel fiume, si stringono così forte che sembrano una persona sola. Una forma alta, illuminata dalle proiezioni che ancora brillano nel cielo provenienti dalla festa giù nella valle. Insieme sono un faro. Così nessuno si è schiantato contro le rocce.

Mi alzo, tremante anch'io adesso, e scivolo fino alla riva erbosa, sbucciandomi solo un palmo nel tragitto.

Il mugolio di una sirena fende le strade del villaggio. Nella direzione opposta alla festa, vedo le luci delle squadre di ricerca provenienti dal sentiero verso di noi, le torce protese che lampeggiano tra gli alberi. Sento i cani abbaiare e le voci degli uomini.

Non dico nulla. Lascio Liam e Eden insieme. Ritorno verso il ponte e poi mi metto a correre.

34

Ore 22.20

Uso la torcia dello smartphone per vedere bene la strada e raggiungo la festa una storta dopo l'altra. Seguo la musica fino alla radura. Quando arrivo, Imogen e Charlotte puntano dritte verso di me, ansiose di avere notizie.

«Eden è viva» dico. «I soccorsi l'hanno raggiunta, lassù.»

Ci abbracciamo. Io, Imogen, Charlotte. Quindi non sono più la dark puzzolente? Non sono più un'emarginata. Sono una di loro. Ci siamo dentro insieme, tutte noi. Tutte così diverse, ma tutte presenti in questo momento. Guardo dietro di loro, la radura illuminata dalla luna.

Cu-cu?, dice il gufo, quasi a tempo di musica.

Mi chiedo cosa pensino i gufi di tutto questo. Loro non si stressano per le differenze, no? Non trovi mai un gufo invidioso di un cervo perché non può correre: lui sa di poter contare sulle ali.

Sono pazza? Questi sembrano pensieri folli. Potrei essere completamente squinternata adesso. La mia mente ha visto troppo, è andata troppo lontano oggi.

«Andrà tutto bene» mi dice Imogen.

«Sì!» conviene Charlotte. Sta ancora tenendo i volantini. Li getta in aria, ridendo, e i fogli di carta volteggiano, cogliendo le luci arcobaleno.

Non riesco a parlare, ma sorrido e annuisco e poi lascio Imo e Charlotte e attraverso la folla. Rido quasi a squarciagola, perché a dire il vero mi sento al sicuro qui, nel bel mezzo di tutti questi corpi danzanti. Il ritmo mi travolge. Posso aggrapparmi a questo. Tiene a bada il mio corpo, e la mia mente riesce a fluttuare con la melodia, con la voce della donna, così pura e grintosa, e io seguo l'assolo di piano che viene dopo, che mi porta in un qualche luogo estremo e libero, come una spirale che sale su fino alle stelle. Per la prima volta da molto tempo, mi lascio andare completamente.

Si alza il vento, e sposta le nuvole attraverso il cielo. La luna si mostra e si nasconde di nuovo, celandosi dietro le nubi, tingendo il mondo d'argento e nero, nero e poi argento, come un vecchio film, tremolante. Ci sono luci stroboscopiche sulla console del DJ, e la luna si unisce a loro, creando ombre a terra, essenziali e friabili, che appaiono e scompaiono. Vedo il mio corpo, la mia ombra, nero su bianco, i capelli che volano sciolti, le braccia in fuori. Sono proprio io? Sembro libera.

Ballo e mentre mi muovo so che sono di nuovo sana e salva. Sopravvivrò. Sono sopravvissuta. Non mi hanno distrutta, anche se ci sono andati vicino.

L'ho superata, con l'aiuto della mamma, di Eden. E sì, di Liam.

Anche Eden ce l'ha fatta.

So che starà bene. È all'inizio di un percorso. L'inizio della vita senza Iona. Quest'estate è stata solo la crisi, lo shock. Fatta di rabbia e negazione. Adesso deve cominciare a elaborare il lutto.

Io continuo a ballare, e comincio a elaborarlo a mia volta. Con le guance bagnate, ballo per Iona. E finalmente ammetto la mia tristezza, il mio piccolo dolore era talmente insignificante vicino a quello di Eden che non potevo prestargli alcuna attenzione. Ma il mio cuore è spezzato per la Iona che abbiamo perduto, per la ragazza unica che era, quasi una sorella maggiore anche per me, prima che finisse sulla strada sbagliata, prima che avesse modo di ritornare sulla retta via.

Ballo e piango per il futuro che non avrà, per il perdono che non conoscerà mai, per i suoi amici e tutti quelli là fuori che aspettavano di incontrarla, e che ora non potranno più farlo.

Ballo per Eden e il grande buco nero nel suo cuore.

Sono talmente leggera adesso che sento di potermi sciogliere e fluttuare sulla valle. La vedrei dall'alto, come un gufo. È questo che ha visto Iona, quando ci ha lasciati? I pendii scoscesi dove hanno tagliato la pietra per costruire questa città. Le case, tutte calde e chiuse, raccolte sul fondo della valle, avvolte dalle linee curve del canale, la ferrovia, il fiume e la strada, tutti a stringere la nostra cittadina tra le braccia. I vecchi camini, le rovine e le nuove costruzioni, tutta quella vita che va avanti, proprio qui. E noi faremo parte di tutto questo: io, Eden, Liam.

Liam. Ballo anche per lui. Pensare a lui adesso è come premere su un livido. Ballo e gli dico addio. Ballo e mi allontano da lui, ma questa volta non funziona.

Invece lo evoco. Apro gli occhi alla fine e lo vedo: si fa strada attraverso i corpi indistinti sulla pista da ballo, la maglietta che cattura lampi di luce blu, verde, gialla.

È proprio lui. In piedi davanti a me. Vedo solo lui.

35

Ore 23.30

«Qualcosa non va? Dov'è Eden?» Non riesco a vedere bene il suo viso. «Che è successo?» Non riesco a capire perché dovrebbe lasciarla.

«Sta bene. È tutto ok.» Liam deve urlare per sovrastare la musica. «Andiamo via, così possiamo parlare?»

Attraversiamo la calca di corpi e troviamo un angolino più tranquillo, dietro due enormi alberi. Le mie gambe si piegano e scivolo a terra, appoggiandomi al tronco, con le ginocchia strette al petto. Poso la testa sui miei leggings, con la sensazione di indossare questi vestiti da almeno cento anni. «Dimmi» sussurro.

«Jess, avresti dovuto vederlo.» Scivola a terra accanto a me. «I soccorsi sono arrivati, con i cani e le barelle e tutto il resto. Hanno visitato Eden, l'hanno avvolta nelle coperte, le hanno dato bibite energetiche. L'hanno portata nel parcheggio del pub ed è là che sono arrivati i suoi. E la polizia, l'ambulanza, tutti quanti che sciamavano intorno a lei.» Gli si spezza la voce. «Sua madre e suo padre… è stato… lei era tipo *stritolata* fra loro. Stavano singhiozzando, disperati.» Fa un respiro profondo e lo lascia uscire lentamente. «Intenso. Dopo un po', suo padre ha cercato di ringraziarmi. Solo che non riusciva a parlare. Gli ho detto che non dovevano ringraziare me, ma te. Non so se mi ha capito. Credo che non capisse nulla in quel momento, solo che Eden era salva. È salva, Jess. Ed è merito tuo. L'hai trovata tu.»

«Già.» Non riesco a pensare a cos'altro dire. Una parte di me sta ancora volando sulla valle, senza peso. «Perché non sei rimasto? Dov'è andata?»

«A casa. Sua madre non ha voluto sentire ragioni. I medici hanno fatto qualche controllo sul posto, ma Claire ha detto che il resto poteva aspettare, così potevano tornare a casa.»

«Bene.» Sono contenta per Claire e Simon.

«Jess, mi ha mandato a cercarti. Eden, cioè.» Si volta di lato così posso vedere la sua espressione. «Abbiamo rubato un secondo, mentre Claire litigava con gli sbirri.»

«Che vuoi dire? Sta bene? Cos'ha detto?» Non voglio approfittarne.

«Eden mi ha detto di venire a cercarti. Di stare con te.»

Sorride come si deve, ed è come il flash di una macchina fotografica, non riesco a vedere nulla tranne il riverbero. «Che avevi bisogno. Così eccomi qui.»

Un caldo bagliore comincia a divampare dentro di me. Cerco di trattenerlo, tenendo gli occhi fissi nei suoi. Non oso credergli. «Sei sicuro?»

Liam annuisce. «Le capisco, certe cose.» Mi dà una spintarella. «Che ne dici?»

«Non posso. Non adesso.» Abbasso lo sguardo. Se evito di fissarlo negli occhi, trovo abbastanza coraggio per parlargli. «Quando la stavo cercando, ho fatto una promessa.» Sembra una follia, quindi riduco la voce a un sussurro. «Ho promesso che avrei rinunciato a te, se Eden fosse stata viva. E lo è, quindi non possiamo... Non posso. Ho rinunciato a te per Eden.»

«Be', Eden non mi vuole.» Ride e poi smette quando non alzo lo sguardo. «È finita, ma tra noi è tutto a posto.» Si tira su a sedere. «Be', comunque, perché devi decidere tu? O lei? E io, allora? Quello che voglio io non conta? Guardami, Jess!»

Azzardo un'occhiata. Le sue sopracciglia aggrottate mi fanno capire che è sul punto di perdere le staffe.

«E poi un patto con *chi*? Jess, non funziona così.»

«E chi lo dice?» Voglio credergli. Voglio toccarlo. Voglio baciarlo sul collo. Voglio avvicinarmi, sentire il suo odore. Ma non è giusto. L'ho promesso. Ricordo il pallido sentiero illuminato dalla luna, come ho percepito che il mondo ascoltava. Avrò mica sentito male?

Liam impreca. «Ma non lo capisci, Jess? Nemmeno dopo tutto quello che è successo? Perché va bene che succedano delle cose brutte, ma non puoi lasciare accadere le cose belle? Non devi niente a nessuno per quello che è successo oggi. Non devi rinunciare a ciò che vuoi. Se Eden dice che per lei va bene, chi altro può impedircelo?» E poi, come se cambiasse il vento, vedo i dubbi in avvicinamento. Ansioso, si passa una mano tra i capelli, sparandoli in aria ancora di più. «A meno che tu non lo voglia più. *Jess?* È il tuo modo di dirmi di andare al diavolo e lasciarti in pace?»

«No.» Allungo una mano e afferro la sua. Il suo peso e calore sono familiari adesso. La mia mano si adatta alla sua. «Non è quello. È solo che... e Eden? È troppo presto. Dobbiamo pensare prima a lei.»

«Fallo. Vai a trovarla domani, se non mi credi. Non mi importa di aspettare. Ascolta, non ti ho detto tutto quanto, prima. Perché non sapevo cosa provavi. Hai detto che dovevamo dimenticare quello che è successo sabato...»

«Che vuoi dire?»

«Ieri sera ho visto Eden, per essere sincero con lei, e per chiudere. Solo che è successo un casino. Credo che entrambi ci sentissimo in colpa per sabato...» Respira alla svelta. «Comunque, avevo ragione. Lei vuole Tyler. Me lo ha detto ieri. E l'ho appena visto adesso, al telefono con lei.»

Combacia con quello che mi ha raccontato Tyler. Guardo alle spalle di Liam, i magici boschi color argento. Sento la speranza salire come acqua che sgorga dal terreno, che prende velocità mentre scorre lungo la corrente. Ha ragione Liam? Posso avere tutto? Posso avere Liam e anche Eden? Tutti e tre insieme e senza perdere nessuno? È stato così difficile, quest'anno, che non riesco a credere di potermi concedere qualcosa di piacevole, qualcosa di bello.

«E un'altra cosa. Non l'ho fatto. Non ho colpito Josh prima. Volevo farlo. Dio, se volevo farlo. Ma gli ho dato uno spintone e ti sono corso dietro… solo che lì per lì credo di aver preso la strada sbagliata, così mi ci è voluto di più per trovarti.»

«Sono contenta che tu non lo abbia fatto. Non ne valeva la pena.» Ma non gli ho ancora detto di sì, e lui lo sa.

Liam scuote la mano libera, tirando fuori una sigaretta e accendendola, continuando a parlare incessantemente. «Niente di tutto questo è prestabilito. Non è *destino*. Tu cosa ne pensi, Jess?» Agita l'estremità accesa della sigaretta mentre gesticola animatamente. «Credi che ci sia qualcuno che ci osserva, con una bilancia gigantesca, a soppesare cosa gli dobbiamo in cambio? Insomma, se ci fosse, direi che hai sofferto abbastanza, tu no? Non diventiamo felici o infelici perché lo meritiamo. Credi che Eden e i suoi meritassero di perdere Iona?»

Faccio "no" con la testa, cercando di seguire la sua logica, come una linea di sicurezza, che mi tiene su.

«Siamo fortunati se riceviamo qualcosa di bello. Ma bisogna ancora scegliere cosa farne, no? E allora prendiamocelo, Jess, perché no? Io ci sto, se tu ci stai.»

Mi siedo più dritta. D'un tratto mi sembra possibile. Posso cambiare il mio atteggiamento. Non devo per forza restare ancorata a quello vecchio. Forse sono già cambiata?

«Avanti, Jess. Dimmi la verità.»

Osservo questo bellissimo ragazzo che mi guarda dritto negli occhi, così speranzoso, e capisco quanto sono ridicola. Sono abbastanza coraggiosa per dire quello che voglio? E cercare di prendermelo? Chiunque di noi può sparire da un momento all'altro, come Iona. Non ci sono garanzie, dovrei saperlo ormai. La vita è troppo breve, e non sai cosa ti aspetta dietro l'angolo. Ma stasera, lui è qui e ci sono anch'io, e non riesco a pensare a un solo motivo per non afferrare tutto a piene mani.

Così lo faccio. Lo afferro con entrambe le mani. La mia medaglia d'oro.

«Ok, Liam Caffrey, mi hai convinto.» Lo prendo per il cotone caldo della maglietta e lo attiro delicatamente verso di me. E poi lo bacio.

«Finalmente» mormora lui, appena dopo.

«Per prima cosa, ho bisogno di bere.» Comincio a chiedere quello che voglio. Devo prenderci l'abitudine. «E dopo potremmo ballare.»

Epilogo

25 dicembre
Ore 11.48

La neve il giorno di Natale? Magari fosse sempre così! Ma stavolta sì. Neve così abbondante che ogni ramo ha una spessa crosta bianca. Persino sotto gli alberi, in contrasto con il limpido cielo azzurro, questo intrico ghiacciato è abbagliante. Adoro correre con la neve e oggi ho l'occasione di provare i miei regali di Natale: tenuta da corsa fosforescente, perché la mamma non ha ancora perso il vizio di volermi al sicuro e ben visibile. L'aria ghiacciata mi provoca un certo shock, mi sembra di respirare aghi. Ma adesso che mi sono scaldata – tiro giù la cerniera del pile all'altezza della vita, le mani guantate – sono a posto. Il freddo e il candore mi stordiscono. Corro lungo la strada, che è stata spalata e cosparsa di sale creando una fanghiglia bronzea, con i cumuli di neve simili a onde increspate su ogni lato, alte sino al petto ora che sono fuori dalla valle.

Ogni respiro è come un miracolo. Sono qui. Sono viva. Ce l'ho fatta. Oggi voglio urlarlo dalla collina più alta. Lo scorso Natale sembra avvenuto anni luce fa. Vorrei credere che sia stato il punto più basso della mia vita, ma non funziona così. Nessuna garanzia. Non so cosa aspettarmi. La differenza è che adesso credo di poter sopravvivere.

Raggiungo la sommità della collina e giro a sinistra sulla lunga strada dritta che conduce alla cappella. Si vede per chilometri, sopra lo scuro mozzicone del Pike sulla collina lontana. C'è una nuvola di neve giallo sporco che si avvicina da occidente, sbaffando l'orizzonte con una nebbia cinerea. Presto arriverà altra neve, dunque.

Vedo un puntino rosso ciliegia. Eden! Percorre il sentiero in tenuta da sci imbottita, cappello e guanti: dev'essere stata una scarpinata con questi cumuli, ma credo che faccia parte della magia della neve.

«Ciao! Buon Natale!» grido, senza fiato, correndole incontro.

«Buon Natale!» Mi stringe forte e poi si ritrae, osservando il mio viso con attenzione.

Faccio lo stesso. Non possiamo farne a meno, penso, dopo tutto quello che è successo. Controlliamo costantemente che l'altra stia bene. Sorrido e tiro di nuovo su il pile per non congelarmi, poi ci voltiamo e scarpiniamo gli ultimi ottocento metri insieme.

«Dunque, primo Natale da quando Steph si è trasferita da voi» dice Eden. «Come sta andando?»

«Sì, non è male in realtà. La mamma ride molto di più. E in più Steph cucina meglio. Il pranzo di Natale procedeva alla grande quando sono uscita. Pudding fatto in casa… quando si è mai visto da noi?»

«Tutto bene, allora? Tua madre se lo merita.»

«Tutto bene» annuisco. «Steph prende persino le mie parti, ogni tanto, quando io e la mamma litighiamo. Non me lo aspettavo.» Poi rido. «Vuoi sapere il lato negativo? Prometti di non dirlo a nessuno?»

«Ma certo, Jess. Dimmi tutto.»

«La settimana della sindrome premestruale in casa nostra è un inferno. E non scherzo. Siamo tutte e tre sincronizzate. Posso venire a vivere da te il prossimo mese?»

Quando smette di ridere, le chiedo: «Allora. Vedi Tyler più tardi?»

«Forse. Se questa neve non lo dissuade dallo scalare la collina. Tizio del sud! Non c'è abituato.»

«Procede bene, allora, tra voi due?»

Sogghigna. «Sì. Abbiamo avuto un buon inizio, sembra strano a pensarci adesso. Siamo andati avanti veloce a un certo punto, io e lui. Mi è piaciuto subito. Sa che non sono *gentile*, ed è un tale sollievo. Mi legge dentro, Jess, in senso positivo. E io lo lascio fare. È a posto. Cioè, sì, fa un po' il gradasso, ma è a posto, te lo giuro.»

«Ok. Se dici così, ti credo. Ma stai attenta. Se ti fa soffrire, verrò a cercarlo. Puoi anche avvertirlo.»

Sono così determinata che le viene da ridere, ma si trattiene. «Ok, glielo dirò. Vedi Liam oggi?»

«*Forse...*» le faccio il verso, e ci sgomitiamo a vicenda, ridendo, ma c'è un'accettazione silenziosa dei nostri rispettivi ragazzi e di quello che proviamo per loro.

«Lui è solo a quattro strade da qui, quindi niente scuse. E poi, dovrebbe aiutarmi con la cornice. La scadenza è proprio dopo le vacanze.»

«Benone. Te lo meriti, Jess.»

Ancora non riesco a crederci, ma ho una mostra personale. Solo una piccola galleria in paese, ma devo scegliere e incorniciare tutte le tele che ho scelto. In questi ultimi mesi, dipingere è stato così bello, ho ottenuto più di quello di cui ho bisogno e posso essere esigente. Il mio portfolio sta diventando grosso. Ho mandato una mail ad Aisha per chiederle una lettera di raccomandazione per la scuola d'arte. C'è un futuro che sta prendendo forma, ancora confuso, ma così luminoso che oso a malapena guardarlo.

Smettiamo di parlare per l'ultimo tratto di sentiero. Eden apre il vecchio cancello di ferro, sopra a un blocco bianco, liscio e compatto. Non siamo le prime arrivate oggi. Si vede a colpo d'occhio quali tombe hanno ricevuto la loro visita per Natale. La fila di Iona è segnata da un bel cumulo di neve immacolata, ma noi creiamo un sentiero verso di lei, attraverso la spessa coltre farinosa.

Aspetto e lascio che Eden vada per prima.

Si toglie cappello e guanti, e apre lo zaino.

«Ciao, Iona. Buon Natale.» Tira fuori un po' di agrifoglio e lo infila nella neve alla base della lapide.

Iona Holby 1998-2016
Adorata figlia, sorella, amica

«Ecco fatto.» Posa un pasticcio di carne sulla pietra. Poi rovista nelle proprie tasche, tira fuori una bottiglietta di brandy. Beve un sorso e me la porge.

La imito – tossendo per l'intenso sapore di zucchero bruciato – e gliela ripasso.

La sparge. Gocce d'ambra sciolgono la neve su cui atterrano.

«Ricordi quell'usanza messicana, per il giorno dei morti?» chiede Eden senza guardarmi. «Mi piaceva l'idea di festeggiare i propri morti, portando loro cibo e bevande. Anche prima che morisse qualcuno che conoscevo.»

Si accovaccia reggendosi sui talloni degli scarponi innevati.

«L'assistente psicosociale dice che è giusto ammettere tutto. Le cose brutte. Le cose belle. Che abbiamo litigato. Che le volevo bene. Che una volta eravamo amiche.»

«Ma certo.»

«Lei dice che il lutto è solo amore senza una dimora. Lo capisco. L'amore non si ferma solo perché una persona non c'è più. Ma mi sentivo un'ipocrita, sai, a essere triste? Come se me lo avesse rinfacciato lei stessa… *Tu? Triste? Ma mi odiavi! Pensavo fossi felice che sono morta!* E adesso sai qual è la cosa peggiore? Per un millesimo di secondo, il giorno che è morta, *sono* stata felice. Felice che fossero finite le liti.»

«Quello dev'essere normale. Non colpevolizzarti.»

«Oh, ma lo faccio. Sono brava in questo. La cosa folle è che in questo momento darei letteralmente il mio braccio destro per vederla di nuovo. Anche solo per un'ultima volta. Abbracciarla e chiederle scusa sarebbe…» Trattiene le lacrime.

Mi chino accanto a lei nella neve. Le concedo un po' di tempo. Riesco a sentire il freddo compatto che trasuda dal basso. «Com'è andata, oggi?»

«È terribile, ma ero pronta, il primo Natale e tutto quanto. Non poteva essere più sbagliato. È come se fossimo senza un equilibrio – una sedia senza una gamba – quindi siamo tutti inutili e sbilenchi. Non funzioniamo.»

Seguo l'immagine che ha dipinto. «Forse bisogna rompersi e ricostruirsi diventando qualcos'altro.»

«E se non volessi? Non voglio abituarmici, Jess, ma riesco già a percepire che sta succedendo.» Adesso sta proprio piangendo, le lacrime le scivolano sul mento e nella neve.

«È ancora terribile, peggio di quanto tu possa immaginare, ma non è costante. Non com'era una volta. Sta peggiorando, solo un pochino. È come perderla ancora di più. Riesco ancora a immaginarla però.» Chiude gli occhi. «Potrebbe essere proprio qui.» Agita una mano alla sua sinistra. «Riesco a vederla, Jess, che mi prende in giro perché sto facendo tutto questo.»

Sbatto le palpebre due volte. La vedo anch'io.

Iona, col suo giaccone invernale, che ride di noi. I suoi capelli biondi sono liberi nel vento. Le sue guance sono arrossate come le nostre. «Agrifoglio? Brandy? Per me? Che onore. Alla vostra, ragazze.» Alza una mano per fare un saluto militare. Poi gira sui tacchi e scompare proprio quando cominciano a cadere i primi fiocchi di neve.

Eden apre gli occhi, esalando un lungo respiro tremante. Dà un colpetto sulla lapide. «Avremmo fatto la pace, un giorno. E solo perché non ne abbiamo avuto il tempo non significa che devo restare ancorata ai brutti ricordi.»

Lo capisco. Anch'io sono rimasta bloccata lì per un po'. Bloccata nel dolore e nella paura. Troppo bloccata per parlare e farmi vedere in giro. «Va bene. Possiamo essere rottami viventi. Tanto succede a tutti, presto o tardi.»

Mi si arruffano i capelli, così li sistemo dietro le orecchie. Anche quello danneggiato torna utile allo scopo.

Mi rivolge un lieve sorriso sbilenco, asciugandosi il viso. «Ehi, il tuo orecchio» nota. «Hai smesso di nasconderlo.»

«Sì, non mi interessa cosa pensano le altre persone, è affar loro, non mio.» C'è voluta altra psicoterapia, ma nelle mie giornate buone riesco a convincermi che è così.

«Quand'è che sei diventata così saggia?» mi domanda Eden.

«Potrei farti la stessa domanda.» Lo dico, così che attecchisca dolcemente come questi fiocchi di neve.

Eden si rimette i guanti. «Forza, Jess.» Comincia a raspare il cumulo ai suoi piedi. «Facciamole un pupazzo di neve. Li ha sempre adorati. Quando eravamo piccole, ne abbiamo fatto uno gigantesco in giardino, con la faccia e tutto il resto.» Sta già plasmando una palla.

Allora la aiuto. C'è un filo di isteria nelle nostre risate, ma ci impegniamo. Creiamo una rispettabile ragazza di neve, proprio accanto alla tomba di Iona, in fondo alla fila, in un lotto vuoto. Do forma alla testa, molto delicatamente. Le faccio un orecchio perfetto e uno storto, proprio come il mio. Troviamo delle pietre per gli occhi e la bocca, bastoncini per le braccia.

«Ecco» dice Eden alla tomba di Iona «così per oggi avrai compagnia, ok?»

Vedo la macchina di Claire comparire in lontananza, mentre si avvicina lentamente alla cappella. «Ehi, ci sono i tuoi. Allora ti lascio, ok? Salutali da parte mia.»

«E tu salutami tua madre e Steph.»

Lascio lì Eden e saluto Claire e Simon con una mano mentre supero la loro auto. Alzo il mento, spalle indietro e respiro profondo, e comincio a correre per tornare a casa.

La vista è migliore da questa parte, la distesa della valle sbiancata e l'enorme cupola del cielo, come se il mondo fosse una sfera di neve. Mentre mi guardo attorno, vedo che questo mondo innevato non è affatto bianco e nero. È pieno di colore.

Quell'albero di agrifoglio è avvolto da ombre color prugna e cobalto. Le sue foglie sono lucidi aghi sempreverdi, che nascondono bacche scarlatte. La distesa innevata alla mia destra è un acquerello, tinto di albicocca, viola, rosa. Svolto in fondo alla strada, arginata da mura a secco, pietra nera come il carbone ma venata d'oro. Vedo una parete rocciosa da cui pendono minuscoli ghiaccioli, che scintillano con un fuoco di opale. C'è una collana di luci arcobaleno che circonda come una ghirlanda la fattoria là in fondo, che pulsa come il mio cuore. Ecco tre nuovi dipinti, proprio qui. Li studio nella mia mente, elettrizzata.

Corro più veloce, trangugiando i colori. Li divoro. Li rendo miei. Immagino dentro di me: un'incandescente tavolozza turbinante. Poi butto tutto fuori come l'alito di un drago, nuvole perlacee in un cielo tenue che sembra un vetro trovato su una spiaggia. Rido a squarciagola e tengo il passo, correndo attraverso il colore per tutto il paese.

Le strade sono quasi deserte. Il rumore è attutito. Le macchine vanno lente. Fuori dai cancelli del parco, c'è una figura alta con un cappotto verde muschio, che fa una palla di neve con le mani guantate.

Liam si volta e me la tira, lasciandomi il tempo per schivarla. I suoi occhi ridenti nell'accecante luce nevosa mi tolgono il fiato. Mi acchiappa e mi attira a sé. «Sei calda!»

«Be', grazie!»

«Già, be', anche bellissima!» Poi, serio: «Com'è andata, lassù?» Indica la collina da cui sono appena scesa di corsa. «Stai bene?»

«Sì» rispondo. E mi alzo in punta di piedi nelle mie scarpe da corsa nuove per baciarlo.